DE AUCTORIBUS LATINIS IAPONICE VERSIS

TACAHASII MUTUONIS

GENCI SIOBO

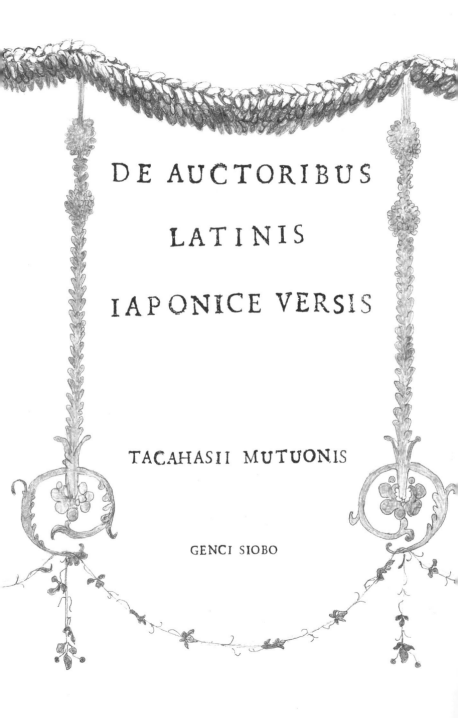

和音羅読

詩人が読むラテン文学

高橋睦郎

幻戯書房

まえがきにかえて

人は何のために読書をするのか。愉しみのため。出発点はそうだろう。自分を高めるため。進んだ段階ではそうもいえよう、必要に迫られて。そういう場合もしばしばあるだろう。それらを含めて、自分が、さらに広く自分たちが何処から来た何者で、何処へ向かっているのかを知るため、その指針を得るために読むのだ、ということができるのではないだろうか。

かりにいま、自分、また自分たちを現代日本人と定義しよう。まず現代を外し、日本人だけを考えれば、日本人は日本列島弧に海のむこうのさまざまな地域から、さまざまな時代に渡って来た人種が混血して生まれた、といわれる。これは文化的にもいえることで、言葉の上でも日本語は固有のヤマトコトバに外来の漢語が加わって出来た、とされる。ヤマトコトバ自体、さまざまの要素の混合から生まれているはずで、固有のヤマトコトバという言いかたには保留が必要だ。ただ出来上がったヤマトコトバは膠着語として、外来の異言語である漢語を、いともやすやすと膠着してしまった。そこで出来上がった日本語は柔かさと剛《つよ》さを兼ね備えただけでなく、豊かな感情表現に加えて複雑な抽象思考が可能になった。この両面を持っていたから、明治開国以後の欧米の言語および思考法をさほど難なく吸収することができた、ともいえる。

その結果、日本人は近代日本人になり、現代日本人になった。そしていま、現代日本人はグローバル時代、デジタル時代に晒されている。しかしそういう時代だからこそ、私たちは現代日本人を現代日本人たらしめている重要な理由の一つ、日本語の吸収力・膠着力を見なおさなければならないし、吸収し膠着したものを点検しなおさなければならないだろう。吸収し膠着したものとして、点検しなおさなければならないものの第一は東洋なかんずく中国の古典、中国語を通してのインドの仏典、そして第二はヨーロッパの古典だろう。このうち、中国の古典、仏典を読みなおす作業は、専門家を超えて読書層次元でもかなり自由におこなわれてきたように思われるが、ヨーロッパの古典を読みなおす作業は、専門家はともかく読書層次元では、なされているというところまで行っていないのではないだろうか。その理由の一つは、中国の古典については返り点・送り仮名で素人にもまがりなりに読めてきたが、ヨーロッパの古典を読むには難しかったという言語の問題がある。しかし、さいわいなことにかなりの分野において先人たちの労作による日本語訳がある。これらを通してヨーロッパの古典を系統的に読みなおすことはできないだろうか。異言語・異文化に対する日本語の吸収力・膠着力を信じてこれに頼む、ということでもある。

さて、ヨーロッパの古典とは何を指すか。一般に現代のヨーロッパ文化の源になっているのはギリシアと、加えてヘブライだ、といわれる。しかし、それはあくまでも淵源ということで、直接にはローマではあるまいか。アメリカも含めて近・現代欧米の文化は古代ローマのそれから分かれた、といっていいのではないか。理由はギリシアの場合、どんなに地中海世界に拡がっても、主体は個々の都市国家の域を出なかったのに対して、ローマは同じく都市国家から出発しながら世界国家に発展したことにある。

都市国家ローマの世界国家ローマへの発展は、原ローマ市民が征服地に移住したというよりも、征服地の住民をつぎつぎローマ市民にしていったことを意味する。この段階で、もとイタリア半島ラティウムの土臭い一地方語だったラテン語は、地中海を中心とした諸地域の新ローマ市民が対話することのできる世界語として整備され、成長していった。また、世界語となったラテン語を用いてのラテン文学も、世界文学の名にふさわしいものに成長した。ラテン文学の担い手が首都ローマ市周辺に限らず、ローマ世界各地から登場したことも、ラテン文学を世界文学にした大きな理由だろう。

もっとも、もともとラテン語に厳密には今日いう意味での文学に当たる言葉は存在しない。ラテン語の literatura はほんらい文字で書かれたものの意味で、かりにそれを文学とするなら、ラテン文学は現代の文学よりはるかに範囲が広い。詩歌や小説、戯曲のたぐいだけでなく、弁論、哲学、歴史、天文学、医学、建築学、博物学、宗教文書《もんじょ》……要するに書かれたもののすべてが文学だ、といっていい。これにギリシアやヘブライその他、版図内の諸地域からのラテン語訳文学が加わる。というより、ラテン文学はローマにとっての文化先進国ギリシアの悲劇や叙事詩のラテン語訳から始まった、と考えられ、しかもローマ世界帝国解体後もローマン・カトリック教会の精神的世界支配がつづいたことによって、ラテン文学の書かれた時期はおそろしく長い。南イタリアのギリシア植民市の陥落によって連れてこられた若いギリシア人奴隷、リウィウス・アンドロニクスによるギリシア悲劇のラテン語訳がなされた前二四〇年をラテン文学元年とするなら、ヴァティカンのローマ教皇庁が現在なお発行する教書まで、足かけ二十四世紀もつづいていることになる。担い手が広く世界各地に拡がっていること、扱われる内容の範囲があらゆる分野にわたっていること、書かれた時期が蜿蜒と長いこと、以上によってラテン文学は他のどんな文学にも増して、後世を生きる者の人生の指針になりうる。ことに古代の都市国家とは別の意味で閉ざされた島国国家から、グローバル世界に出ていかざるをえない現代日本人にとって、将来の生き方の示唆に富んでいる。しかも、先行する文化を指針とする、いわゆる古典主義は、ローマ人が、そしてラテン文学が創始したものだ。

これからラテン文学の豊かな世界を、さまざまな時代にわたり、行きつ戻りつ散策していきたい。もとより筆者は人間の、そして文化の原点に深く惹かれる詩歌文芸の徒にすぎず、西欧古典文学については全くの素人。読者のみなさんが寛大なお気持で古代精神の沃野を共にさまよっていただけるとうれしい。ガイドになるのは先人たちの労作になる日本語訳の数々。そのことが私たちの母語とそれを産んだ母国への愛と信頼の再認識ともなることを願いつつ。

目次

引用文中の［　］は、著者（高橋）による註を示す。

カエサル『ガリア戦記』

古代ローマで私たちに最も親しい人物といえば、カエサル（前一〇〇―前四四）にとどめを刺そう。正確にはガイウス・ユリウス・カエサル（＝GAIUS IULIUS CAESAR）。わかりやすくいえば、ユリウス氏カエサル家のガイウス。日本のたとえば藤原氏近衛家の文麿というのに近い。ユリウス氏は当時の共和制都市国家ローマの政治を二分する貴族派・民衆派のうち、貴族派に属するが、カエサルは途中から政略的に民衆派の立場に立った。

当時のローマは地中海世界に大きく拡がっていたが、その要《かなめ》となるのは共和制都市国家ローマ。都市国家ローマの政治は機構的には民会・政務官・元老院の三本柱によって運営された。これを簡《つづ》めていえば民会が立法・司法機関、民会から選ばれた政務官が行政機関、高級政務官経験者が終身構成員となる元老院が諮問・チェック機関。以上の緊張を孕んだバランスによって、都市国家ローマ、じっさいには属領を含むローマ世界全体の政治が運営された。

政務官とは早くいえば官僚だが、現代の官僚と違って無給。無給にもかかわらず有為の青年たちがしのぎを削って目指したのは、政務官の段階を上りつめて高級職に就き、元老院身分になることが、市民の最高の名誉と考えられたからだ。民会で官僚に選ばれるためには莫大な金がかかり、しかも選ばれても無給となると、立候補できる者は限られる。したがって、共和制といっても、古代ローマのそれは限られた者たちの共和制、貴族的共和制だった。

政務官は下から上に、財務官→（護民官→）按察官→法務官→執政官から成り、権力の集中を避けるため、執政官二人をはじめいずれも複数、しかも任期は一年だった。このうち、執政官と法務官は命令権という文武の大権を与えられた。文とは内における民会・元老院の召集権、武とは外にむかっての軍事指揮権である。当時のローマでは文官・武官の区別はなく、高級官僚が有事に際しては将軍になった。

カエサルもまた民会で選ばれ、財務官、按察官、法務官、執政官と上り、執政官代理となってガリアに赴任しガリア戦争に当たったのち、執政官に返り咲いて内乱を終結させ、最後には超法規の終身独宰官となった。もちろん、最高権力を目指す者は多数あり、彼らは自分が抜きん出るためには他を追い落とさなければならない。ただし、あくまでも法的手つづきを踏むか、踏むふりをして。カエサルも例外ではなく、あらゆる手段を駆使して他から抜きん出ようとした点では、ライヴァルたちと同じい。

ただ、ライヴァルたちと違っていたのは、当時および将来にわたっての都市国家ローマとローマ世界の趨勢が見通せていたことだろう。すでに拡がりすぎ、さらに拡がろうとしているローマ世界全体は、旧態依然の共和制都市国家体制では治めきれなくなるところまで来ていた。しかし、体制に関わっている支配階層が自分たちの特権の温存のため現状維持にこだわるのも、否定できない現実だった。

そこで、今と先とが同時に読めるカエサルとしては、旧体制派の説得に腐心しつつ、しばしば法を超えて国家と市民に利益を齎《もたら》すことで批判を封じ込め、着々と権力を貯えていった。その説得に有効だったのが、彼の文才であり、文才によって赴任地から書き送られた元老院への報告書であり、報告書をもとにしてまとめられ、市民一般に読まれるべく出版された覚書だった。

報告書は失われたが、覚書は残った。覚書は二つに分けられ、のちに名づけられて『ガリア戦記』『内乱記』と呼ばれることになった。前者は前五八年から前五〇年、前後九年にわたるガリア遠征の記録（ただしカエサルによって執筆されたのは前五二年までの七巻。最終巻八巻、前五一―五〇年の分はカエサルの死後、部下のヒルティウスによって書き継がれた）。後者は前四九年から前四八年までの内乱対処の記録である。なお、カエサル全集として『アレクサンドリア戦記』『アフリカ戦記』『ヒスパニア戦記』を加えるが、いずれも彼の死後、部下によって書かれたものだ。

『ガリア戦記』のカエサル執筆分は、ガリア戦争が事実上終結した前五二年秋から冬にかけてのいわゆる冬営の中で、元老院への年々の報告書の控えをもとに、部下からの報告書、自身の記憶などを加えて一気に書き上げられたという説が有力のようだ。執筆の動機は八巻の執筆者ヒルティウスがいうように、のちに誰かが戦史を書くための資料を残すかたちを取っているが、むしろ真意は別にあったと考えられる。カエサルはガリア戦争終結後に執政官に立候補するつもりで、そのための実績を積むのが目的のガリア戦争でもあったから、これに反対する元老院保守派の弾劾への自己弁護と、執政官選挙に勝つための票数獲得こそが、本当の目的だった、と思われる。

そのため、まだ戦闘の記憶もなまなましい時期に、できるだけ迫真的かつ単純明快に書く必要が生じ採用されたのが、装飾を捨て去った事実のみを正確に伝える文体であり、主語としての第一人称「私」ではなく第三人称「カエサル」だった。結果は政治的にカエサルに批判的なキケロをさえ絶讃させずにはおかない、名文が誕生した。どんな文章か、第一巻「一年目の戦争（紀元前五八年）1」の書き出しを覗いてみよう（『ガリア戦記』国原吉之助訳、講談社学術文庫）。

1 ガリア全体は、三つの部分に分れていて、その一つにはベルガエ人が住み、もう一つにはアクィタニ人が住み、三つめには、その土地の人の言葉でケルタエ人とよばれ、われわれローマ人の言葉でガリア人とよばれる民族が住んでいる。

この三部族は、お互いに違った言語と習慣と制度をもっている。ケルタエ人とアクィタニ人の境界は、ガルンナ川であり、ケルタエ人とベルガエ人を隔てているのは、マトロナ川とセクアナ川である。これらすべての民族の中で、いちばん勇猛果敢なのは、ベルガエ人である。その理由は、まず、彼らは洗練され開化したローマの属州から遥かに遠く離れて住み、彼らの所には、ごくまれにしか商人が行き来せず、したがって、人心を柔弱にする贅沢品が持ちこまれることも、めったにないためである。次に、ベルガエ人は、レヌス川の向こう岸に住むゲルマニア人と、すぐ隣り合い、ゲルマニア人とのべつまくなしに干戈《かんか》を交えているためである。

これと同じ理由から、「ケルタエ人の一派である」ヘルウェティイ族もまた武勇の点で、それ以外のケルタエ人を凌駕《りょうが》している。というのも、ヘルウェティイ族は、あるときは、自国の領土をゲルマニア人の侵入から防ぎ、あるときは、自分らの方からゲルマニア人の領土に攻撃をしかけたりして、ゲルマニア人との合戦を、ほとんど日常茶飯事のごとく行なっているからである。

当時のガリア（すでにローマ属州になっていた「アルプスの手前のガリア」と「アルプスの彼方のガリア」のさらに彼方、「自由なガリア」――現在の中部・北部フランスおよびベルギー）のガリア人およびゲルマン人の動静が目に見えるようではないか。カエサルは装飾を捨てた裸の文体で「自由なガリア」とそこにおおまかに三つに分けて住む民族について述べ、そのうちベルガエ人が最も果敢な理由を二つ、ローマ属州から遠く離れて住んでいること、ゲルマン人と隣接し絶えず干戈を交えていることをいう。

じつは、ベルガエ人の武勇のことをいうのは、ヘルウェティイ族のことをいう布石である。同じくゲルマン人との合戦を常態とすることでケルタエ人随一の武勇を誇っているこの一族が自分たちの「大きな人口」と「戦争と武勇でこれまで勝ち得た光栄」にふさわしい土地を求めて移動を決意したことから、長いガリア戦争が始まるからだ。先の引用文中にもあるとおり、ヘルウェティィ族が一派を形成するケルタエ人は別名ガリア人。したがって、ケルタエ人＝ガリア人の移動が原因となった戦争がガリア戦争と呼ばれるわけだ。

しかし、それはあくまでもローマ人、とりわけカエサルの側からの論理であって、ケルタエ人＝ガリア人にはおのずから別の論理がある。「アルプスの手前のガリア」「アルプスの彼方のガリア」という言いかたからわかるとおり、かつてはケルタエ人＝ガリア人の領域はイタリア半島北部にまで及んでいた。それがローマ人側のさまざまの理屈によって追い立てられ、「自由なガリア」という名の限られた土地に追い込まれてしまった。その「自由なガリア」といえども、隣接するゲルマン人の侵入に脅やかされているし、ローマ人にも狙われていて、いつ不自由になるか知れたものではない。

しかも、同じ民族の中でも部族に分かれて抗争を繰り返していたから、自分たちの生き残りと住む土地の確保は切実な問題だった。そのためにローマの属領を通るとしても、そこはもともと自分たちの父祖の土地だったではないかという気持があったにちがいない。しかし、そこを執政官代理として治めるローマ人カエサルには許しがたい領域侵犯ということになる。というより、それを理由にローマが「自由なガリア」に侵入し、これを新たな属領とする好機、カエサル個人にとっても自分の働きによってローマの領域を拡げ、その功績によって権力を固める好機だった。しかし、その野望はあくまでも匿《かく》しぬき、ひたすらローマのためという建て前を示さなければならない。そのために周到に選ばれたのが、装飾を捨てた裸の文体であり、主語としての第三人称「カエサル」だったのではないか。『ガリア戦記』の第三人称については、前四〇一年のアケメネス王朝継承争いに参加して敗れた、ギリシア人傭兵隊一万人の退却の記録であるクセノポン『アナバシス』の顰《ひそ》みに準《なら》ったといわれるが、行動主体の自分自身をも第三人称「カエサル」として見る、あえていえば神々の世界からの視点が用意された、ともいえるのではないか。

建て前を示すために選ばれた神々の世界からの視点というと、いかにも企まれた戦略めいて聞こえるかもしれない。しかし書き手カエサルの前には、まず行動者カエサルがある。行動者カエサルは自分の野望のために戦略としての戦争をつぎつぎに仕掛ける。時として困難な状況を克服する中で、いつしか戦略は戦略を超えて真情となり、建て前は建て前を出て本音となっていったのではないか。

その根底には、克服の積み重ねによってしだいに強められた、自分の使命とローマの使命との一致感、ローマの使命と世界の意志との一体感があろう。むろん、公平に見るならば、ローマの使命と世界の意志の一体感など、ガリア人＝ケルタエ人側からいえば耐えがたいところだろう。ローマ人側にも、公平にガリア人＝ケルタエ人の立場へも立ち、カエサルの行動を罰しようとする小カトのような存在はあった。

しかし、ガリア人＝ケルタエ人にとっての不幸はひとえに、ガリア＝ケルタエの使命と世界の意志との一体感を持つことのできる彼らのカエサルが現われなかったことにあろう。残酷なことだが、歴史はローマに味方して、エトルリアやカルタゴに味方しなかったように、ガリア＝ケルタエに味方しなかった。そのことの冷徹な記録にふさわしいという意味でも、『ガリア戦記』の文体は存在を主張するだろう。

カエサル『内乱記』

先にも述べたとおり、『ガリア戦記』はカエサル自身の命名ではない。カエサル自身による命名は単に「覚書」。これはつづく『内乱記』についても同じだ。したがってカエサルの意識においては、両書は「覚書」として一つづきだったのだろう。

ただ、カエサルが『ガリア戦記』を書いたのは、第一巻＝一年目の戦争から第七巻＝七年目の戦争まで、西暦年でいえば前五八年から前五二年まで。そこから『内乱記』の発端、前四九年まで二年間の空白があり、カエサルの死後、部下のヒルティウスによって第八巻が書かれ、この空白が補われた。しかし、カエサルにとっては、ガリア戦争は事実上、七年目に終わっており、八年目・九年目について書く必要を感じなかったのではないか。

では、「覚書」の意味するところは何か。第八巻の補筆者・ヒルティウスによれば、「カエサルが」これを「公にしたのは、あれほど重大な事件に関し、世の歴史家が知識を欠いてはならぬと考えたため」ということになり、後世の歴史家が完全な歴史を書くための心覚え、メモということになるが、そうではあるまい。もしそうなら、わざわざ前五一年に公刊した理由がわからない。

前五一年はガリア戦争を終結して、ガリアを属州化した手柄を土産に、二回目の執政官選挙に打って出ようとするカエサルに対して、ローマでカエサル召還問題が賑やかになった年だ。カエサルとしては、選挙権を持ち、かつそれ以前に自分の敵たちの動静にも影響を与え得る市民たちに、祖国ローマとローマ市民への自分の功績と、しかしその功績が自分の私利私欲のためになされたものではないことを、訴える必要があった。そのための覚書と取るべきではないか。

同じことは『内乱記』にもいえる。そこでカエサルの覚書の正篇が『ガリア戦記』、続篇が『内乱記』と考えられてきた。たしかに順序としてはそのとおりだが、重さにおいて前者を主、後者を従としてしまうのは、どんなものだろう。むしろ、カエサルの覚書の本質は『内乱記』にあからさまに出ていて、こちらが本篇。『ガリア戦記』は本篇に到るための序篇と考えることも、可能ではないだろうか。

さて、『内乱記』である。この命名が後世のものであるにしても、ここでいう内乱とは何か。手近な『広辞苑』で「ない・らん【内乱】」の項を見ると「①国内の騒乱。②一国内における政府と叛徒との兵力による闘争。［後略］」とあり、また「―・ざい【内乱罪】」として「政府の顛覆など、国家の基本的統治機構を変革する目的で暴動を起す罪。暴力革命を犯罪としたもの。」とある。これを当時のローマに当て嵌めると、どうなるか。

当時のローマの場合、政府に当たるのは執政官・法務官・按察官・(護民官・)財務官などから成る行政官組織だろう。しかし、これら行政官は権力の集中を防ぐため、執政官の二人をはじめ複数で、しかも任期は一年。たしかに権力の集中は防げようが、強固な政府とはなりえない。もし、政府を強固にしようとするなら、執政官を一人とし、任期を延長しなければならない。しかし執政官がそれを企図すれば、彼自身が叛徒となる。つまり、政府の長が政府の叛徒となるわけだ。

その典型が、執政官の地位を二度にわたって奪われたものの、二度のローマ市占領によって奪回、恐怖政治を布いて独宰官になったスラ(前一三八—前七八)だ。足かけ四年の独宰官の後、自ら引退して翌年死んだのだから、政治生命は全うしたことになるが、死後に彼の改革を覆され、叛徒的存在として歴史に刻まれることになった。しかし、他に抜きん出て執政官になることが当時のローマ市民特権階級の理想であるなら、その延長として執政官から抜きん出た執政官、つまりは長期の独宰官になることは、誰にとっても秘かな願望だったろう。要はいかにして叛徒的存在とならず、合法的に長期独宰官になるかだ。

カエサルの一生はひとえにこの一事に貫かれたと言っていい。執政官キンナの娘コルネリアを妻にしたのも、コルネリアの死後、キンナのそして自分の敵でもあったスラの孫娘、ポンペイアと再婚したのも、クロディウスとの密事の噂を理由にポンペイアと離婚したのも、またそれにもかかわらずクロディウスを庇護しつづけたのも、この目的のための布石だった。布石の中の最たるものは、先輩でありたがいに敵対する、そして自分にとってもいずれ敵となるだろう二人の実力者、ポンペイウス（国原吉之助訳ではポンペイユス）、クラッススと私的密約を結び、二人の支持のもとに執政官となり、任果てたのち執政官代理・知事として「アルプスの手前のガリア」と「アルプスの彼方のガリア」、両属州に赴いたことだろう。

『ガリア戦記』を仔細に読めば、ガリア戦争がガリア人によってではなく、じつはカエサルによって起こされた戦争であることが見えてくる。カエサルがローマ市民中の抜きん出た第一人者になるためには、欲の皮のつっぱった自尊心の強いローマ市民を、物心両面で驚かし満足させることが必要だった。それには属州を拡げてローマ市民を鼻高々にさせ、奪い取った富を賫して彼らの懐《ふところ》ろを肥やしたり椀盤振舞《おうばんぶるまい》で悦ばしたりするに及《し》くはない。手っ取り早く併合できそうな有力な候補地として、すでに併せた両ガリア州のむこうの「自由なガリア」があったので、まことしやかな理由を拵《こしら》えて攻め込んだ。そういうことだろう。

ガリア人にとっては迷惑千万な話で、彼らはいったん敗退しても烽起を繰り返す。ガリア人が族ごとに小分立し、統一を嫌ったことは、彼らにとって弱みともなれば、強みともなる。もぐら叩きさながら、ここを叩けばあそこが出てくる。あそこに赴いて叩いているあいだに、ここが体勢を立てなおす。そのすべてを押さえ込み、勝利を確実にするためには、執政官代理・知事の任期の大幅な延長が認められなければならなかった。そのために役立ったのが、ポンペイウスとクラッススとの関係、とりわけ亡妻コルネリアとのあいだに生まれた愛娘ユリアを嫁がせたポンペイウスとの密約関係だった。ユリア自身細《こま》やかな性格で、父と夫との良い関係の維持に心を砕いたようだ。

しかし、密約はあくまでも密約にすぎない。前五四年にユリアが死ぬと、カエサルとポンペイウスの関係は徐々に疎くなる。つづく前五三年に密約関係の三人の一人、クラッススが任地で戦死し、カエサルとポンペイウスとの対立の構図があからさまになっていく。ここにつけ入ったのが政界の反カエサル派で、カエサルのガリア征服を見届けた上で、カエサルを執政官代理・知事職から解任して召還、背任罪で告発することを企図し、ポンペイウスを巻き込もうとする。これに対抗して急遽公表されたのが『ガリア戦記』なのではないか。ためらっていたポンペイウスもついにカエサルの召還に同意し、危機に陥ったカエサルは機先を制してルビコン川を渡る。内乱の勃発である。以後の経緯は『内乱記』に記すとおりだ。

『ガリア戦記』は当時のローマ市民に向けて書かれ、公表された。では『内乱記』はどの時代の誰に向けて書かれたか。『内乱記』の執筆時期については、前四七年の四月・五月のエジプト滞在中かといわれている。先立つ前四八年、ギリシアのファルサルス（パルサロス）の戦いでポンペイウス軍を破り、逃れたポンペイウスを追ってアレクサンドリアに上陸、すでにポンペイウスがエジプト王一派に謀殺されたのを知り、その後のアレクサンドリア戦役を足かけ六カ月かかって収めた後という時期を考えれば、『ガリア戦記』を執筆し発表した時期のような緊急性はなかった、と思われる。

もちろん、まだ「アフリカ戦役」「スペイン戦役」が残っているが、これらに勝利することは予定のうちだったのではないか。すでに前四八年に第二回の執政官と独宰官、アレクサンドリアからローマに帰還した翌年の前四六年には第三回の執政官と独宰官、前四五年、第四回の執政官と独宰官、前四四年には第五回の執政官と終身の独宰官になる道筋も、自ら見えていたのではないか。ついでにいえば、ひょっとして終身の独宰官という運命の頂点における暗殺の可能性も、死後二年目、前四二年の元老院における神格化決議も。とすれば『内乱記』は後世のローマ市民、いや世界市民に当てて、書かれていたのではないか。

『ガリア戦記』がガリアの状況から始まるのに対して、『内乱記』はカエサルの書翰のことから始まる（国原吉之助訳、講談社学術文庫）。

1　カエサルの書翰は、〔ファビウスによって〕執政官の手に渡されていたが、護民官らの大変な尽力のおかげで、やっと執政官の許可が下《お》り、その書翰が元老院で朗読されたのである。しかし書翰の内容について、元老院で討議されるようにとの要請は叶《かな》えてもらえなかった。

　両執政官は国家の緊急事態を討議するように要請する。執政官ルキウス・レントゥルスが元老院を煽動する。もし元老院が臆せずに堂々と自己の見解を述べようと決心するならば、自分は元老院と国家に対しおのれの義務を果すであろうと約束する。「しかし、もしこれまでそうであったように、カエサルの意を斟酌《しんしゃく》したり、彼の機嫌をとろうと努めるならば、自分は勝手に行動を決意し元老院の権威に従うつもりは毛頭ない。もっとも自分といえども、カエサルにはいつでも好意と友情をもって受け入れてもらえるはずである」と。

スキピオも同じ趣旨の見解を表明する。「ポンペイユスは、もし元老院が支持するならば国家に対しおのれの義務を果す覚悟でいる。もし元老院が右顧左眄《うこさべん》し優柔不断であるならば、ポンペイユスの援助を後になって要請しても徒労に終るだろう」と。

ここで気付かされることは、『ガリア戦記』以来の主語「カエサル」が、筆者カエサルを超えてローマの、いや世界の運命と同格になっていることだ。政治的取り引きを含めて、歴戦の際どい勝利の積み重ねのうちに、筆者カエサルのうちに行動者「カエサル」がしだいに世界の運命と同格に見えて来たのではないか。その意味で『内乱記』中、最も注目すべきは第三巻73、デラッキウムの戦での敗北から立ちなおる際における兵士の前での演説ではないか。

「起こったことについては、いまさらくよくよするな。これくらいのことで怖《おじけ》るな。これまでの順調だった沢山の戦いと、たった一度のそれもごく平凡な挫折とを天秤にかけてみよ。するとわれわれは幸運に感謝せねばならぬ。なぜならイタリアは一滴の血も流さずに受領したではないか。百戦錬磨の将軍に率いられた、あの最も好戦的な民族の、上下二つのヒスパニア属州を平定したではないか。この周辺の属州の穀倉地帯を支配下に収めたではないか。
［中略］
　もし万事が上手くゆくとは限らないとすれば、われわれは奮励努力して運命を支えてやらねばならぬ。［後略］」［傍点高橋］

　この信念はすでに目前の利害や虚栄心だけで動く敵たちはもちろん、自分の生死をも超えている。文章の上からいえば、美辞麗句という意味での修辞をも超えて、現代に生きる私たちをも打つのだ。

スエトニウス『皇帝伝』

同時代はさて措き、後世のローマ人からカエサルはどう見えていたのだろうか。

たとえば、紀元一世紀から二世紀にかけてのギリシアの著作家で、ローマ帝国五賢帝のひとりハドリアヌス（七六―一三八）の教育にも当たったプルタルコス（四六頃―一二〇頃）の『英雄伝』（正確には『対比列伝』"Bioi Parallēlai"）では、ギリシアのアレクサンドロスに対比してローマのカエサルが論述されており、カエサルの扱いは帝王のそれである。では、ローマの著作家においては、どうか。プルタルコスにやや遅れて登場し、ハドリアヌスの秘書官にもなったスエトニウス（六九頃―一三〇頃）の『皇帝伝』全八巻は第一巻カエサルから始まる。

それもそのはず、『皇帝伝』の原題は"Dē Vitā Caesarum"「カエサルたちの伝記」と言い、第二巻アウグストゥス以下の主人公たちはいずれも、カエサルの後継者ということになるのだから。

これが発表当時から大変な人気をもって迎えられたということは、のちのローマ皇帝たちはカエサルの後継者、言い換えればローマ皇帝たちの原型はカエサルそのひとにある、との共通理解が当時の読者たちのうちにあった、ということになろう。

そんなわけで発表当初、第一巻カエサルの分量は最も多かった、と思われる。思われると推量形でいうわけは、現行の第一巻はカエサルの十六歳以降から記述されていて、それ以前を欠いているからだ。現行第一巻の1は「……カエサルは十六歳のとき（前八四年）、父を失った」（『ローマ皇帝伝』国原吉之助訳、岩波文庫）と始まる。第二巻アウグストゥスでこれに対応するのは8の「アウグストゥスは四歳で父を失う」だろう。ということは巻頭の失われる以前の第一巻は現行の巻頭の前にすくなくとも七章以上、おそらくは十数章があったろう、と推定される。第一巻にはこの著述全体の意図、そしてユリウス氏の由来、祖先たちの事績が、第二巻のオクタウィウス氏のそれにも増して縷々述べられたろうからだ。しかしここでは、第一巻については終章88の全文を引いて、第二巻アウグストゥスに移ろう。アウグストゥスこそがカエサルの唯一無二の継承者であり、ある意味ではカエサル以上のカエサルともいえようからだ。

88　行年五十六歳であった。カエサルは神々の列に加えられた。そのように元老院が議決したばかりでなく、一般市民もそう信じたのである。というのも、神にあがめられたカエサルのため、相続人オクタウィウス（＝アウグストゥス）が、初めて見世物を催したとき、彗星が毎日第十一時頃に現われて、七日間たて続けに輝いた。それでカエサルの魂が天上に迎え入れられたと人々は信じた。このため彼の像の頭上てっぺんに、この彗星が添えられた。
カエサルを騙し討ちした者らはほとんど一人残らず、三年以上生き延びなかったし、大往生もとげなかった。ことごとく断罪されたのち、それぞれ別々の運命の下に、あるいは難破し、あるいは戦闘で死に絶えた。何人かはカエサルを害したその剣で自害し果てたのである。

アウグストゥス、正式の名はガイウス・ユリウス・カエサル・オクタウィアヌス（前六三―後一四）。騎士身分のガイウス・オクタウィウスとカエサルの姪アティアの間に生まれ、早く父を亡くし、カエサルの遺言により養子相続人となった。オクタウィウス氏とユリウス氏を含む名告《なの》りはその事情を示している。アウグストゥス（＝至尊者）の異名はのちに競争者アントニウスを倒し、事実上のローマ帝国元首になって、元老院から奉られたものだが、ここでは便宜上『皇帝伝』に従い最初から用いることにする。

カエサル暗殺以後のアウグストゥスの行動は迅速かつ忍耐づよい。遊学中のアポロニアから帰国して正式にユリウス家の後継者となり、カエサル派の実力者アントニウスと対立。しかし、カエサルの暗殺を企てた共和派の追撃という共通目的のもとに和解。アントニウスを支持するレピドゥスを加え、三頭政治を結成し、元老院の承認で独裁官となる。ピリッピの戦いで共和派残党を敗死させ、頭目ブルトゥスの首をカエサルの墓前に献《ささ》げる。その後のアウグストゥスとアントニウスの関係はかつてのカエサルとポンペイウスの関係に似て、決裂・和解・決裂を繰り返す。最終的にはエジプトの女王クレオパトラと結ばれたアントニウスをクレオパトラともども自殺せしめ、カエサルの死後、十三年かかって第一人者となり、七十六歳まで三十五日という、当時の政治家としては稀有な高齢で大往生を遂げるまでその地位を維持したばかりか、高めつづけた。

その理由は好運もあろうが、彼の第一人者にふさわしく自ら律すること厳しい生きかたそのものによるところが大きいだろう。これはカエサルの行状とその結果を正の意味でも負の意味でも鑑《かがみ》としたのではないだろうか。たとえば「カエサルはふだんから友人を愛想よく気軽に、そして丁重にもてなし」「生涯誰に対しても、執念深い怨恨《えんこん》など、抱いたためしがなく、たとい抱いても機会さえあれば、いつでも喜んで捨て」た（第一巻）。いっぽうアウグストゥスは「友情は軽々しく認めなかったが、たいそう誠実に守り通した」（第二巻）。

名誉に関しては、カエサルは「最高司令官の個人名、国父の尊称、王たちの間におかれた像、劇場の貴賓席の高壇、を手に入れたばかりでなく、さらに死すべき人間に与えられる限界を越えた栄誉が決議されても平然と黙認した」（第一巻）。これに対してアウグストゥスは「主君という呼称は棘《とげ》のある当てこすりととって、いつも身震いするほど嫌っていた」。また元老院が国父の尊号を献げたとき、「アウグストゥスは熱い涙を流しつつ［中略］『どうか諸君のこの賛同が私の生涯の終りまで続くようにと祈るのみで、その他に、いったい何を不滅の神々に願うのだろうか』」と答えている（第二巻）。

「身形《みなり》においても、カエサルは人目をひいた」（第一巻）。アウグストゥスは「着物は、特別な機会を除き、たいてい姉や妻や娘や孫娘の手造りの家庭着を身につけていた」（第二巻）。カエサルは「金銭にかけて決して潔癖ではなかった」（第一巻）。「誰にせよ親が死後にアウグストゥスに残した遺贈金や相続人としての分け前は、直ちに彼らの子に譲るか、あるいはその子供が後見人を要する年齢にあれば、男の子は成人服をつける日に、女の子なら結婚する日に、利息をつけて返すことにしていた」（第二巻）。もっとも、カエサルには民衆への椀盤振舞のため金銭が必要だったので、自分の贅沢のためではなかったことは付け加えておかなければなるまいが。

性生活に関していえば、カエサルは「あらゆる女の男で、あらゆる男の女よ」とからかわれたとおり、異性に対しても、同性に対しても奔放だった（第一巻）。アウグストゥスはアントニウスに「『大叔父カエサルとの汚らわしい関係で養子縁組をせしめた』とののし」られたが、同性愛が習性となることはなかった。女性関係はいろいろ取り沙汰されているが、ティベリウス・クラウディウス・ネロから奪い取ったリウィアとなんとか連れ添い、その両腕に抱かれて「リウィアよ、われわれの結婚生活を忘れずに、生きてくれ、さようなら」と言ってこときれた、という（第二巻）。

要するに、カエサルの血統は、というよりローマ人はほんらい性的に放縦で、カエサルが生来「健康に恵まれて」（第一巻）これに従ったのに対し、アウグストゥスは生得の「虚弱な体」質（第二巻）もあって節制したということかもしれない。代わりにといおうか、前妻スクリボニアとの間に生まれた娘と、彼女とアグリッパの間に生まれた孫娘の二人のユリアは淫蕩によって家名をおおいに傷つけ、アウグストゥスは彼女たちの死刑も考えたようだが、罪一等を減じて永久追放にし、ただし一家の墓にも入れないように遺言した。
『皇帝伝』の三巻以下は次の通り。

第三巻　ティベリウス
第四巻　カリグラ
第五巻　クラウディウス
第六巻　ネロ
第七巻　ガルバ、オト、ウィテリウス
第八巻　ウェスパシアヌス、ティトゥス、ドミティアヌス

第六巻までが一巻一人に対して、第七巻以下が一巻三人である理由は第七巻冒頭1にある。第七巻1は「カエサル家の血統はネロで絶えた」と始まり、リウィアがアウグストゥスに嫁いだ直後、一羽の鷲が月桂樹の枝をくわえた白い雌鶏を彼女の膝の上に落とし、挿木した枝は森になり、雌鶏の孵《かえ》したひなが増えに増えた。ネロの最後の年に森全体が枯れ、鶏も死に絶えた。ついでにカエサル家が落雷を受け、歴代の立像の首が落ち、アウグストゥスの両手から笏《しゃく》までが跳ね飛ば

された、という。

　ほんらいこれは第六巻末尾にあったもので、『皇帝伝』は最初、第六巻で完結していた、と推定されている。ところが、筆者の想像以上の評判から第七巻、第八巻が書き足された。ただし、第七巻の三人はいずれも在位数カ月。第八巻のフラウィウス家三人の在位期間は数年から十数年と長いが、第七巻に合わせてやはり三人とした。そして第六巻までと第七巻以下の繋がりを自然にすべく、第六巻終章が第七巻冒頭に移された、ということらしい。しかし、正確にいうなら、カエサル家の血統はじつはアウグストゥスで絶えている。ティベリウスも、カリグラ（ガイウス）も、クラウディウスも、リウィアの連れ子、言い換えれば前夫ティベリウス・クラウディウス・ネロの血統。最後のネロのみが母小アグリッピナによってアウグストゥスの姉妹オクタウィアに繋がっている。やっと繋がったネロにおいてカエサル家が絶えるのは、皮肉というほかない。

　放縦と暴戻《ぼうれい》を尽したあげくのネロの最後はおよそ潔《いさぎよ》くない。お伴の四人に自裁を勧められても「この世から、なんと素晴らしい芸能人が消えることか」と泣いてぐずぐずし、元老院からの急使が届けた書状にある「処刑」を「裸にされ首枷《くびかせ》に頭をはさまれ、体を鞭《むち》で死ぬまで打たれる」と解説されて、持って来た二本の刀の刃先を試してまた鞘に納め、「まず初めに胸を叩き慨《なげ》き悲しんでくれ」「誰か先に手本を示して私の自決を促《うなが》してくれ」と懇願し、果ては自分の不甲斐なさに自分を叱りつける。とこうするうち、騎馬兵が近づいてくる。その期に及んでも芝居気たっぷりに「今や足早に駆けてくる馬の蹄《ひづめ》の音が、わが耳をうつ」と『イリアス』の一行を呟いて剣で喉を突き刺し、お伴の一人が介錯する。百人隊長が飛びこんできて、傷口に外套をあてがうと「おそかった。でもそれが忠義か」。「両眼はかっと見開き、硬直し、見た人は誰もぞっと身震いをした」という。

カエサルの美点を自制によって実現したのがアウグストゥスなら、欠点を放埒によって露呈したのがネロという構図。同じ構図は第七巻を措いて第八巻で変奏されるのではないか。フラウィウス家の原型ウェスパシアヌスの美点を実現したのがティトゥスで、欠点を露呈したのがドミティアヌスというかたちで。

プルタルコスの伝記が音楽のように流れやまない伝記なら、スエトニウスの伝記は彫刻のように静止した伝記といわれる。つまり、『皇帝伝』の記述は年代記風ではなく、人物誌風なのだ。別の言いかたをすれば、論述的であるより小説的といえる。後世の読者である私たちが倫理的な観点とは別に、ときとしてカエサルの美点より欠点に、アウグストゥスよりネロに惹きつけられる理由もそこにあろう。

タキトゥス『年代記』

ローマ帝国の元首制が事実上カエサルに始まることを明記したのがスエトニウスの『皇帝伝』なら、元首制の本質を剔出し記録したのがタキトゥスの『年代記』『同時代史』といえよう。つまり、ほぼ同じ時代を扱いながら、タキトゥスはスエトニウスよりはるかに厳しいといえる。

タキトゥスは紀元五五年頃生まれ、一二〇年頃に死んでおり、スエトニウスは六九年頃生まれ、一三〇年頃死んでいる。二人はほぼ同時代を生きたといってよかろうが、同じ騎士階級出身で、それにもかかわらず見られるこの相違は、スエトニウスが五賢帝の二人、トラヤヌス帝とハドリアヌス帝の図書係や文書係として比較的平穏な環境にあったのに対して、タキトゥスはウェスパシアヌス帝、ティトゥス帝、ドミティアヌス帝のいわゆるフラウィウス家時代の苛酷な状況の中で二十人官から法務官までの政治生活を送り、ネルウァ帝のとき執政官に至っている。とくにドミティアヌス帝時代の足かけ十六年の暗黒期に昇進を重ねていることは、本音を外には出さず政治世界を生きていたにちがいなく、その結果が人間解釈の厳しさとなって表れているのだろう。

ただし、ネロ帝没後の内乱からドミティアヌス帝が殺害されるまでを記述した『同時代史』十二巻は最初の四巻と第五巻の一部が残っているだけで、わずか二年間のことを知るにすぎないから、ここではそれに先立つ時代、つまりネロの死までの『年代記』を取り上げよう。もっとも、『年代記』十八巻もほぼ三分の一（第七巻―第十巻、および第十六巻後半以下）が失われているが、それでもたとえばスエトニウスの『皇帝伝』を補うことでかつてあった全体が見えてくるし、逆にそこからスエトニウスと異なるタキトゥスの特質も見て取ることができる。それが端的に現われているのが、『皇帝伝』が第一巻カエサルから始まるのに対して、『年代記』が第一巻ティベリウスから始まりながら、その1節から15節がアウグストゥスからティベリウスに当てられていることだ。

スエトニウスの考えでは（というより、執筆当時の世間的通念では）元首制が事実上カエサルから始まったとするのに対して、タキトゥスの考えではカエサルはまだ共和制の時代にあり、元首制が始まったのはアウグストゥスからだということになるのだろう。いや、ひょっとしたら、アウグストゥスも共和制と元首制の過渡期にあり、厳密な意味での元首制が固まったのはティベリウスからということか。『年代記』の第一巻がティベリウスに当てられ、以後第六巻までつづくのはそのことの証かもしれない。だが、なんという悪逆な人物から元首制が始まったものか。しかも、その悪逆さはじつはアウグストゥスから始まっている、とタキトゥスは言いたいようにも見える。あるいは元首制は必然的に悪逆を産むと言いたいようにも。タキトゥスの表現によれば、元首制は一種の欺瞞から始まったことになろう。敵対者を一掃したアウグストゥスは、「三頭官という称号を捨て、自ら執政官を名のり、『平民を保護するために、予は護民官職権で満足する』との意志を表明する。しかし兵士を賜金で、民衆を穀物の無償配給で、世界を平和の甘美でもって、籠絡《ろうらく》してしまうと、着々と地位を高め、ついに元老院と政務官と法律の機能を、一手に収攬《しゅうらん》する」（国原吉之助訳、岩波文庫）。

これに反対した者は一人もいない。［中略］生きのびた者らは、屈服を示そうとするその熱意におうじ、富と名誉でもって、持ちあげられる。そして新しい国家体制から甘い汁を吸い、昨日の危険より今日の安全を選んだ。

さらに属州民も、この政体に反感を抱かなかった。彼らは権力者どうしの確執と政務官の貪欲のため、ローマの元老院と国民の支配に、いや気をもよおしていた。のみならず、彼らを保護すべき法律が、暴力と陰謀と、はてには賄賂でもって、混乱され効力を失っていたからである。［第一巻2］

元首制のあえていえば悪逆の根源はアウグストゥスにあるどころではない、元首制の対極にあるはずの共和制の「元老院と国民の支配」にあったのだとさえ、タキトゥスは言いたいようにも思える。古代ローマにおける共和制は現在の民主制からほど遠く、複数の出自を持つ特権階級のたがいに異なる利害調整の場としての元老院と、それを支えることで利益を受ける、これも選ばれた国民から成っていた。その結果、もろに損害を蒙るのが属州民だった。自衛という口実のもとに属州を増やし、属州民から収奪する富を齎すことで元老院での自分の存在を特別のものにしたカエサルの例がそのことを物語っていよう。

これを要するに、王制といい、共和制といい、元首制といっても、しょせん欲望の形態のヴァリエーションにすぎない。共和制と元首制と、どちらがよかったとは一概にはいえない。たとえば属州民にとっては、共和制のもとで新しい総督につぎつぎやって来られて収奪されるより、元首制で定まった収奪を受けるほうが、はるかにましというものだ。この辺の事情は属州ガリア出身で、ひょっとしたらガリア人土着民の血をひきながら、才分と努力によって執政官まで到ったタキトゥスには、よく見えていた。

いっぽう一人の人間が権力の座に坐りつづける元首制の孕む危険も見落とさなかった。彼が反対勢力、具体的には元老院および国民と緊張関係にあるうちはまだいい。欺瞞を重ねているうちは、と言い換えてもよい。しかし、欺瞞の積み重ねが功を奏し、元老院や国民が何も言わなくなると、元首制は安定するが、同時に腐敗も始まる。元首本人はもとより、これに妻女や権臣の横暴が生じ加わる。元首が一代ごとに変わる場合はまだしも、血統によるにせよ、養子縁組によるにせよ、世襲になったときから頽廃が始まる。

元首制の世襲はじつはアウグストゥスの前身であるオクタウィアヌスがカエサルの養子を称したときから始まっている。カエサルの養子であることを権力の根拠としたアウグストゥスは、その権力を維持するために養子縁組を利用した。それはまた他人の妻（リウィア）を強引に奪って自分の妻としたことへの申し訳でもあったろう。この不正な結婚と権力の維持の意志の結合こそが、以後の元首制の悪逆の原因となる、とタキトゥスは言いたげにも聞こえる。アウグストゥスの前妻スクリボニアとの間に生まれた唯一の血を分けた娘ユリアの三人の息子のうち、アウグストゥスが養子にしたルキウスとガイウスは死に、アグリッパ・ポストゥムスは追放され、リウィアの連れ子ティベリウスが四十五歳で養子になる。十年後にアウグストゥスが死ぬ。死に先立つ「アウグストゥスの病状」の「悪化」について、タキトゥスは「妻の奸策《かんさく》と疑った人もいる」と、淡々と述べる。イッリュリクムに派遣されていたティベリウスは「母の急使で呼びもどされ」、アウグストゥスの逝去とティベリウスの後継が発表される。これをリウィアの母としての愛情と単純にいうことはできまい。むしろ息子のことより以前に自らの生命と地位の安泰を考えての布石だったのではないか。そうすると、アグリッパ・ポストゥムスのみならず、継娘と継孫娘、両ユリアの淫蕩を理由とした追放も、じつはリウィアの差し金との推理も生じる。

ここにローマ帝国の悪女の祖型としてのリウィア像が出来上がる。すでに子持ちの人妻の身でありながらアウグストゥスに無理矢理奪われはしたものの、以後自身に不倫のけぶりもないだけに、その権力一筋の冷徹ぶりには慄然とさせられるほどだ。ティベリウスの元首政治は追放中のアグリッパ・ポストゥムスの暗殺に始まり、甥であり養子で声望高かったゲルマニクスの左遷による夭折へつづく。この二つの死にもリウィアが関わっていたことは疑いない。リウィアは紀元二九年、八十六歳という高齢で亡くなる。「母として尊大に、妻として従順に振舞い、夫の狡猾《こうかつ》と息子の偽装を向うに廻してうまく渡り合えた女である」とタキトゥスは総括する。

アウグストゥスの狡猾が後継者たちに継承されて暴戻化したように、リウィアの非情も後継者の妻たちに継承されて破廉恥化する。破廉恥の窮極はクラウディウスの二人の妻メッサリナとアグリッピナだろう。メッサリナもアグリッピナも、アウグストゥスの姉オクタウィアの、すなわちユリウス家の血をひいている。養子縁組によってユリウス家に繋がるクラウディウスより自分たちの方がアウグストゥスに近いという意識が、そうでなくても老齢のクラウディウスを蔑ろにさせたのだろう。

メッサリナの破廉恥は美青年のシリウスにのぼせて妻と別れさせ、クラウディウスに加えて彼と二重結婚することで極まる。最初はいやいやメッサリナに従ったシリウスも二重結婚によってメッサリナにクラウディウスを殺させ、自分が元首になろうとしたのである。メッサリナは、年若い妻との閨房に執着して決断が下せないクラウディウスに代わり、側近の手によって殺される。

そののち妻になったのは、クラウディウスの弟ゲルマニクスの娘、つまり姪のアグリッピナ。彼女はもっぱら自分の権勢欲のために近親姦の禁を犯して叔父の妻になり、ついには叔父であり夫であるクラウディウスを毒殺して、連れ子のネロを元首にする。これまた一途な母性愛からと考えるのは間違いで、自己の欲望の充足と拡張を目指してのことだったろう。誰のおかげで政権が獲れたかと口汚く罵って、リウィアがティベリウスと対立したように、アグリッピナもネロと対立する。それでも、リウィアは死後の栄光を息子に無視されるにとどまったが、アグリッピナはなんと息子を誘惑したあげく、息子に暗殺される。

刺客《しかく》らは寝台のまわりをとり巻いた。船長がまず棍棒で彼女の頭に一撃を加え、止めを刺そうと百人隊長が剣を抜くと、彼女は下腹を出して「お腹を突いてくれ」と叫び、多くの傷を受けて息を絶った。［第十四巻8］

このアグリッピナの最期の科白《せりふ》はギリシア悲劇『オレステイア』の剣を手に迫る息子にむかって両の乳房を出し、「この乳首を吸ったのは誰だ」と叫ぶクリュタイムネストラを思いおこさせる。

権臣の最期も似たようなものだ。アグリッピナ暗殺の相談に与ったセネカは自殺を強要され、パッラスは毒殺された。ティベリウスの絶対の信頼のもと、自ら元首の地位を狙って後継候補をつぎつぎに葬り去った「全世界の第二人者」セイヤヌスは、護民官職権授与の名のもとに招ばれた元老院で断罪され、その日のうちに断首、首のない屍は「阿鼻叫喚の石段」で市民たちに踏みつけられ、ティベリス河に放り込まれる（『年代記』のセイヤヌス最期の条《くだ》りは第五巻5節から第六巻最初の数節が失われたため、読むことができない)。

『年代記』に登場する元首たち自体、終わりを全うした者はない。七十七歳のティベリウスは大量の蒲団で窒息させられ、二十八歳のガイウス(カリグラ)は護衛隊に殺され、六十三歳のクラウディウスは妻に毒殺され、三十歳のネロは追いつめられて自殺する。ただひとり大往生したかに見えるアウグストゥスの死も、タキトゥスが仄めかしたとおり「妻の奸計」によるものだとしたら、暗い大地母神にも似たアウグスタ(=「至尊者」の女性形)――リウィアを例外に、元首も、妻女も、権臣も、ひたすら欲望のため突き進み、破滅の淵に身を投じたことになる。

ウェルギリウス『アエネイス』I

ヘレニズム世界から見ればいわば辺境の一都市国家に過ぎなかったローマ。しかし、この武骨な小国は周囲の国々を併せてしだいに大きくなり、ついにかつて地中海に君臨したギリシア人勢力を大きく凌駕した。そうなると欲しくなるのは民族のアイデンティティーというものだ。では、その根拠をどこに求めるか。

それには恰好な模範があった。ギリシア人共有の二大叙事詩『イリアス』『オデュッセイア』だ。こと改めて説明するまでもなかろうが、『イリアス』は、エーゲ海西北方を支配したトロイアの王子パリスに攫《さら》われたスパルタの王妃ヘレネを奪い返すべく、ギリシアの諸勢力が連合して起こした戦争の最終段階をうたったもの。また、『オデュッセイア』はトロイア陥落後のギリシア方の一武将オデュッセウスの苦難の帰還の旅の最終段階をうたったものだ。

大きく見て民族的起源を一つにしながら、じっさいには多数の都市国家に分立したギリシア人が、民族として一つであることを自覚するために何より有効なのが、この二大叙事詩だった。二者の特徴についていえば、『イリアス』が個々の小国家（の長）が差異を超えて一民族としてまとまる方向、『オデュッセイア』は一民族としてまとまった軍がふたたび差異の中の自分の小国家に帰っていく方向ということになろうか。『オデュッセイア』は紀元前三世紀後半、リウィウス家のギリシア人奴隷で家庭教師のリウィウス・アンドロニクス（前二八四頃―前二〇四）によってラテン語に翻訳され、以後前一世紀後半までローマ世界の学校の教科書として使われつづけた、という。

ラテン語化された『オデュッセイア』を、ローマ人の教師はどんなつもりで教え、ローマ人の生徒はどんなつもりで教わったのか。そのヒントはアンドロニクスの翻訳が、ローマの第一次ポエニ戦争における大勝利を祝祭するためのギリシア悲劇のそれから始まり、その副産物として『オデュッセイア』ラテン語訳が生まれたことにあろう。思うに、ローマの学校では『オデュッセイア』のギリシア方がローマに、トロイア方がカルタゴに当て嵌められて読まれたのではないか。かつてトロイア勢力からエーゲ海の制海権を奪ったギリシア勢力の役どころは、千年後のカルタゴ勢力から西地中海の制海権を奪ったローマ勢力に同定されたのだろう。

しかし、ローマがさらに第二次ポエニ戦争に勝利したのち、ヘレニズム諸勢力を破り、東アジアの制海権を奪うと、ギリシア方をローマに同定することに不自然が生じる。そこに登場したのがまずガイウス・ユリウス・カエサルであり、つづいてプブリウス・ウェルギリウス・マロだ。

カエサルはローマの長くつづいた内乱をほぼ終結させ、地中海の制海権をほぼローマのものにした。と同時に第三人称カエサルを主人公とする無韻無律の叙事詩二篇を書いた。『ガリア戦記』と『内乱記』であり、あたかも『イリアス』と『オデュッセイア』に当たろう。

しかし、そののちカエサルは元老院で暗殺され、第二次三頭政治が始まり、カエサルの養子オクタウィアヌスがこれに勝ち抜き、アウグストゥスとしてカエサルの遺志を実現させる。しかし、アウグストゥスには自らを三人称として叙事詩を書く才能が欠けていた。そこに登場して代わりに叙事詩を書いたのがウェルギリウスだった、と捉えることもできるのではないか。そう、ウェルギリウスの登場はいかにも登場というにふさわしい。

スエトニウスやドナトゥス（四世紀頃活躍）の伝記によれば、ウェルギリウスは紀元前七〇年に北イタリア・マントウァ近郊の小村アンデスに生まれた。父親の身分は低かったが、息子の教育に熱心で、クレモナや、ミラノ、ついでローマに遊学させた。クレモナやミラノでは初等文法を習ってギリシア・ラテンの古典に親しみ、ローマでは弁論術を学んだが、内気なため政界には進まず、ナポリに出て哲学の学習に努めるかたわら、詩作をつづけた。詩人としての転機は突然訪れた。

前四一年、カエサル没後の混乱を収めるべくアントニウス、レピドゥスとの第二次三頭政治に踏み切り、地中海世界の西方を支配下に置いたオクタウィアヌスは、退役軍人たちの功労に報いるべく、強引な土地収奪をおこなった。この時、ウェルギリウスの家のささやかな土地も没収の危機にさらされたが、内ガリア長官アシニウス・ポリオとアルフェヌス・ウァルスの助力で、難を逃れることができた。

この事件の顚末はウェルギリウスを積極的な詩作に向かわせ、『牧歌』（別名「詩選」）全十歌を完成させる。前三九―前三七年頃刊行された『牧歌』は好評で、ウェルギリウスは当時の文人たちの庇護者だったマエケナス（前七〇―前八）の文芸サロンに迎えられる。つづいて九年の歳月をかけて書きあげた『農耕詩』全四巻を、ウェルギリウスはマエケナスに献げている。マエケナスはオクタウィアヌスを支えつづけた政界の黒幕だったから、彼の知遇を得ることはオクタウィアヌスの知遇を得ることでもあった。

『農耕詩』の公刊は前二九年頃とされる。その前々年、前三一年にアントニウスとクレオパトラの連合軍をアクティウムの海戦で破って、長年の内乱に終止符を打ったオクタウィアヌスに対し、前二七年、元老院はアウグストゥス（＝至尊者）の称号を献げる。アウグストゥスとなったオクタウィアヌスは、いや、アウグストゥスとなる以前のオクタウィアヌスも、自分の事跡を叙事詩にすることをウェルギリウスに望んだようだ。あるいはマエケナスが働きかけたということかもしれない。マエケナスに献げた『農耕詩』の第三巻冒頭に、いつの日か故郷マントウァにカエサルつまりオクタウィアヌスの神殿を建てようとうたうのは、そのことの痕跡ではなかろうか。

オクタウィアヌスすなわちアウグストゥスのウェルギリウスへの強制力が、おもてむきどれほどのものだったかはわからない。しかし、じっさいには相当な強迫観念となったことは疑えまい。

いかに謙虚にふるまおうと、オクタウィアヌスはカエサル横死後の混乱を元老院議員三百人、騎士階級二千人を殺し、さらにかつての同盟者アントニウスを倒すことで乗り切った当事者だったのだから。しかし、ウェルギリウスの詩人としてのぎりぎりの誇りは、オクタウィアヌス＝アウグストゥスの希望にそのまま沿うことはしなかった。アウグストゥス個人の事跡ではなく、ローマそれ自体の建国の経緯を叙事詩化したのだ。

そのための言いわけが、先行する偉大な文明であるギリシアの文学作品を踏まえ、それを超えようとするということだった、ともいえる。それはもともと固有の文学を持たないに近かったローマ文学の当初からの伝統で、このことにはアウグストゥスといえども文句のつけようがない。いまあるローマがかつてのギリシアと並び、さらにはそれを超える文学を産むには、『イリアス』『オデュッセイア』の内容と方法に倣うほかない。こうして『アウグステイス』（アウグストゥスの歌）ならぬ『アエネイス』（アエネアスの歌）が書かれる。では、アエネアス（ギリシア語音ではアイネアス）とは誰なのか。

「トロイア方の英雄、アンキーセースとアプロディーテー女神の子。彼は父方からゼウスの子ダルダノスの後裔にあたる。イーデー山中に生まれ、のち姉ヒッポダメイアの夫アルカトオスに育てられた。ホメーロスでは彼は最初は戦に加わらなかったが、アキレウスがイーデー山中で彼の家畜を襲った時に、リュルネーソスに遁れ、アキレウスがこの市をも攻略するにおよんで参戦。トロイア方の勇将として、つねにヘクトールと並び称せられ、しばしばギリシア方を破ったが、ディオメーデースに傷つけられた時にはアプロディーテーに、アキレウスに追われた時にはポセイドーンに救われた。神は彼およびその子孫がいつかトロイアを支配するであろうと告げた」（高津春繁『ギリシア・ローマ神話辞典』岩波書店）

「ホメーロス中で彼はつねに神の保護を蒙り、その命に敬虔に従う英雄として表わされ、トロイア方の中ただ一人彼のみが市の陥落後にも有望な未来をもっていた」（同書）

ウェルギリウスはそこに目をつけた。ホメロスが自身としては未解決のまま申し送りにし、つづくギリシアの詩人たちの誰も手をつけなかった、いわばホメロスの遺産を受け継ぎ、換骨奪胎することを思いついたのだ。ホメロスが残したこれほどの宝にギリシアの詩人たちがみすみす手をつけなかった理由は、ひとえにアイネアスがギリシア方に敵対したトロイア方の英雄だからだろう。しかし、ローマ人であるウェルギリウスにはこれを利用するのに何の差しつかえもない。

いや、それどころか、ギリシアに敵対したトロイアの英雄を持ってきて民族の起源とすることは、かつてギリシア人の支配した地中海世界を奪ったローマ人にとって、大義名分を得ることにもなる。建国以来質実剛健を誇って来た男性的なローマの祖に、女性的ともとれる優雅なトロイアの血を持ってくることは違和感があるとも考えられるが、共和制から元首制に移り、いわゆるパクス・ロマーナ（＝ローマの平和）を実現しようとしていた当時のローマに必要だったのは、トロイアの優雅さだったのかもしれない。

もう一つ、アウグストゥスの自尊心を満足させるという、現実的な意向もあったのではないか。

オクタウィアヌス＝アウグストゥスが母方で繋がり、カエサルとの養子縁組でさらに深く結びついたユリウス家には、ウェヌス女神を祖とする伝承があり、ローマの女神ウェヌスがギリシアの女神アプロディテと習合して捉えられていたことから、アプロディテの子アイネアスをローマ人の祖とすることは、そのままユリウス家をローマ市民の核に置くことになるからだ。

さらには、そのことは古きローマと新しきローマ、元老院とカエサルおよび彼を継ぐオクタウィアヌス＝アウグストゥスとの関係をも暗示している。トロイア人アイネアス、ラテン音ではアエネアスが、神に導かれて漂流の果てに到着したローマには先住者ルトゥリ人がいたのであり、ルトゥリ人にはアエネアスを受け入れるラティヌス王と、拒むトゥルヌスと、二つの勢力がある。これは地中海世界を制覇してローマに帰還したカエサルを迎えた元老院に、カエサルを受け入れる勢力と、拒む勢力とがあったことに同定されるだろう。

現実のカエサルは拒む勢力に暗殺される。しかし、カエサルの養子となってカエサルを継いだオクタウィアヌス、いうなれば新しいカエサルは、元老院の反対勢力および敵対者たちとの熾烈な闘いに勝ち抜き、ローマの元首となる。これはアエネアスがトゥルヌスを倒し、ラティヌス王の女《むすめ》ラウィニアの婿としてローマを継いだことに同定されよう。新しいカエサル、つまりオクタウィアヌス＝アウグストゥスは、ローマの事実上の元首とはいえ、形の上ではあくまでも古いローマを象徴する元老院の婿なのだ。

もちろん、ローマにはもともとロムルス（前七七一―前七一七）を建国の父とする有力な伝承があり、事実上の元首となったオクタウィアヌスにロムルスの称号を献《たてまつ》る動きもあった。しかし、ロムルスには弟レムス殺しという伝承が付いてまわったことから、称号としてアウグストゥスが採用された。このことがウェルギリウスの詩才をしての、エトルリア人由来ともいわれるアエネアス建国説の採用による叙事詩『アエネイス』発想の原点となった。もしオクタウィアヌスの称号としてロムルスが採用されていたら、『アエネイス』は成立しなかったろう。

ウェルギリウス『アエネイス』II

若き日に弁論術を学んだウェルギリウスが、詩人として大成したと聞くと、二千年後の異なる文化伝統に生きる私たちには、大転換に思える。じつはギリシア・ローマ以来の欧米の文学史では、弁論と詩文とはけっして遠いところにあるわけではない。両者を通底するものは効果的な言語表現の技術だが、ほんらいは弁論家のための技術だった。

「ギリシア語文化圏に成立して〈レトリケ rhētorikē〉と呼ばれたその技術体系は、書きことばよりも話しことばを本質的な言語形態として重視する古代ギリシア的言語観に基づく、弁論家〈レトル rhētōr〉のための口頭弁論の技術であった。当時のいわゆる古代ギリシア的民主制にふさわしい、集会の場における、おもに評議や裁判のための説得の術である。［中略］弁論術もまたギリシア文化圏からローマ文化圏へ移植され、その名称は〈オラトリア oratoria〉と訳された」（平凡社『世界大百科事典』「レトリック」の項、佐藤信夫による）

また「近代ヨーロッパ諸語においては——たとえば英語の場合をみるなら——重点が話しことばから書きことばへ移ってのちも、言語表現の技術学という意味では、もっぱらギリシア語系の〈レトリック〉という名称が用いられている。他方、ラテン語系の〈オラトリー oratory〉のほうはやがて演説、雄弁を意味する一般的なことばになった」(同前)。ウェルギリウスは、近代ヨーロッパ諸語の用法を先取りして、弁論術から学んだレトリックを、話しことばから書きことばに、弁論術から詩法に移したことになろう。

ところで、古代ローマのレトリケ＝オラトリアは、①発想、②配置、③修辞、④記憶、⑤発表の五つから成るというのが、標準体系だった。それは弁論術の場合であって、詩法では③までで こと足りると思いがちだが、すくなくともウェルギリウスの時代は、ギリシアの吟遊詩人の伝統を引いて、会衆の前で朗唱する習慣があり、その点では弁論術と詩法とのあいだに齟齬はなかった、と考えるべきだろう。ただここでは書かれた作品を対象にするのだから、③までを考えればいいだろう。

①発想については、先住民エトルリア人のあいだにあった主題にトロイア戦争で生き残ったアエネアスの流謫とローマ建国の伝説を取り挙げ、ギリシア人の民族叙事詩『イリアス』『オデュッセイア』に準《なら》い、これらを超えるローマ人の民族叙事詩を志す。この志の言挙げはまず題名と第一歌冒頭でなされる。『アエネイス』は「アエネアスの歌」、『イリアス』が「イリオンの歌」、『オデュッセイア』が「オデュッセウスの歌」であることを踏まえている。『アエネイス』第一歌

の冒頭は次のとおり（岡道男・高橋宏幸訳、京都大学学術出版会・西洋古典叢書。なお同訳では「アエネーイス」）。

戦いと勇士をわたしは歌う。この者こそトロイアの岸から初めてイタリアへと運命ゆえに落ち延びた。ラウィーニウムの岸辺へ着くまでに、陸でも海でも多くの辛酸を嘗めた。神威と厳しいユーノ女神の解けぬ怒りゆえであった。戦争による多大な苦難を忍びつつ、ついに都を建て神々をラティウムへ移した。ここから、ラティウムの一族が、また、アルバの長老と高い城壁のローマがやがて生まれる。ムーサよ、そのわけをわたしに語れ。なにゆえ御心が傷つけられ、何を憤ってのことか、神々の女王が、幾多の危機に臨むよう、幾多の苦難に立ち向かうよう、敬虔心の篤い勇士を苛んだのは。かほどの憤怒を天上の神々が胸に宿すのか。

これに対応する『イリアス』『オデュッセイア』の冒頭は以下のとおり（呉茂一訳、いずれも岩波文庫。なお同訳では「イーリアス」「オデュッセイアー」）。

「怒りを歌え、女神よ、ペーレウスの子アキレウスの、／おぞましいその怒りこそ　数限りない苦しみを　アカイア人《びと》らにかつは与え、／また多勢の　勇士らが雄々しい魂《たま》を　冥王が府へと／送り越しつ、その骸《むくろ》をば　犬どもや　あらゆる鷙鳥《しちょう》のたぐいの／餌食としたもの、その間にも　ゼウスの神慮は　遂げられていった、／まったく最初に争いはじめて　武夫《もののふ》らの君アガメムノーンと／勇ましいアキレウスとが　仲たがいしてこのかた。」（『イーリアス』）

「あの男の話をしてくれ、詩の女神《ムーサ》よ、術策に富み、トロイアの聖《とうと》い城市を／攻め陥してから、ずいぶん諸方を彷徨《さまよ》って来た男のことを。／また数多くの国人の町々をたずね、その気質も識り分け、／ことさらに海の上ではたいへんな苦悩をおのが胸中に咬《か》みしめもした。／自分自身の生命《いのち》を確保し、部下たちに帰国の途も取りつけようとする間に。／だがそれまでしても、部下たちを救いおおせはできなかった、しきりに努めは／したものの。それというのも、彼らは自身の非道な所業ゆえ身を滅ぼした、／とは愚かな者らよ、虚空《おおぞら》をゆく太陽神の牛どもを啖《くら》いつづけたとは。／それで御神としても、彼らから帰国の季《とき》を奪い去られたのであった。／それらの次第をどこからなりと、ゼウスの御娘なる女神《ムーサ》よ、私らにも語って下さい。」（『オデュッセイアー』）

『イリアス』で「怒りを歌え、女神よ、ペーレウスの子アキレウスの」、また『オデュッセイア』で「あの男の話をしてくれ、詩の女神よ」というところを、「アエネイス」は「戦いと勇士を私は歌う」という。両者の「歌う」という動作の主体の相違、「女神」と「私」の違いは重要だ。『イリアス』『オデュッセイア』の歌い手は「詩の女神」で、詩人は女神の巫《くちよせ》として代行している。これに対して『アエネイス』の歌い手は「私」と名告《なの》る詩人である。もっとも「女神《ムーサ》よ、そのわけをわたしに語れ」とも言っているが、それは私が歌うのを助けよ、と言っているのに等しい。

それは同時にまた、『イリアス』『オデュッセイア』の作者、仮に盲目のホメロスという名をもって呼ばれる顔のない作者たちに、あなたがたの作品の富を私の作品に利用させてもらいますよ、という挨拶でもあろう。先行する作品を利用して新たな作品を作ることは古典主義といってよかろうが、げんみつには古典主義はラテン文学に、ことにウェルギリウスに始まるといえるのではなかろうか。当時のラテン文学にとって古典とは、時代と言語を異にしたギリシア文芸であり、この距離感とそれを跳び超えて親和できる才能こそが、古典主義を成立させる条件だろうからだ。

ウェルギリウスの古典主義は、まずヘレニズム期のテオクリトスの『牧歌』を踏まえた『牧歌』（別名『詩選』）に始まり、溯《さかのぼ》って前古典期のヘシオドスの『農と暦』を転換した『農耕詩』に続く。この二つの成果の後に、さらに古い時代のホメロスに仮託された『イリアス』と『オデュッセイア』の構成と表現を換骨奪胎して『アエネイス』が書かれる。先のレトリケ＝オラトリアの標準体系に当て嵌めれば、構成が②配置、表現が③修辞になろうか。

構成についていえば、『イリアス』『オデュッセイア』がそれぞれ二十四歌（呉茂一訳では二十四書）立てなのに対して、『アエネイス』はちょうど半分の十二歌立て。このうち前半の第一歌から第六歌までが『オデュッセイア』の、後半の第七歌から第十二歌までが『イリアス』の構成を踏まえている。というのは、前半がトロイア陥落後のアエネアスの新天地イタリアを目指しての航海、後半がイタリアに到着してからの先住民との闘争に当てられているからだ。

変化に富んでいるのは前半で、そこにウェルギリウスの換骨奪胎のさまざまな工夫もある。アエネアスと関わる最も重要な人物は、彼がイタリアを目指して嵐に遭い、漂着したカルタゴの女王ディドで、『オデュッセイア』の流れついたオデュッセウスに恋着して引き止めるアイアイエ島の魔女キルケ、オギュギア島の女精カリュプソ、さらにパイエクス人の国の王女ナウシカ、加えて彼女の両親のアルキノオス王夫妻の役どころをさえ兼ね、それを超えている。

若い寡婦である女王ディドはアエネアスを庇護するうちに、彼の母ウェヌス女神の企みもあって恋に落ち、彼に結婚して共同統治者になってくれることを熱望する。しかし、神意でイタリアを目指さざるをえないアエネアスにその気がないことを知ると、絶望と誇りから子孫による復讐を予言して、自殺を遂げる。この『オデュッセイア』にはない強烈な悲劇的女性像は、のちの歴史上の大事件、三回のポエニ戦争によるローマとカルタゴの戦いと結果としてのカルタゴの滅亡を先取りして造られている。

前半のアエネアスと関わる最重要人物がディドなら、アエネアスの最も重要な事件はシキリア経由でイタリアに着き、クマエの巫女を訪ね、彼女の導きで冥府下りをすることだろう。これも『オデュッセイア』におけるオデュッセウスの冥府下りを踏まえているが、オデュッセウスの冥府下りが彼の行動の指針を得るためなのに対して、アエネアスの冥府下りは以後のローマの歴史の予知のためである。したがって、冥府から戻ってのアエネアスの行動も、自身のためというよりローマの未来のための行動となる。

その行動とはつまるところ、ローマの先住民の王であるラティーヌスの女《むすめ》ラウィニアを娶《めと》り、未来のローマ人の祖となることだ。しかし、ラウィニアには近隣の求婚者たちがあり、その筆頭トゥルヌスは有力者たちを結集して、異邦人闖入者であるアエネアスに対立する。後半の六歌はアエネアス軍とトゥルヌス軍の闘争の連続で、そこで『イリアス』の構成が踏まえられたわけだが、『イリアス』におけるギリシア方のアガメムノンとアキレウスの対立やヘクトルの死骸を前にしてのトロイア王プリアモスとアキレウスの融和に対応する要素もなく、ただ敵味方の戦いの連続で、退屈といわざるをえないし、終わりかたも唐突だ。

負けを認めて命乞いするトゥルヌスを助けようとしたアエネアスの目に、トゥルヌスの肩の上の剣帯が飛びこむ。アエネアスが愛した若者パラスの剣帯で、これでパラスを倒したのがトゥルヌスだということがわかる。

アエネーアスの目に残酷な悲しみを思い起こさせる
戦利品が飛び込んだとき、燃え上がった狂気と怒りは
恐るべきものとなった。「わが仲間から奪った武具を身に着けたおまえを
助けてやると思うのか。これはパラスの一撃だ。パラスがおまえを

生贄とし、罪に汚れた血により報いを果たすのだ」。
こう言いながら、剣を正面から胸の奥へと埋める。
この燃え立つ怒りの前に、トゥルヌスの四肢は力を失い、冷たくなる。
命は一つ呻いてから無念を抱いて冥界の底へ去った。

おそらくウェルギリウス自身、この尻切れとんぼの終わりかたが不満で、改稿を考えていた。『アエネイス』が献げられた対象である元首アウグストゥスと同船してのギリシアからの帰途、イタリアの東方世界への外港ブルンディシウムを前にして死が近いことを自覚した時、友人に原稿の焼却を頼んだが、友人は従わなかった。後世の読者としては、作者の最後の願いの不履行を喜ぶと共に、作者の死を乗り越えての書き換えをあれこれ想像してみることも、作者への敬意と考えるべきではなかろうか。

ウェルギリウス『牧歌』

ウェルギリウスはいかにして後世に知られるようなウェルギリウスになったか。それ以前に、もともとのウェルギリウスはどういう性格の持主だったか。すでに私たちは、瀕死の船旅で畢生の大作『アエネイス』の焼却を懇願したウェルギリウスを知っているが、これを単に誇り高さのゆえとのみ解釈するのは一方的ではあるまいか。有名への望みと無名への願い、現実と夢想、詩なるものと詩ならざるもの、要するに相反するものに絶えず引き裂かれつづけたのが、ウェルギリウスではなかったか。

この性格は若い日の習作『カタレプトン』第五歌後半に見えている。「われら偉大なるシロンの博学の教えを求めて／幸福な港をめざして船出し、／人生をすべての煩いから解き放たんとする。／ここより去りたまえ、カメナたちよ。さあもう去りたまえ、／親しきカメナらよ。あなたがたはまことに甘美であったと、／われら告白しますゆえ。されどまたわが文の上に／いつか訪

れたまえ――恥じらいつつ、控えめに。」（『牧歌／農耕詩』小川正廣訳、京都大学学術出版会・西洋古典叢書の解説より）

ここにいうカメナは歌の女神。修辞学の教室を去って哲学の学苑に向かうに当たって、ウェルギリウスは歌の女神たちに別れを告げている。ということは、修辞学の研修がかならずしも弁論術習得のためばかりでもなく、詩法を富ませるためでもあったことを、はからずも告白していることになる。だからといって、哲学の学習が詩の対極にあったかというと、そうでもない。ウェルギリウスが向かおうとしているのはエピクロス学派の学苑であり、その契機になったのはエピクロス哲学の詩化であるルクレティウスの長篇詩『事物の本性について』だったはずだからだ。

こう見てくると、ウェルギリウスが詩なるものと詩ならざるものとに引き裂かれつづけたのも、つまるところ歌の女神たちが彼の詩歌をいっそういきいきと豊かにするためにそうしたのだ、ともいえる。ウェルギリウスは歌の女神たちに立ち去ることを冀《こいねが》いつつ、「されどまたわが文の上に／いつか訪れたまえ」といっているが、ウェルギリウスが一見詩ならざるものの側にあったかに見えた折にも、歌の女神たちは「恥じらいつつ、控えめに」傍らにいつづけたのではなかったろうか。

歌の女神たちはついにウェルギリウスに最初の大きな仕事をさせる。紀元前三九―前三七年頃刊行されたらしい『牧歌』全十歌である。十歌の制作順序については、現行の順序と異なりたとえば次のように推定されている（『牧歌・農耕詩』河津千代訳、未来社所収「『牧歌』について」による）。

（1）第二歌「コリュドン」羊飼コリュドンの美少年アレクシスへの恋の歌。前四三年夏の作。
（2）第三歌「歌合戦」牧人メナルカスとダモエタスの歌合戦。前四二年春。
（3）第七歌「歌合戦」コリュドンとテュルシスの歌合戦を、行き合わせたメリボエウスが書き記した形。前四二年春。
（4）第五歌「天国の入口に立つダプニス」牧人メナルカスとモプススが、天上に召されたダプニスについて作った歌をそれぞれ披露。前四二年夏。
（5）第九歌「町へ行く道」若いリュキダスと老いたモリエスの、メナルカスの噂についての対話詩。前四一年春あるいは前三九年。
（6）第一歌「没収」牧人メリボエウスとティーテュルスの対話詩。前四一年秋。
（7）第四歌「黄金時代がやってくる」内乱の終わりと神秘の男児の誕生を告げる予言詩。前四〇年冬。
（8）第六歌「シレノスの歌」若い二人の牧人にせがまれて半獣神シレノスが天地創造と伝説をうたう。前三九年春。
（9）第八歌「ダモンとアルペシボエウス」牧人二人の二篇の詩。ダモンは失恋した男の嘆きの歌、アルペシボエウスは去った恋人を呼び戻す魔法をうたう。前三九年夏。
（10）第十歌「ガルス」失恋のため死のうとするガルスをうたう。前三七年か。
（小川正廣解説では（3）第七歌と（4）第五歌の順序が逆）

「牧歌」というジャンルはラテン文学が模範とするギリシア文学の歴史の中では新しくヘレニズム時代、紀元前三世紀アレクサンドリアで活躍したシケリア（ローマではシキリア）出身の詩人テオクリトスの発明とされる。牧歌という名から純粋な田舎くささや素朴さを連想するとしたら、かならずしも正確ではない。当時のアレクサンドリアは世界一の大都市、そこの爛熟頽廃した宮廷から希求された想像上の田園の歌が牧歌にほかならなかったからだ。

ただし、いかに想像上の歌だろうと、生得田園に遠い都会育ちには田園の歌はうたえない。その点、シケリアの田園に育ち、南イタリア、小アジア西岸のコス島を経て、アレクサンドリアに赴き、アレクサンドリア大図書館を建設し、文芸を庇護したプトレマイオス二世ピラデルポスの宮廷に迎えられたテオクリトスには、牧歌の創始者となる素質が備わっていた、といってよい。

同じ意味で、北イタリアの小村アンデスで生まれ、クレモナ、ミラノ、ローマ、ナポリと転々と遊学したウェルギリウスには、牧歌の継承者の資格があった、といえよう。とはいえ、ウェルギリウスもはじめから牧歌を目指したわけではないようだ。当時の若い詩人たちの流行に従って新奇な詩を書いたといわれる。それにもかかわらず、しかし辺境出身の素朴さを失わずにいたウェルギリウスの資質を見て取り、牧歌と取り組んでみることを勧めたのは、ウェルギリウスの最初の保護者となったポリオだといわれるが、そのことはウェルギリウスの不名誉にはなるまい。ポリオの勧告を受け入れて、その頃一般に人気があったとはいえない牧歌に新しい息吹を吹きこみ、後世につづく文学伝統に高めたのはウェルギリウスの功績だからだ。

ウェルギリウスによるテオクリトスの『牧歌』の復活・継承は、まずは模倣から始まる。そこに登場する人物たちの名、コリュドン、テュルシス、ダプニス、メナルカス……などにしてからが、テオクリトスからそっくりそのまま戴いたものだ。前四三年夏から前四二年夏に書かれたと推定されている第二歌「コリュドン」、第三歌「歌合戦　メナルカスとダモエタスの」、第七歌「歌合戦　コリュドンとテュルシスの」、第五歌「天国の入口に立つダプニス」まではテオクリトスの模倣・変奏といっていいだろう。

しかし、のどかに模倣・変奏をつづけてばかりはいられない事態が勃発する。『アエネイス』の項で述べたオクタウィアヌスによる強引な土地収奪、その結果のウェルギリウスの家の土地の没収の危機だ。この危機がポリオたちの助力で回避されたのは前述のとおりだが、この事件はウェルギリウスをして牧歌の終わり、すくなくとも変質を痛感させたろう。彼の『牧歌』自体も大きく変質する。前四一年春から秋にかけて書かれたという第九歌「町へ行く道」と第一歌「没収」がそれだ。

だが、この危機による変質こそがウェルギリウスの『牧歌』をテオクリトスの模倣・変奏から大きく成長させ、独立させた。その成果は前四〇年冬の第四歌「黄金時代がやってくる」に結晶する（河津千代訳）。

偉大なる世紀の秩序がふたたび始まる。

いまや乙女は帰り来り、サートゥルヌスの王国が戻ってくる。
いまや新しき血筋が、高き天より遣わされる。
汚れなきルーキーナよ、すみやかに、安らかに子を生《あ》れさせたまえ。
［中略］
その子は神々の生活に加わり、英雄たちが神々と交わるさまを見、
みずからも彼らと共にあって、
父の徳がもたらした平和な世界を統べ治めよう。

「その子」が誰かについては、この一篇が献げられたポリオの子、オクタウィアヌスの子、オクタウィアヌスの姉を娶ったアントニウスの子、さらにはイエス・キリストとするものまで、古来、議論が多い。それらの議論を検討した上で、結局のところ落ちつくのは平和の擬人化ということではなかろうか。その子の「父」を平和をもたらした人であるオクタウィアヌス、さらに溯ってその義父であるカエサルだとすれば、カエサルに擬して書かれているらしい第五歌「天国の入口に立つダプニス」から『牧歌』の変質は始まっていたことになる。

第四歌「黄金時代がやってくる」の重要性はもう一つ、末尾に近い「見よ、万物が新しき時代を、いかに喜び迎えようとしているかを。／おお、そのときわたしに、長い生涯の最後の日々と、／おまえの事績をうたうに十分なほどの息が残っていたら！／トラキアのオルペウスもリノスも、

歌ではわたしにかなうまい。／たとえ彼らに父と母が――オルペウスにカリオペーが、／リノスにうるわしきアポロンが味方したとしても。／アルカディア人を審判として、パーンがわたしと競ったとしても、／アルカディア人を審判としてさえも、パーンは負けたと言うだろう。」というところのアルカディアにある。

ここのアルカディアは牧神パンを引き合いに出したついでに出て来たにすぎないが、第十歌「ガルス」ではきわめて重要な意味を帯びる。

アルカディアの神パーンも来た。わたしは前にも見たことがあるが、
彼は真赤な接骨木《にわとこ》の実と、辰砂で赤く顔を染めていた。彼は言った。
「いつになったら泣きやむのだ？　恋の神は悲しみなど、一向に気にしないのに。
残酷な恋の神は涙に飽きない。草は小川に、
蜜蜂は苜蓿《うまごやし》に、山羊は木の葉に飽きないものだ。」
だが、悲しみに沈んでガルスは言った。「アルカディア人《びと》よ、
あなたの山に向かって、歌ってください、わたしの恋の物語を。
アルカディア人にしか歌えますまい、この悲しみは。

この歌の主人公ガルスは捨てられた恋の深傷《ふかで》を癒やすべく、アルカディアに横たわっている。

現実のアルカディアはギリシアのペロポネソス半島のきびしい山岳地帯で、けっして地味豊かな土地ではない。テオクリトスのシケリアに代えて、アルカディアを「牧歌」の理想郷に選んだウェルギリウスの真意は何処にあったか。テオクリトスのシケリアはアレクサンドリアからじゅうぶんな距離があったが、紀元前一世紀後半のローマからは近すぎた、ということもあろう。しかし、ウェルギリウスが現実のアルカディアを知らないから選んだという批判はどんなものか。

うちつづく内乱によって深く傷ついたローマ世界、それを超えて以後の人間中心の世界に「牧歌」が成り立ちうるとしたら、それは極限の痩地、それも心の中の痩地にしかない、それが牧神パンの故郷がアルカディアと言い伝えられて来たこととの真意だ、とウェルギリウスは言いたいのではないか。ここに出てくるガルスはウェルギリウスの親友であることを超えて傷ついた世界そのもの。そして、この第十歌を「最後の仕事」として、ウェルギリウスはふたたび「牧歌」をうたうことはない。その意味では彼の「牧歌」は究極の牧歌であると同時に、反牧歌でもある。

ウェルギリウス『農耕詩』

ウェルギリウスがローマ帝国を代表する詩人となった理由は、ウェルギリウスの詩人としての自己実現の過程が、ローマ帝国の国家としての自己実現の過程と重なったことにあろう。

それはかならずしもウェルギリウスが自ら意図してそうしたということを意味するわけではない。ウェルギリウスはほんらい自分に好意をもって導こうとする庇護者や先輩に対して素直に耳傾ける質朴な性格で、ポリオの勧めで『牧歌』を試み、マエケナスの示唆で『農耕詩』を書き、アウグストゥスの懇望により『アエネイス』に取り組んだ。その結果がローマ帝国の自己実現の過程と重なった、ということなのだろう。

これを彼が模範としたギリシアの詩との関連でいえば、一作ずつ時代を溯るかたちになった。『牧歌』が紀元前三世紀、ヘレニズム時代のテオクリトスの『牧歌』、『農耕詩』が前八世紀、前古典期のヘシオドスの『農と暦』。『アエネイス』がおそらく前十世紀頃から歌い継がれ、ヘシオドスと同時期かやや早くにホメロスの名のもとに現行のかたちになった『イリアス』『オデュッセイア』を、それぞれ模範としているからだ。

ウェルギリウスの自己実現はともかく、ローマ帝国の自己実現の過程が先行するギリシアの歴史を溯るというのは逆行のようだが、そうではあるまい。ヘレニズムとはギリシアの衰退のかたちにほかならず、ギリシアをギリシアたらしめた基本は前古典期の都市国家にあり、都市国家の基盤は素朴な農耕にほかなるまい。また、農耕の前提にはこれを守護する神々や英雄たちへの信仰があり、この信仰を共有するところに都市国家をゆるやかに結ぶ民族意識が起こり、これがトロイア戦役伝説に象徴される民族的大事の勃発に際しての大同団結をなさしめたところのものだったろうからだ。

ただし、ローマの歴史はギリシアのそれとはすこし異なるようだ。ローマも起源の上では都市国家だが、他の都市国家と同盟するというより、むしろ戦闘し征服することに傾いたようだ。その戦闘・征服の規模はイタリア半島から地中海世界大に、それも点や線ではなく、面として拡がる。その点ではアテナイやスパルタの生徒というよりは、マケドニアの後輩というべきかもしれない。ただし、マケドニアは若い大王アレクサンドロスの死とともにヘレニズム国家群に解体した。数百年という年月をかけてアレクサンドロスのマケドニアにも勝る世界帝国となったローマは、マケドニアのようにあっけなく解体してはならなかった。

そのためにはさしずめ、マケドニアの解体の結果であるヘレニズム国家、その中で当時なお命脈を保っていたプトレマイオス王国に学ぶ必要があったろう。ウェルギリウスの『牧歌』はローマの学習のこの段階に併行していよう。テオクリトスの『牧歌』が書かれた前三世紀においても、爛熟したヘレニズム国家の主都アレクサンドリアでの牧歌は人工の想像世界でしかなく、したがってそれへの学習の結果であるウェルギリウスの『牧歌』は、反牧歌とならざるをえなかった。

とすると、つづいてマケドニアの起源についてもそうだったはずの農耕の学習に向かうのは、必然の流れだったといえる。つまり『農耕詩』だ。『牧歌』に模範があったように、『農耕詩』にも模範があったことは、前述のとおり。前八世紀末のギリシアはボイオティアの寒村アスクラの詩人ヘシオドスの『農と暦』（「仕事と日」「労働と日々」という訳もある）がそれだ。ただし、ヘレニズム期の『牧歌』と異なり、前古典期の『農と暦』は単なる人工の想像世界ではない。

この八百行余の叙事詩は、ヘシオドスの不心得な兄弟へ向けた教訓詩という体裁をとっている。すなわち、父親の遺産を均等に分けたにもかかわらず分け前を使い果たし、裁定者たちに賄《まいな》いをしてヘシオドスの分まで奪おうとする兄弟のペルセスに、地道に農作業をおこなうことの大切さとそのための知恵・技術、日の吉凶を教える。ペルセスが実在の人物で、詩にいわれているようなことをしたのかどうか。おそらくは教訓詩を成立させるための体裁にすぎないのだろうが、この体裁こそが『農耕詩』に役立った。

ウェルギリウスが活躍した前一世紀後半のローマでは、長い内乱ののちアウグストゥスの治下、荒廃した農地が軍人たちに分けられ、加えて世界帝国となった海外各地から安価な食料が流入したため、本来の農業が危殆《きたい》に瀕し、市民の農業離れが進んだ。いわばローマ市民全体が『農と暦』のペルセス化した。もっとも、農業の危機はその時が初めてではない。最初の危機は前二世紀、第二次ポエニ戦争勝利後に勃《おこ》った。その時、本来の農業に立ち戻るべく書かれたのが、大カトの『農業論』だ。

前一世紀後半の危機に際してもウァロによる『農業読本』が書かれた。その刊行はウェルギリウスの『農耕詩』起筆の頃だが、直接の影響はないようだ。大カトにせよ、ウァロにせよ、『農業論』であり『農業読本』だが、ウェルギリウスはあくまでも『農耕詩』。その窮極の目的は農業技術や農業経営の教授にあるのではなく、ローマ人のあるべき姿と彼が考える農耕者的人格の自覚を促すことにあろうからだ。促す対象は同時代のペルセスたちであり、そこで模範に選ばれたのが『農と暦』だったわけだ。

『農耕詩』の構成および内容は次のとおり。説明および翻訳は小川正廣訳『牧歌／農耕詩』(前掲書)による。

第一歌(畑作と穀物栽培)

序歌(各歌の主題、農牧畜の神々とオクタウィアヌスへの呼びかけ)―耕作(時期、作物の選定、耕作方法)―地力の回復法(休耕、輪作、施肥、焼畑)―耕耘《こううん》―灌漑と排水―労働の起源神話、技術の発達―穀物栽培の労苦―農具―脱穀場―収穫量の予知―種の処理と選別―天体観測による播種時期——黄道十二宮と天の五つの帯——屋内と祭日の仕事——日の吉凶——夜と真夏と冬の仕事——嵐と星座——ケレスの祭——風と雨の徴候——晴天の徴候——月による気象予測——太陽による気象予測——ユリウス・カエサルの死と内乱再発の予兆——戦乱、神々への祈り

第二歌（樹木栽培）

序歌（バックスへの呼びかけ）——自然にもとづく樹木の繁殖——人工による樹木の繁殖——農夫への呼びかけ——マエケナスへの呼びかけ——自然に繁殖する樹木の改良——種々の樹木の人工的繁殖方法——芽接《つ》ぎと接ぎ木——果樹の種類——樹木と土地の関係——イタリア賛歌——種々の土地の性質と適性——土地の性質の見分け方——葡萄畑の準備——葡萄の苗木の配置の仕方——樹木植栽のための溝の深さ——果樹栽培の諸注意——春の賛歌——若木の育て方——葡萄畑の世話——オリーヴ、その他の果樹の栽培——種々の樹木の有用性——農民賛歌——結び

第三歌（牧畜）

序歌（牧畜の神々への呼びかけ、ヘリコン山のムーサの神殿の建立、競技会と神殿の描写、マエケナスへの呼びかけ）——雌牛の選定と牛の繁殖——種馬の選定——老いた種馬の扱い方——戦車競争の馬——種馬と雌馬の飼育法——妊娠した雌の世話——子牛の世話——子馬の調教——発情期の雄の牛馬の扱い方——雌牛をめぐる雄牛の闘争——動物の愛欲——羊と山羊の主題の提示——羊と山羊の世話——山羊の価値と冬の世話——羊と山羊の夏の世話——リビュア人の遊牧生活——スキュティア人の牧畜と生活——羊毛の生産方法——乳の生産方法——犬の飼育と価値——蛇の除去と生態——羊の病気

と治療法―ノリクムの疫病

第四歌（養蜂）

序歌（主題の提示とマエケナスへの呼びかけ）―養蜂の場所の選定―巣箱について―蜜蜂の分封と採集方法―蜜蜂の戦争―蜜蜂の品種と特徴―蜜蜂の群れを定着させる方法―庭園の世話とコリュクスの老人―蜜蜂の天性について―蜜蜂の繁殖と寿命―蜜蜂の王―蜜蜂の神的性質―蜂蜜の収穫方法と収穫後の世話―蜜蜂の病気と治療法―全滅した蜜蜂の群れの再生法（ブーゴニア）―アリスタエウスの物語―アリスタエウスの嘆きと母キュレネの忠告―プロテウスの捕獲―プロテウスの話（オルペウスとエウリュディケの物語）―キュレネの忠告と蜜蜂の再生―全歌の結び

実用的知識は全体の約半分。しかも実際上重要な作業がしばしば省略され、間違いも少なくない、という。ウェルギリウスが農村育ちながら、幼少の頃から都市に遊学し、農作業に携わったことのない事実を考えれば、無理からぬこと。また、前述のとおりローマ人のあるべき姿と彼が考える農耕者人格の賞揚に眼目があることを思えば、見過ごせる瑕瑾《かきん》かもしれない。ここでは、第二歌の「農民賛歌」と呼ばれる部分から引こう。

おお、自己のよきものを知るならば、あまりにも幸運な

農夫らよ！　争いの武器から遠く離れて、彼らのために、
最も正しい大地はみずから、地中からたやすく日々の糧を注ぎ与える。
たとえ堂々たる玄関を構えた宏壮な館が、毎朝挨拶に訪れる人々の
巨大な波を、すべての部屋から吐き出すことがなく、
また美しい鼈甲《べっこう》をはめ込んだ扉や、
金で飾り立てた衣裳や、エピュラの青銅に見惚れることもなく、
白い羊毛をアッシュリアの染料でそめもせず、
澄んだオリーヴ油に肉桂《にっけい》を混ぜて使わなくても、
しかし彼らには、不安のない休らいと、欺くことを知らぬ生活があり、
さまざまな富が満ちている。広大な土地でのくつろぎも、
洞窟や清冽な水をたたえる湖も、涼しい谷間も、
牛の鳴き声や、木陰での快い眠りも
欠くことはないのだ。そこには林間の牧場《まきば》や、獣たちの隠れ家や、
仕事によく耐え、質素に慣れた若者たちや、
神々の崇拝や、祖先に対する敬意がある。この人々の中にこそ、
大地を去りゆく正義の女神は、最後の足跡を残していった。

「この人々」つまり農夫たち「の中にこそ」「正義の女神は、最後の足跡を残していった」とウェルギリウスはうたう。ここにいう正義の女神ユスティティアはギリシア名ディケ。ヘシオドスが『農と暦』の中でしばしばうたうところだ。農耕者たちの土地から出て言葉の、そして文字の畝を耕す人となったウェルギリウスの最もウェルギリウスらしい作品、というよりウェルギリウスが自ら最も落ちつける場は『農耕詩』の中だったのではないか。アウグストゥスの懇望で長い年月をかけて書き継いだ『アエネイス』だったが、死に際してその焼却を願ったのも、窮極的に彼自身そこに落ちつける場所を見つけることができなかったからだとも、いえるのではないか。

ルクレティウス『事物の本性について』Ⅰ

ローマ帝国の国民詩人ウェルギリウスに先行する最大の詩人は、ルクレティウス（前九四頃―前五五頃）といってまず間違いなかろう。最大というのは文字どおりで、彼の作品『事物の本性について――宇宙論』（『世界古典文学全集21　ウェルギリウス・ルクレティウス篇』藤沢令夫・岩田義一訳、筑摩書房）の長さは全六巻八〇〇〇行に垂《なん》なんとし、ウェルギリウスの代表作『アエネイス』の九九〇〇行近くに迫っている。しかも、『アエネイス』がローマ建国の叙事詩なのに対して、『事物の本性について』は副題にも見るとおり、宇宙万物のありようについての叙事詩だ。

長さはともかく、その内容については、両者のどちらが大きいか。現実に古代ローマに生きる人びとにとっては、自分たちの国家の成立の事情は、何ものにも代えがたい大問題だったろうが、それを離れて世界史的さらに人類史的・生命史的拡がりの中で見るなら、宇宙万物のありようは比較にならず大きい問題だ。そのことを誰よりも鋭敏に感じていたのが、ほかならぬウェルギリウスかもしれない。彼の『農耕詩』第二歌に次のような数行がある（『牧歌・農耕詩』小川正廣訳、前掲書）。

　だが私が何よりもまず願うのは、麗しきムーサたちが、
大いなる愛に打たれて神聖な印を捧げ持つこの私を
受け入れて、教えてくれることである――星辰が進む天の道を、
太陽のさまざまの蝕と月の労苦を、
大地の震えの原因は何か、いかなる力で海は高く膨れ上がって
堰を切り、ふたたびもとの所へもどるのか、
冬の太陽は、なぜあれほど急いでオケアヌスに身を浸し、
何が夜明けを妨げ、遅らせるのかを。
しかし、もしも心臓のまわりの冷たい血液に妨げられて、
そのような自然の領域に近づくことができないならば、
私は田野と、谷間を潤す水の流れを楽しみながら、
無名のままに、川と森を愛して生きよう。

言わんとするところは、かの令名高いルクレティウスのように宇宙についてうたうのが詩人た

るものの最高の理想だが、それができないなら田園と山川草木を愛しその讃歌をうたって無名のまま生きようと、『農耕詩』を書く理由のいかにも謙虚な言挙げをしている。しかし、じつは言挙げはそれだけではないのかもしれない。ルクレティウスの主題が宇宙なら、自分のそれは農耕だ、という言挙げだとも取れる。

ルクレティウスの『事物の本性について』は世界文学史に比類のない傑作だが、彼の創始した全くの新ジャンルというわけではない。ローマに先行するギリシアには宇宙の成り立ちについて考えるパルメニデス（前五一五頃―前四五〇以降）やエンペドクレス（前四九三頃―前四三三頃）の哲学詩の伝統があり、その淵源には詩人の祖であると同時に哲学者の宗ともされるヘシオドス（前七〇〇年頃に活躍）の『神統記』がある（廣川洋一『ヘシオドス研究序説』未来社付録の廣川訳より）。

まず原初にカオスが生じた、さてつぎに
常久に揺ぎない座なる胸巾広い大地《ガイア》、
雲を載くオリュンポスの山頂に宮居するすべての不死の神々の〔常久に揺ぎない座なる〕、
――と
路広の大地の奥底にある曖々たるタルタロス、
さらに不死の神々のうちでもいちばん美しいエロスが生じたもうた。
この神は四肢の力をゆるめ、すべての神々とすべての人間どもの胸うちの心と考え深い思慮をうち拉ぐ。
カオスから幽冥《エレボス》と暗い夜《ニュクス》が生じた、
つぎに夜からアイテールと昼日《ヘーメレー》が生じた、
夜が幽冥と情愛の契りして身重となり生みたもうたのである。

いかに神話的な語り口に見えようと、これこそが宇宙論の始まりなのだ。ところで、ヘシオドスには宇宙論とペアになった人倫論がある。かく造られた宇宙の中で人間はかく生きなければならないというわけで、これを担うのが『神統記』に並ぶ『農と暦』にほかならない。だから、ルクレティウスが『事物の本性について』なら自分は『農耕詩』だというのは、彼がヘシオドスの『神統記』を変容させたのなら、我は『農と暦』を変身させるという遠回しの宣言とも考えられる。

しかし、もちろん順序として『事物の本性について』を書いておいてくれたから、ウェルギリウスは安んじて『農耕詩』を書くことができた、ということはある。そして、そのことは『農耕詩』につづく『アエネイス』にもいえる。『農耕詩』が行為主体を限定しない一般的人倫論とするなら、『アエネイス』はアエネアスをはじめとする複数の登場人物たちの具体的人倫論ということになろう。

もう一つ、詩体と長さがある。文学の長い歴史と伝統を持つ先進ギリシア語に較べれば、およそ洗練されない農民の言葉にすぎないラテン語に、何百年もかかって磨かれた結果のギリシアの詩体を移し、長大な叙事詩を作りあげることが、いかに困難な営為だったかは、想像するに余りがある。その詩体がウェルギリウスのそれに較べていかに生硬に見えようと、その成果があったればこそ、ウェルギリウスの詩体の洗練が可能になったことは、いうまでもなかろう。しかも、ルクレティウスがおこなったのは、ギリシア哲学の一帰結ともいうべきエピクロス（前三四一頃―前二七〇頃）ののちに散逸した散文の大著の詩化という困難な作業である。

エピクロスはアテナイからの移住者の子としてサモス島に生まれ、成年に達して兵役義務のため故郷アテナイに戻ったが、その年アレクサンドロス大王が死んで、マケドニアに対する反乱とマケドニアによる弾圧とが相次ぎ、物情騒然たる状態がつづいた。そんな中でエピクロスはロドス、テオス、コロポン、ミュティレネ、ランプサコスと移り、三十五歳の頃アテナイに戻った、という。

哲学の上ではプラトン、アリストテレス、デモクリトスと遍歴し、デモクリトスの原子論を当代流・自分流に修正して独特の哲学を産み出した。自然界の事物は原子から成る合成物で、その表面からやはり原子の合成物であるエイドラというものを絶えず流出している。このエイドラが人間の感覚器官の内にある同じく原子の合成物である魂を刺激することで、感覚が成立する。人間の判断には誤りが生じうるが、感覚はつねに正確に外界の事物に対応する。ここまでは原子論であり、感覚主義だが、これがそのまま倫理主義になるところがエピクロス独特といえる。

原子論者であるエピクロスにとって、真に存在するものは原子が結合し解体する場である空間だけで、人間の死は原子の解体にすぎないから、死を怖れる必要はない。私たちが生きている時には死は存在しないし、死んだ時には私たちは存在しないからだ。そのことを認識した平静不動（これをアタラクシアという）の境地の中で人間は快楽をこそ追求すべきだが、その快楽とはすべてに貪らず、隠れて生きることである。隠れて生きるといっても孤独な隠遁を意味するわけではなく、心の通いあう友人たちとの静かな交わりこそが理想の生活だ。それはいかにも乱世が産んだ哲学であり生きかただ、といえる。

この考えのもとに、エピクロスはアテナイに小さな土地を求め、弟子たちを集めて、哲学の研究に励む静かな共同生活を送った。哲学の研究とはいうものの、その共同形態は修養団体に近く、エピクロスは弟子たちから神のごとく仰がれた。エピクロスの信条はその死後も弟子から弟子へと受け継がれ、ローマ時代に入ってルクレティウスという最大の信奉者を産んだ。ルクレティウスの生きたほぼ四十年間は、スラとマリウスの抗争からカエサル暗殺まで、共和制ローマが帝政ローマに移る前夜の大乱の時代であり、その大乱が内部からおこったものだけに深刻さはエピクロス時代のアテナイに勝っている、ともいえる。この時代に二百数十年前のエピクロスの平静不動の説が、迫真性をもって受容されたことは無理からぬところだろう。『事物の本性について』は次のようにうたい出される。

ローマ人の母、人間と神々のよろこび、
養い親ウェヌスよ、大空の滑り動く星座の下で、
あなたは船を浮べる海に、実りもたらす大地に、いのちを溢れさせる。
生きとし生けるものは、みなあなたによってこそ
はらまれ、生れ出ては日の光を見るのだから。
女神よ、あなたが近づけば風はにげ、空の雲は
散ってゆく、あなたの足の下に技巧すぐれた大地は
甘美な花をしき、あなたのために海原はほほえみ、
大空は怒りをやわらげ、光に溢れて輝きわたる。
まことに春の日の姿が現われ、命吹きこむ
西風が、枷《かせ》を離れて勢いをます間もあらず
まず第一に空の鳥が、女神よ、あなたの力に
胸をうたれて、あなたの到来を告げしらせる。
つづいて野の獣、家畜の群れが楽しい牧場をはねとび
速い流れを泳ぎわたる。このように、あなたの魅力に捕われ
あなたが導くところ、どこまでも望みにもえてみなついてゆく。
それからあなたは、海を渡り、山をこえ、激流を横ぎって

　木の葉に包まれた鳥のすまい、若草もえる野原に至るまで
　すべてのものの胸に甘美な愛を打ちこみ、
　その欲望によってそれぞれ種族をふえさせる。
　あなただけが事物の本性を支配するからには、また
　あなたなくしては、光の聖なる岸辺に現われ出るものもなく、
　悦ばしきもの、愛らしきものは何一つ生れないからには、
　ねがわくはこの詩句を書くにあたって私を援けたまえ。
　この詩は私が事物の本性について書きつづり、
　わが友メンミウスに捧げんとするもの。あなたは、女神よ、いつも
　かの友が万事につけて勝れていることを望みたもうた。
　それゆえなおのこと、女神よ、わたしの言葉に永遠の魅力を与えたまえ。

これがホメロスの「怒りを歌え、女神よ」（『イーリアス』呉茂一訳）、ヘシオドスの「ヘリコン山の詩歌女神《ムーサ》たちの讃歌《ほめうた》から歌いはじめよう」（『神統記』廣川洋一訳）以来の叙事詩の書き出しの伝統的流儀で、これを踏まなければエピクロスの散文の詩化は遂げられないと意識されたのだろう。だからといってルクレティウスが伝統的な神々の信奉者かといえば、それはおそらく正しくない。

ルクレティウス『事物の本性について』Ⅱ

ルクレティウスの『事物の本性について——宇宙論』（藤沢令夫・岩田義一訳、前掲書）は六巻からなる。六巻の内容は同書解説に従えば、次のとおり。

第一巻　物質と空間
第二巻　アトムの運動と形
第三巻　生命と精神
第四巻　感覚と恋愛
第五巻　世界と社会
第六巻　気象と地質

第一巻がウェヌスへの祈りから始まることは先に見たとおり。また同巻末尾近くでは、バッコスの杖とムーサへの愛に言及している。しかし、それはどうやらギリシアのホメロス、ヘシオドス以来の慣用的表現にすぎないらしく、ルクレティウスの信仰の対象は、ギリシア・ラテンの神々とは別のところにある。その対象とはギリシアの哲学者エピクロスにほかならない（第一巻）。

人間の生活が重苦しい迷信によって押しひしがれて、
見るも無残に地上に倒れ横たわり、
その迷信は空の領域から頭をのぞかせて
死すべき人間らをその怖ろしい姿で上からおびやかしていた時、
ひとりのギリシア人（エピクロス）がはじめてこれに向って敢然と
死すべき者の眼を上げ、はじめてこれに立ち向ったのである。
神々の物語も電光も、威圧的な空の轟きも
彼をおさえなかった。かえってそれだけいっそう、
彼のはげしい精神的勇気をかりたてては、自然の門の
かたい閂《かんぬき》をはじめて打ちやぶることに彼を向わせた。
それゆえに発刺たるその精神力は全き勝利をおさめ、
この世界の焰に包まれた防壁をはるかに遠くふみこえた。

そしてその精神によって、はかりしれぬ全宇宙を遍歴し、
そこから勝利者として帰ってきて、私たちに、何が生じ、
何が生じえないか、またどのようにしてそれぞれのものに、
定まった能力と不動の限界があるかを教えてくれた。
これによってこんどは宗教的恐怖が足の下にふみしかれ、
勝利は私たちを天にまで高めた。

その勝利とは宗教的恐怖に対する勝利、さらにいえば神々なるものへの勝利だ。エピクロスが到達した原子論によれば、真に存在するものは原子と、原子が結合し解体する場である空間だけである。ということは、神々は存在しないことになり、私たちひとりひとりの死後の神々による審判もないことになる。この考えがアレクサンドロス大王急逝後の大乱時代のアテナイにおいて、エピクロスとその信奉者たちにとって救いだったのと同じく、いやそれ以上に共和制末期・大乱時代のローマにおいて、大きな救いとして多くの人の心を捉えた。

彼らは哲学のエピクロス派、むしろ哲学を超えて宗教のエピクロス教徒と呼ぶほうがふさわしいかもしれない。そして、そのエピクロス教徒の中の抜きん出た熱心党がルクレティウスということになろう。なにしろ、ルクレティウスはエピクロスがギリシア語の散文で書いた教説を、ラテン語の長大な詩に移すという、誰も考えつかなかった困難な作業を自らに課したのだから。ル

クレティウスはいう。

ギリシア人のこの解し難い発見がラテンの詩句では
明確に表わしがたいことに私は心づかないわけではない。
とくに、われわれの言葉がとぼしく、事柄が新奇なため
新語に多くたよらなければならないのだから。

おそらくそれは言葉だけの問題ではない。ルクレティウスはエピクロスのギリシア語散文をラテン語韻文に移すことで、ギリシア人エピクロスの宇宙観・人倫観を、ローマ人として生きなおそうとしたのだろう。その点ではエピクロスに対するルクレティウスは、イエスのアラム語教説を国際ギリシア語＝コイネーに移した福音記者たち、むしろ教説を敷衍した書簡を多く残した使徒パウロに似ている。喩えていうなら、エピクロスは神なき宗教のイエスであり、ルクレティウスは神なき宗教のパウロである。

ただ、ルクレティウスにあって、おそらくパウロにないものがある。それは信仰に出会う以前に知った愛欲の悦びであり苦しみである（第四巻）。

愛をさける人はウェヌスの楽しみを失わないで

かえって苦痛もなくその利益だけを受けとる。
なぜならその悦びは恋に悩む人よりも恋をしていない人にとって
より純粋なのだから。じっさい手にいれるべきその瞬間にも
恋人の熱情は定めない不安に波だち、
その目と手でまず何を楽しむのかもわからない。
恋いもとめたそのものを強くだきしめては体に痛みを与え、
小さな唇に幾度も歯をおしあて、荒々しくキッスを浴びせる。
それは、その悦びが純粋でなく、針がかくされていて
その針が、かの狂気の若枝を生いたたせるもの、たとえ何にせよ
そのものを、傷つけるようかりたてるからなのだ。

［中略］

恋人たちは体をひしと抱きしめ、口からもれる唾《つばき》を合わせ、
歯に唇をおしつけ息をはずませる、
無駄なことだ、そうしたからといって何一つもぎとることもできないし、
体ごと体に突きいり、突き抜けることもできはしない。
じじつ時おり、そうすることを望み戦っていると見えるけれど。
それほどまでに夢中になってウェヌスの抱擁に捕えられ、

そのまに手足は悦びの力にうたれて解けてしまう。
さいごに、たまった欲望が筋肉からとびだすと
はげしい熱情の火も少しの間おさまる。
それからまた同じ狂気が返ってき、元の狂熱がふたたび訪れる。
なぜなら彼らは自分自身何をこい求めているのか探しながら
その痛みを消してくれる工夫を見つけることができないのだから、
それほどまでに深い疑いの中に、目にみえない傷のため弱ってゆくのだ。

いうまでもなく、ここの文脈の意図は愛欲の否定にある。宇宙が結合と解体を繰り返す原子とその場である空間から成るとすれば、その中にある人間の肉体と精神も例外ではありえず、人間どうしの愛欲も例外ではありえない。したがって愛欲に身を委せることは、結果的に苦痛を齎すだけだ、というのだ。しかし、そのことをいうための描写は、かつて愛欲の悦楽と苦痛とを味わいつくした人以外のものではありえない。

ルクレティウスの魅力の一つは、当人の意図するところかどうかはいざ知らず、ぞんがいそんなところにあるのではないだろうか。弱年ローマ風の愛欲生活に沈淪したあげくに、その苦痛から逃れようと足掻いてエピクロスの教説に出会い、苦痛なき快楽すなわちエピクロスのアタラクシアを自分のものにすべく、エピクロスの教説のラテン語詩化を志したのが、ルクレティウスの

『事物の本性について』執筆の動機ではなかったろうか。

この執筆によってルクレティウスは愛欲の地獄から逃れえたか、どうか。引用した詩句の否定のかたちを取りながら、否みがたい官能性は、ルクレティウスが愛欲の否定によって、結果的にいよいよ愛欲の悦びを尖鋭化していった証と考えられなくもない。すくなくとも『事物の本性について』の長大さは、愛欲の悦びから逃れることの困難を証明しているのかもしれない。しかも、この長大な叙事詩の完成によって、ルクレティウスが愛欲を超ええた保証は何処にもない。私たちはルクレティウスがどんな出自で、どんな生涯を送った人物か、おおいに好奇心をそそられる。

ところが、これほど長大な詩を、僅かな欠落を含むのみで残していながら、言い換えれば作品をそれだけ同時代および後世に大切にされながら（じじつ、生涯の終わり頃か死後間もなくと思われる紀元前五四年のキケロの弟クイントゥスへの書簡に「ルクレティウスの詩は、お前が書いているとおり、多くの才能の光にみちているとともに、他方きわめて技巧的である」という箇所がある）、作者その人について知られるところはきわめて少ない。

彼の生没年についての言及は、いずれもはるか後世、最も早いものでも紀元後三世紀のものだから、信憑性に乏しいともいえるが、それらの一致点をさぐることで、前九〇年代に生まれ、前五〇年代に四十歳代の若さで死んだ、ということだけはいえそうだ。さらにその死因について、媚薬を常用して発狂に到り、自ら生命を絶ったとする説が複数あり、その中にはその媚薬がよからぬ女性から与えられたとする説もある。

いずれにしても、宇宙・万物の構造と在りようを、これだけ微に入り細を穿って客観的に記述し、論理的に証明しながら、ルクレティウスその人の死には醜聞的匂いが揺曳している。あるいはそれはオルペウス以来、真実の固い扉を開いた真の詩人につきものの罰、言い換えれば栄光かもしれない。

『事物の本性について』全六巻の終わりかたは、アタラクシアを求めて書かれた長篇叙事詩の結論としては、いささか異様というべきかもしれない。かつて起こったというアテナイの疫病についての克明《こくめい》な記述が二百行近くつづき、とつぜん竪琴の糸が切れたかのように終わるのだ。

最後に神々のすべての聖なる神殿も、死は
息たえた死体でみたした。そして天上の
神々の神殿はどこも死体で埋まっていた、
なぜなら神殿の守り手はその場所を客人でみたしたから。
今となっては神々への信仰もその威光もたいして
重みをもたなかった。目の前の苦痛がすべてに勝った。
以前はこの人々をいつも葬る習いだった
かの葬らいの儀式さえ都には残らなかった。
じっさい、誰も彼も心を乱して、おののいていたのだから。

そして一人一人、その場の状況に応じて近親を葬った。
多くの急な事情と恐ろしい貧困とがそうさせたのだ。
じじつ、人々は近親の死体を他の人の
つんだ薪の上に、大きな叫びとともに置いて、
松明をその下にあてがい、死体を投げすてるくらいなら、
むしろ、たびたび血を流して争ったのだから。

オウィディウス『悲しみの歌』

古代ローマの詩歌の黄金時代を用意したのがルクレティウス、黄金時代の中心として活躍したのがウェルギリウスだとしたら、黄金時代の終焉を体現した詩人はオウィディウス（前四三―後一七）だろう。オウィディウスの出自については、その遺作の一つである『悲しみの歌』第四巻第十歌「詩人の自伝」に詳しい（『悲しみの歌・黒海からの手紙』木村健治訳、京都大学学術出版会・西洋古典叢書所収）。

あなたもお読みの軟弱な恋の戯れの詩人である私がどういう人間であったのか、後の世の人よ、お分かり頂くために、聞いて下さい。
スルモが私の故郷、氷のように冷たい水豊かな所で、
都から九〇マイル離れている。

そこで私は生まれた、（日づけを知りたければ）
両執政官が同じ運命で倒れたあの年だ。
私は遠い祖先から階級を継承したもので、（それに意味があるとして）
運命の贈り物で最近騎士階級に叙せられたばかりというのではない。
私は長男ではなく、兄に次いで生まれた、
兄は一二か月年上だった。
二人の誕生日は同じで
同じ日が二人の供え菓子で祝われた。
その日は五日間のミネルウァ祭のうちの一日で
闘いで血塗られる最初の日。
まだ幼い時からわれわれは教育を受け、父の配慮で
都で学芸の面で傑出した人々の所に通った。
兄には幼い時から弁論の才能があり、
生まれながらにして言葉の飛び交う中央広場の強い武器に向いていた。
一方私は子供の頃から神々の秘儀が好きで、
ムーサは、密かに私を彼女の仕事に引き込んでいた。
父は何度も言ったものだ、「どうして無用なものに手を染めるのか？

ホメロスだって財産を残しはしなかったというのに」。
私は父の言葉に動かされ、ヘリコン山をすっかり棄てて
韻律のない言葉を書こうとした。
だが、歌が自然と適切な韻律に合ってしまい、
言おうとしたものが韻律になってしまうのだった。

引用した詩行の最初に出てくる「軟弱な恋の戯れの詩人である私」と最後に現われる「言おうとしたものが韻律に合ってしまう」とは自虐と自信、一見矛盾するように見える。しかし、この矛盾こそが生涯の最終期において自ら総括したオウィディウスのありようだったろう。

オウィディウス、正確にはプブリウス・オウィディウス・ナソは、ローマ市から九〇マイル離れたスルモ（アペニン山脈の谷間の町、現在名スルモナ）に生まれた。両執政官が（アントニウスと戦って）倒れた年とは紀元前四三年で、ミネルウァ祭の闘いで血塗られる最初の日とは三月二十日、その前年にはカエサルが元老院で暗殺されている。

祖先伝来の富裕な騎士階級に生まれ、出世を望む地方良家のお決まりコースで、少年時代にローマに出て修辞学と弁論術を学び、さらにギリシアのアテナイに遊学、小アジア、シキリアを経てローマに戻る。共に学んだ政治向きの年子《としご》の兄が二十歳で急逝、父の期待を一身に担うが、一時官職に就いたものの馴染まず、詩への志止みがたく当時の有力貴族のひとりメッサラの主宰す

るサークルに投じ、しだいに詩人としての頭角を表わす。

詩人オウィディウスの活動は三期に分けられる。第一期は二十歳代末から四十歳代前半までで、処女作の『恋の歌』全五巻（のち全三巻に改訂）以下、『名婦の書簡』全二十一篇、『女性化粧法について』（現存は断片のみ）、『恋の技法』全三巻、『恋愛治療』一巻、他に散佚《さんいつ》した悲劇『メディア』など。題名からもわかるとおり、いずれも軽妙、しばしば煽情的な恋愛詩で、恋の詩人オウィディウスの名を高からしめるとともに、後年の災いの遠因ともなった。

第二期は四十歳代前半から五十歳ぐらいまでで、この間に叙事詩『変身物語』全十五巻と教訓詩の流れを汲む『祭暦』全六巻（各巻に一月が当てられ六月まで、残り七月から十二月までの六巻は災難勃発のため書かれなかったもの、と思われる）。この期にオウィディウスがそれまでの恋の詩から叙事詩と教訓詩へと大きく舵を切ったのは、先輩の大詩人ウェルギリウスを意識してのことと思われる。すなわち『変身物語』は『アエネイス』に、『祭暦』は『牧歌』『農耕詩』に対抗して書かれたもの、と考えていいのではないか。

しかし、これらの大作の執筆によっても恋の詩人オウィディウスの第一印象は消えなかった。志半ばに終わった『祭暦』はともかく、『変身物語』はギリシア神話の世界の始まりからローマ史のカエサルの神化・アウグストゥスの神化の予告まで、ギリシア・ラテン世界の変身譚を網羅した一大叙事詩ではあるが、一話一話の変身の原因は多くの場合、恋である。すくなくとも、当時の一般大衆は恋の詩人オウィディウスの新機軸の「恋の詩」集大成として『変身物語』を読んだのではないだろうか。

オウィディウスの第二期は唐突に中断される。そして、それはそのまま突然の第三期の始まりだった。後八年、友人とエルバ島に遊んでいたオウィディウスは、ローマに戻る命令を受ける。待ち受けていたのは裁判で、その結果、詩人は当時のローマ世界の辺境、黒海沿岸のトミス(現ルーマニアのコンスタンツァ)への流刑を申し渡される。その理由を詩人自身は「二つの罪――詩と過ち――が私を破滅に陥れたのだけれど、/そのうちの一つの罪については沈黙を守らねばなりますまい。/というのも、皇帝よ、私はあなたの傷をほじくり返すことができる/ほどの者ではなく、あなたの苦しみは一度だけで十分すぎるからです。/もう一つの罪が残っていて、恥ずべき詩によって/猥褻な姦通を教えた者として非難されています。」といっている。

ここにいう「そのうちの一つの罪」が何であるかについては詩人自身が「沈黙を守」っているため、古来さまざまの臆測を呼んできたようだが、いずれにしても「皇帝」の「傷」と関わることであるらしい。皇帝の傷に当たるのは、アウグストゥスが帝国を安定させるために採った綱紀粛正政策にもかかわらず、身内中の身内、娘の大ユリアを前二年に不倫を理由に、さらに十年後の後八年に孫娘の小ユリアを同じく不行跡のかどで島流しにしている、そのどちらかだろう。同じ後八年の流刑から考えて、小ユリアとの関連と思われるが、具体的には不明というほかない。

「残ってい」る「もう一つの罪」が「猥褻な姦通を教えた」「恥ずべき詩」の書き手ということで、それが「悲しみの歌」引用部分の「軟弱な恋の戯れの詩人」という自虐的表現にもなる。しかし、彼が皇帝にその罪を悔い、ローマへの帰還、せめてトミスよりすこしでもローマに近い土地への移動を懇願するには、その軟弱な才能に恃むほかない。オウィディウスの場合、いかなる状況でも「言おうとしたものが韻律に合ってしまう」からだ。

そこで、オウィディウスは追放の旅の途中から始まり、追放の地に着いたのちも、倦むことなく訴えの詩を書きつづけ、その訴えの詩は書簡のかたちを取る。しかも、それらの書簡詩が漫然と貯って一巻となり、五巻となったのではなく、明確な意図のもとに構成されていることは驚嘆のほかない。第一巻全十一歌は後九年に成立してローマに送られ、第二巻詩人の弁明一篇五百七十八行もほどなく、第三巻十四歌は後一〇年、第四巻十歌は後一一年、第五巻十四歌は一一年から一二年にかけての冬に送られた、と推定されている。

第一巻十一歌と追加された第二巻は一まとまりで、突然の受難に遭遇しての哀訴と弁明の意図が明らかだ。第三巻以降、哀訴の調子がさらに増すのは事実だが、表現も深くなってくる。オウィディウスとしてはローマ帰還、さもなくば少しでもローマに近い土地への移動を願いつつ、一方では願いの叶わない時はせめてこれまで誰も書かなかった流謫の詩を残そうと努めたのではないか。たとえば第五巻第十歌「トミスの災い」はこう始まる。

私が黒海の畔に住むようになってから、三度ヒステル川は寒さで止まり、
黒海の水も三度凍って固くなった。だが、

私には祖国を離れてもうずいぶんと年（ダルダノスのトロイアが敵の
　ギリシア人に包囲されていたのと同じ年月）を経たように思われる。
時間が止まっているように思えるだろう、それほど時の進行は緩慢で、
　一年はゆっくりした足どりで道を進む。
夏至が夜の時間を減らすとは私には思えないし、
　冬至が昼の時間を短くするとも私には思えない。

［中略］

近辺の数え切れないぐらいの部族が猛々しい戦で脅かしており、
　連中は略奪なしの生活を恥ずべきことと考えている。
外では安全なものは何一つない。丘自体も貧弱な壁と
　自然の形状で守られているにすぎない。
予想もしないときに、敵はまるで鳥のように群がって
　飛びかかってきては、見る間もなく、戦利品を運び去っていく。
しばしば門が閉められている壁の中までも飛び込んできた
　毒矢を、われわれは道の真ん中で集めることがある。
だから勇気を奮って畑を耕す者は稀である。そうする者は
　不幸にも片手で耕し、片手に武器をとっている。

牧人は兜をかぶり、松脂でつないだ葦笛を吹き、
　びくびくした羊は狼ではなくて戦を恐れている。
城塞の力ではほとんど防衛ができず、さらにその中でも
　蛮族の群衆がギリシア人と混じって不安を掻き立てる。
というのも蛮族はわれわれと区別なく住んでおり、
　住居の半分以上は彼らが占めているからだ。

内乱の受難をもろに被った先輩詩人ウェルギリウスたちと異なり、パクス・ロマーナ（ローマの平和）を謳歌したオウィディウスだったが、ほかならぬ平和の剝き出した牙が彼を先輩詩人の誰もが体験しない辺境への流謫の身とした。しかしまた、ほかでもないその受難が先輩詩人の誰も書いたことのない流謫の詩を齎《もたら》した。弁明・哀訴の効果もなく、一七年、トミスの地で生涯を終えたオウィディウスは、すくなくともその点においてだけはウェルギリウスを超えた、と自ら慰めて死んだのではないか。

オウィディウス『変身物語』

『変身物語』はオウィデイウスの代表作というのみならず、ラテン文学の代表作といってよい。すくなくとも、発表当時から現在にいたるまで、原典また翻訳を通して世界じゅうで最もよく読まれ、文学のみならず美術・音楽また学問にまで最も広く影響を与えつづけて来た作品といえよう。

オウィディウスの数多い作品のうち、最も幸福な作ということになろうが、その中にも彼の災難の予感の芽のようなものは読みとることができる。最終巻十五巻はアスクレピオスの変身譚から急にカエサルの神化とアウグストゥスに移って終わるが、この移行はいかにも不自然だ（中村善也訳、岩波文庫。なお、他の訳者で「転身物語」「転身譜」などの訳もある）。

が、われわれの神殿に迎えられたアスクレピオスも、結局は、異国から来た神でしかない。

それにくらべて、あのカエサルは、みずからの都で神となっている。戦時にも、平時にも、衆にすぐれていた彼だったが、その彼が新しい星に変わり、きらめくほうき星となりえたのは、勝利に終わった戦争や、内政の功、あっというまに達せられた栄光によるというよりは、むしろ、彼の嗣子アウグストゥスに負うところが多い。だいいち、カエサルの幾多の功績のなかでも、彼がアウグストゥスの父親になったということにまさるものはないのだ。［中略］

願わくは、神々よ、剣と炎をしりぞけて、アイネイアスとともにこの地へおいでになったあの神々よ！　それにまた、もろもろの「国つ神」よ！　都の生みの親であるロムルスよ！　無敵のロムルスの父、軍神マルスよ！　カエサル家の守護神にまじって、あつい尊崇を受けるウェスタよ！　この女神と並んで、同じくカエサル家に祀られるアポロンよ！　カピトリウムの丘の、いや高い神殿に鎮座するユピテルよ！　そのほかにも、詩人の呼びかけを受けるにふさわしい神々よ！　アウグストゥスが、みずからの支配するこの世界を去る日は、はるかに遠く、いまの時代よりもずっとあとでありますように！　そのとき、彼は、天界に昇り、かなたの空からわれわれの祈りを聞いてくれるのだ。

これを今日の視点から権力者への阿諛追従というのはたやすい。しかし、同時にオウィディウスの時代が今日いう意味でのジャーナリズムの時代ではなく、詩人や文人が、権力者やそれに繋がる富豪の庇護なしには生きていけなかったことを考慮しないわけにはいかない。ましてや当時の権力者の頂点に立つアウグストゥスは、自らの権力の維持のためには、その不行跡を理由に、血の繋がる娘や孫娘や曾孫まで島流しにしたのみか、自分自身の本来の性向まで抑圧して謹直を演じなければすまない人物だった。

もし相手がある種の政治的立場にある人間なら、その醜聞を理由にしての追い落としにも十二分の慎重さが要求されたろう。しかし、相手が一介の詩人・文人なら追い落としは簡単、しかも彼が第一人者であればその警世的効果も大きい。そんな理由から『恋の歌』『恋の技法』で広く知られたオウィディウスに何らかの追及の手が伸びることは、予想されたことではなかったろうか。もしオウィディウスがアウグストゥスの不行跡な娘や孫娘と何らかの関わりがあれば、なおさらのことだ。

庇護者から忠告があったこともじゅうぶんに考えられる。たまたまオウィディウス自身も『恋の技法』の人気詩人で終わることに満足せず、ウェルギリウスに匹敵するような真面目で大きな作品に取り組もうとしている時だったとすれば、その完成によって追及の手を逃れることができると考えたとしてもおかしくはない。しかし、それも怪しいとなれば、自分がアウグストゥスの治世の聖化に奉仕する詩人であることを明確に宣言しておく必要がある。そう考えての駄目押しが『変身物語』最終巻しめくくりの不自然なまでのアウグストゥスへの阿諛追従だったのではないか。

もちろん、『変身物語』の本領は別のところにある。先行するギリシアから受け継いだ神話伝説の本質を変身にありと見做《みな》して、世界の始まりから歴史の順序を追い、時には順不同に神々と人間の変身譚をつぎつぎに語っていく。その博識ぶりは驚くべきものだが、重要なのはむしろ変身の原因を恋としている点ではなかろうか。その見地から見れば、『変身物語』は『恋の変身物語』ともいうべく、オウィディウスは恋の詩人であることにおいて一貫している。

そこにまたオウィディウス自身の、この作品をもってしてもアウグストゥスの追及の手を逃れることができるかどうかの不安もあり、それが駄目押しの阿諛追従を齎したのではないか。それでも不安は解消せず、つづく『祭暦』第一巻「ヤヌス月」冒頭の、当時アウグストゥスのティベリウスを経ての後継者と目されたゲルマニクスへの献辞となる（高橋宏幸訳、国文社・叢書アレクサンドリア図書館1）。「カエサル・ゲルマニクスよ、まなざし穏やかにこの作品をお納め下さい。こわごわながらの船出に行く手をお示し下さい。軽すぎる捧げものだとはねつけないで下さい。あなたへの献上の品の前にどうか神の祝福をもっておいで下さい」というわけだ。しかし、この二重の養子縁組による孫への献げものという手の込んだご機嫌取りも功を奏さず、オウィディウスは流刑、『祭暦』は第六巻「ユニウス月」までで中断したこと、前述のとおりだ。

さて、恋の変身譚というテーマを得て、オウィディウスは古今東西に比類のない生得のストーリー・テラーぶりを発揮する。ここでストーリー・テラーとは単に筋の面白さのみをいうわけではない。その筋に沿った細部描写の細やかさこそがオウィディウスの独創で、これによってオウィディウスはギリシアから受け渡された神話伝説に、みごとにいのちの息吹を吹き込んだ、ということができよう。なかんずく見事なのが、巻三の「ナルキッソスとエコー」、巻十の「オルペウスとエウリュディケ」ではないだろうか。そのどちらもが典型的な恋の変身譚、それも悲劇の変身譚だ。まずは前者から。

さて、彼女「エコー」は、へんぴな田野をさまよっているナルキッソスを見て、恋の炎を燃えたたせると、こっそりと彼の跡をつけた。あとを追えば追うほど、間近に迫った彼が炎をたきつける。勢いのよいあの硫黄《いおう》が、松明《たいまつ》の先端に塗りつけられたばあい、火が近づけられると、ぱっと燃え始める——ちょうどそんなふうだった。ああ、いくたび、甘い言葉をささやきかけて彼に近づき、しおらしい願いをつたえたいと思ったことだろう！　しかし、彼女の性《さが》がそれをさせてはくれなかった。こちらから言葉をかけることは許されないで、許されることはといえば、言葉を返すための、相手の言葉の響きを待つことだけだった。

たまたま、親しい仲間たちからはぐれた少年が、こうたずねかけた。「誰かいないのかい、この近くに？」すると、「この近くに」とエコーが答えた。ナルキッソスは驚いて、四方を見回すと、大きな声で「こちらへ来るんだよ！」と叫ぶ。エコーも、同じように、そう呼んでいる彼を呼ぶ。彼はふり返るが、誰も来ないので、ふたたび叫ぶ。「どうしてぼくから逃げるのだい？」すると、彼のいっただけの言葉が、返って来る。その場に立ちつくし、こちらに答えているらしい声にあざむかれて、いう。「ここで会おうよ」すると、これ以上に嬉しい答えを返せる言葉があるはずもないエコーは、「会おうよ」と答える。そして、われとわが言葉にぼーっとなり、森から出て来て、あこがれの頸に腕を巻きつけようとする。

彼は逃げ出した。逃げながら、「手を放すのだ！　抱きつくのはごめんだ！」と叫ぶ。「いっそ死んでから、きみの自由にされたいよ！」彼女が返すのは、ただこれだけだ。「きみの自由にされたいよ！」

はねつけられた彼女は、森にひそみ、恥ずかしい顔を木の葉で隠し、それ以来、さみしい洞窟に暮らしている。だが、それでも恋心は消えず、しりぞけられただけに、悲しみはつのる。夜も眠られぬ悩みに、みじめな肉体はやせほそり、皮膚には皺《しわ》が寄って、からだの水分は、すっかり枯渇する。残っているのは、声と、骨だけだ。いや、声だけで、骨は石になったという。以来、森に隠れていて、山にはその姿が見られない。ただ、声だけがみんなの耳にとどいている。彼女のなかで生き残っているのは、声のひびきだけなのだ。


ナルキッソスとエコーという神話的主題を克明に描きつつ、いつか描写は当の主題を超えて恋する者と恋される者の本質にまで届いている。同じことは巻十の「オルペウスとエウリュディケ」にもいえる。急逝したエウリュディケへの思い絶ちがたく冥王の宮殿に到り、地上に戻るまでけっして振り返らないという条件で返してもらい、地上に向かう条《くだ》りから。

もの音ひとつしない静寂のなか、おぼろな靄《もや》に包まれた、嶮《けわ》しい、暗い坂道を、ふたりはたどっていた。もう地表に近づいているあたりだったが、妻の力が尽きはしないかと、オルペウスは心配になった。そうなると、無性《むしょう》に見たくなる。愛がそうさせたということになるが、とうとう、うしろを振りかえった。と、たちまち、彼女はずるずると後退した。腕をのばして、夫につかまえてもらおう、こちらも相手をつかまえようと、懸命になるが、手ごたえのない空気しかつかまらないのだ。こうして、二度目の死に臨んでも、彼女は、夫への不平を何ひとつ口にしなかった。それもそのはずだ。こんなにも愛されていたという以外に、何の不平があるというのだろう？　ただ、夫の耳にはもうとどかない、最後の「さようなら」をいって、もと来たところへふたたび落ちて行った。

ここにあるのもオルペウスとエウリュディケの神話に即しつつ、死を契機にして別れを余儀なくされた愛する二人の普遍にまで昇華した愛のすがただ。それこそが恋の詩人が変身譚という主題を得て到った新しい境地で、以後現在に至るまで読み継がれてきた理由だろう。

詩人は全十五巻末尾、アウグストゥスへの歯の浮くような阿諛のあとに誇りかに宣言する。

いまや、わたしの作品は完成した。ユピテルの怒りも、炎も、剣も、すべてを蝕《むしば》む「時」の流れも、これを消滅させることはできないだろう。あの最後《いやはて》の日が――といっても、それは、わたしのこの肉体だけをしか滅ぼしえないのだ——いつなりと、望みのときに、はかないわたしの寿命を終わらせるがよい！　けれども、わたしのなかのいっそうすぐれた部分は、不死であり、空の星よりも高く飛翔《ひしょう》するだろう。わたしの名前も、不滅となる。このローマに征服され、ローマの勢力が及んでいるかぎりの地で、わたしの作品はひとびとに読まれるだろう。もし詩人の予感というものに幾らかの真実があるなら、わたしは、名声によって永遠に生きるのだ。

詩人の予感は予感を超えていた。ローマの勢力が衰え、ついに滅び去った千数百年ののち、ローマの勢力と何の関わりもない、はるか東方の島国でも翻訳を通して作品は読まれつづけ、詩人の名声は生きつづけているからだ。

オウィディウス『恋の技法』

オウィディウスとは結局のところ何者だったかについては、彼自身が墓碑銘のかたちで総括している。『悲しみの歌』（木村健治訳、前掲書）第三巻第三歌に、都に残した愛する妻へ「遺骨を香の葉と粉と混ぜ合わせ、／都に近い土に埋葬しておくれ。／旅人が急いで目を走らせて読めるように、次のような詩行を／大きな字で大理石に墓碑銘として刻んでおくれ――」と言った後の四行、

ここに眠る私は、恋の道の戯作者、
ナーソーと名乗る詩人、自らの才能ゆえに滅びたり。
汝、道行く人よ、かつて恋をしたことがあるならば、声かけることを
惜しむなかれ、「ナーソーの遺骨、安らかに眠りたまえ」と。

が、それだ。この総括をなさしめたものは、当人の嘆きか誇りか。嘆きを混じえつつの誇りというべきではなかろうか。この碑銘の文句を書いた時点では、彼はまだアウグストゥスによる赦免への希望を捨ててはいなかった。しかし、『悲しみの歌』五巻、『黒海からの手紙』四巻を書き終え、希望を捨てざるをえなくなった段階では、嘆きを超えた誇りに変わっていたのではなかろうか。

では、碑銘に「自らの才能ゆえに滅びた」という「滅び」の直接の原因は、何を指すか。「自らの才能」のゆえんである「恋の道の戯作」にほかなるまい。知られるとおり、プブリウス・オウィディウス・ナソは二十歳代に恋の詩人として出発した。まず処女作が『恋の歌』全五巻、恋の話を含んでこれにつづくのが『恋の技法』全三巻で、これこそがオウィディウス流謫の核心的原因である、とされる。

『恋の技法』はどんな書物で、どんな構成になっているのか。原題のARS AMATORIAはARS RETHORICA（＝弁論術）のもじりで、当時政治の世界に打って出るため必須だった弁論術のパロディーとして、恋愛の世界にデビューするための恋愛術を指南しようというのが執筆の意図で、前古典期ギリシアのヘシオドス『農と暦』以来の教訓詩のひっくり返し、ということになる。つまり、作者は弁論術ならぬ恋愛術の教師をつとめよう、というわけだ。それを当人の言葉でいえば、次のような冒頭のマニフェストとなる（樋口勝彦訳、平凡社ライブラリー）。

だれかもし、この民族のうちに愛する術《すべ》を知らない者があれば、これなる詩を読むがいい。そしてこの詩を読んで、術を心得、恋愛を実行するがいい。早い船が帆や橈《かい》で進むのも、技術あってのことである。軽捷な戦車の走るのも、技術あってのうえである。恋愛も技術をもって指導されなければならない。

この考えのもとに三巻は次のような構成をとる。

第一巻　恋の捕獲——男はいかにして女の心を捕え、自分のものにするか。
第二巻　恋の保持——自分のものにした女を、いかにして保ちつづけるか。
第三巻　以上を逆に女の側から——女はいかにして男を惹きつけ、自分のものにしつづけるか。

これはほとんど現代的といってもいいほど過激な自由恋愛の勧めだろう。いったいどういうわけで、こんな過激な恋愛のハウ・ツウ本がこの時代に出現したのか。その理由を問うには、アウグストゥスが登場してパクス・ロマーナを実現するまでの、古代ローマの男女関係のありようを見ておく必要があるだろう。

これまでくりかえし見てきたように、古代ローマは小さな都市国家から出発し、競合する周囲の都市国家と闘ってこれを呑みこむことで、しだいに大きくなっていった。他の都市国家に対して強くあるためには、自らの国家内部がまとまって安定していなければならない。ここから、個人の幸福よりも国家の安泰のほうが重要という考えが生まれる。ことに国家の経営に関わる上層階級においてはこの傾向が顕著で、男女関係といえども例外ではない。

男女関係の基本は夫婦関係だが、夫婦関係は当事者どうしの結びつきより家と家との結びつき、そしてその結びつきから国家の構成員としての次世代を産み出す手段、と認識された。もちろん、当事者どうしが深い愛情で結ばれていることは結構なことだが、必須条件ではなかった。それどころか、あからさまに恋愛の匂いのする夫婦関係は、国家より個人に重きを置いたものとして、非難されたほどだ。夫婦のあいだの愛は二人のあいだの愛であるよりも、国家を安定させ発展させるための同志愛でなければならなかったのだ。

国家第一の同志愛であるからには、離婚や再婚もしばしば正当化された。その典型的な例がほかならぬアウグストゥスその人とその妻となったリウィアの関係だ。リウィアはもともとティベリウス・クラウディウス・ネロの妻で、夫婦仲もよくティベリウスとドルススという子たちまであったのを、アウグストゥスに乞われて離婚し再婚している。アウグストゥスはリウィアとのあいだには子がなかったが、前妻スクリボニアとのあいだの女《むすめ》ユリアの息子が死に絶えたため、リウィアの前夫とのあいだの子ティベリウスを養子にする。結果的にはリウィアとの結婚により、ユリウス家が維持され、国家としてのローマが維持されたことになる。

アウグストゥスとリウィアは結婚ののち、生涯を添いとげた理想の夫婦のようにいわれるが、じっさいにはその後のアウグストゥスに情事がなかったわけではないらしいし、リウィアもかならずしも心優しいだけの妻ではなかったらしい。アウグストゥスの七十五歳での死を「妻の奸計」とするタキトゥスの仄めかしが事実でないとしても、仄めかしが出てくること自体、リウィアがアウグストゥスすら一目も二目も置かざるをえない強い妻だったということで、二人の関係が最後まで麗しいものだったとばかりはいえないようだ。

上層階級の結婚生活の中に恋愛感情が求められないとすると、男たちはそれを娼婦、未婚の女、未亡人に求める。古代ローマには国家の秩序を守るための姦通罪が存在したが、この三種類の女たちは夫に属していないから、姦通罪は成立しない。また、人妻とのあいだの情事が発覚しても、それを公にすることは一面、夫の恥でもあったから、示談で穏便にすますことも多かったようだ。そうでなければ、カエサルのあれほどの情事の噂が伝えられているわけはない。しかし、いずれにしても姦通罪が、よくいえば自由恋愛の、あからさまには乱倫の歯止めになっていたことは否めない。

ところが、アウグストゥスが護民官グラックス兄弟の殺害以来、百年近くつづいた内乱に終止符を打ち、パクス・ローマーナを打ち立てると、ローマの都はにわかに豊かになり、自由な気分がみなぎる。『恋の技法』はいう。

「この都には、世界じゅうのものが何でもある」ときみはいえるくらいだ。ガルガラに産する穀物ほども、メテュムナが生《な》らすぶどうの房ほども、水に魚が住むほども、木の葉に小鳥が群がるほども、空に星があるほども、かくも多くの女をローマは持っている。のみか、アエネアスの母〔なるウェヌス〕もわが子の都に住みたまう。

ここにいう「アエネアス」はアウグストゥスの属するユリウス家の祖であり、その「母〔なるウェヌス〕」は妣《はは》なる女神である。この一行でオウィディウスの言いたかったことは、恋の女神ウェヌスの血を引くアウグストゥスこそは、平和の時代をもたらし、真に自由な恋の時代をもたらした生ける神である、ということだったかもしれない。すくなくともこんなにおおっぴらに恋の讃歌をうたいあげることができるのは、アウグストゥスのおかげだとの思いが、オウィディウスにはあったのだろう。その意味では『恋の技法』全体がアウグストゥスに献げられている、と取れなくもない。すくなくともアウグストゥスのもたらした平和に献げられている、とはいえよう。

しかし、この献呈は為政者アウグストゥスにとっては有り難迷惑、という以上に危険な献呈だった。まだ第一巻、第二巻はかろうじて許容範囲だったかもしれないが、第三巻に到っては許容範囲を超えていたのではないか。第三巻はこう始まる。

私はギリシア人にアマゾン軍を攻撃する武器を与えたが、ペンテシレアよ、おん身とおん身の軍勢に贈るべき武器がまだ残っている。双方対等で立ち向かえ。いつくしみ深き愛の神《ディオネ》、ならびに世界じゅうを飛び廻る子《アモル》の庇護を受ける者は、勝者となるがいい。女のほうが裸で、武装せる男に対抗するのは公平でない。男たちよ、諸君にとってもかような勝ち方は恥となろう。多くの人々のうちには、あるいはこういう者があるかもしれない、「なんだって〔毒を持つ〕蛇にさらに毒を持たせようとはするのか？ また羊小屋をはげしい牝狼どもに渡すのか？」と。少数の女の罪を万人の女にふり向けることは慎しみたまえ。女はおのおのおのれの価値によって評価しなければならない。

ここで「ギリシア人」とは男性を、「アマゾン軍」とその女王「ペンテシレア」は女性を指すこと、いうまでもない。また、第二巻の終わりに「だれを問わず、私の武器をもってアマゾンを征服した者は、その分捕ったものの上にこう書いてくれたまえ、『ナソが師であった』と」と言ったのに対応して、第三巻の末尾では「まえに若者にむかっていったと同様に、今度も私の弟子たちよ、女は獲物《ぶんどりもの》の上にこう書いてくれ、『ナソが師であった』と」と言っている。

この洒落のめした自由恋愛の勧めの下から、当時のローマ男性の中でも稀有な、オウィディウスの女性への優しさが透いて見えるようだ。オウィディウスにとって女性は、単なる子供をつくり国家を維持するための手段、おのが快楽を遂げる道具ではなかった。「女は骨の髄から溶けてしまうほど venus を感じなければならない。そして、これは両者に等分の喜悦をもたらすべきである」――こんなことを言いえた男性は、古代世界にかつてなかったのではないか。

「千人と〔喜びを〕共にしようとも、そのために失うものは何もないではないか？ 鉄も摩滅してゆく、火打ち石も使えば減ってゆく、十分使用に供しても、あの部分だけは損耗のうれいがない」――こんな、取りようによっては不真面目極まりないことを口にしつつ、オウィディウスが妻を真面目に愛していたことは、『悲しみの歌』のはしばしからも見えている。詩人のこの女性に対する偽らぬ真面目さ・率直さこそが、謙虚さ・謹厳さを装う為政者にとって、困惑の原因であり、許しがたい理由だったのではないか。とくに自らのうちに圧殺した乱倫の鏡としての、血を分けた女《むすめ》と孫女を峻烈に追放してみせたのちには。その結果、オウィディウスは自ら碑銘にいうとおり、おもてむき「滅びた」。しかし、おもてむきの「滅び」を超えて、生涯一貫した真面目で率直な恋の詩人として、二千年後の現在も生きつづけている。

カトゥルス『詩歌集』

恋の詩人オウィディウスは、当然のことながら突然生まれたわけではない。その肉体が代々の祖先からのDNAを持っていたように、その詩も先行する詩人たちの作品からのDNAを持っていた。何処まで溯《さかのぼ》れるかといえば、紀元前七世紀末頃のギリシア・レスボス島の都ミュティレネに生まれ、レスボス島をはじめイオニア諸都市の有力者の子女たちに音楽や舞踏や詩など、諸芸を教えたと伝えられる女流詩人サッポーまで溯れよう。

サッポーの詩は前二世紀頃、アレクサンドリアの学匠詩人たちによって編集校訂され九巻の詩集にまとめられ、ローマの詩人に大きな影響を与えたが、原詩はほとんどが散逸し、その全貌は二十世紀になってエジプトの沙漠からパピルス文書のかたちで発見された断片群などから想像するほかはない。そこから立ちあがってくるのは、愛の女神アプロディテや結婚の女神ヘラへの祭り・祈りの詩、結婚する男女への祝婚歌など、当時の女性の関わる公的な儀礼のものが中心で、個人的な思いをうたったと見える求愛や惜別の歌も儀礼に付随するなかば公的なものだったのかもしれない。
しかし、たといその作品が公的なものであっても、作者が深い内面の持主だった場合、公的な表現をはみ出して私的な感情が顔を見せることがある。たとえば、次の比較的長い断片である（『花冠　呉茂一訳詩集』紀伊國屋書店）。

その方《かた》は　神々たちに異《こと》らぬ者とも
　　　　　　　　　　　　見える、
その男の方《かた》が、あらうことか、
　　　　　　　　　あなたの真正面に
座を占めて、近々《ちかぢか》と
　　　　あなたが爽かに物をいふのに
聴き入つておいでの様《さま》は、
また、あなたの惚々《ほれぼれ》とする笑ひぶりにも。
　　　　それはいかさま、
私へとなら　胸の内にある心臓を

宙にも飛ばしてしまはうものを。
まつたくあなたを寸時《ちよつと》の間でも
見ようものなら、忽ち
声もはや　出ようもなくなり、
唖のやうに舌は萎えしびれる間もなく、
小さな
火餤《ほむら》が　膚《はだへ》のうへを
ちろちろと爬《は》つてゆくやう、
眼はあつても　何一つ見えず、
耳はといへば
ぶんぶんと　鳴りとどろき、
冷たい汗が手肢《てあし》にびつしより、
全身にはまた
震へがとりつき、
草よりもなほ色蒼ざめた

様子こそ　死に果てた人と
　　ほとんど違はぬ
ありさまなのを。…………

（P・L・F・サッポオ・三一）

状況としては、男Aと女Bとが近ぢかといてどうやらAとBとは親密な間柄であるらしい。二人からやや離れた位置に女Cがいて、AとBとの様子を見ている。AとBとはCの存在に気づいているか、気づいていても無視している。すくなくとも、Cはそう感じている。この詩の発語者はC、だから詩の中の「私」はC自身、「その方」・「その男の方」がA、「あなた」がB、「私」は「その方」と「あなた」が親密になるはるか以前から「あなた」と親しく、また「その方」にも惹かれている。そこで「あなた」と「その方」の親密なさまに動顚している。そこから、サッポーの同性愛説（ここから女性間の同性愛を後世、サッフィズムまたはレスビアニズムという）も出てくるが、そう言ってしまってよいか、どうか。

サッポーの詩の中心の一つ、祝婚歌の目的は花婿・花嫁を賞め讃えるにある。その賞讃が高まったあまりに、示したような表現になった、と考えるべきではないだろうか。もっとも、その結果、発語者である「私」を超えて、作者であるサッポーのあふれる感情が、自らの意図を超えて噴出したということは、考えられないことではない。この感情はレスボス方言を超え、ギリシア語を超えて、ローマ人の感情をも揺り動かす。ローマの詩人カトゥルス（前八四—前五四頃）の『詩歌集』第五十一歌が好例だろう（『ローマ恋愛詩人集』中山恒夫訳、国文社・アウロラ叢書より。以下も。ただし中山訳ではカトゥルスはカトゥルルスと表記される）。

その人はぼくには神に等しく見える、
その人は、許されるなら、神々にまさると思われる、
むかいに坐って、いくたびも君を見つめ、
　甘い笑いを
聞く人は。それは惨めなぼくから
全感覚を奪い取る。なぜなら、ひと目君を、
レスビアよ、見ただけで、ぼくの声は、
　レスビアよ、のどに詰まり、
舌はしびれ、かすかな炎が全身を
貫き流れ、耳はひとりでに音を
きんきんと立て、眼《まなこ》は二重の
　夜におおわれる。
安逸は、カトゥルルスよ、お前には耐えられぬ。

安逸にお前はおごり、ひどく浮かれている。
安逸はその昔王たちをも、豊かな
　都をも滅ぼした。

この詩の第一行（＝その人はぼくには神に等しく見える、）から第十行→十二行（＝……耳はひとりでに音を／きんきんと立て、眼は二重の／夜におおわれる。）は、サッポーの詩の第一行・第二行（＝その方は　神々たちに異らぬ者とも／見える、）から十九行→二十一行（＝眼はあつても　何一つ見えず、／耳はといへば／ぶんぶんと　鳴りとどろき、）のかなり忠実な翻訳。ただし、詩の中の「その人」が男A、「君」が女Bとサッポー原詩と同じなのに対して、「ぼく」は男Cと性別を変えている。したがって、Cが同性Aに惹かれるという関係は存在せず、Cはもっぱら異性Bに惹かれ、恋仇《こいがたき》としての同性Aに嫉妬している。

もっとも「私」が「ぼく」になったのは日本語の問題で、ギリシア語・ラテン語の問題ではない。第一人称が女性から男性に変わったと知るのは、カトゥルスのこの詩の場合、作者と発語者が一致してい、作者＝発語者のカトゥルスが男性だという情報に拠る。その情報は直接にはサッポーの原詩の翻訳に加えた第十三行→十六行の「カトゥルスよ」という呼びかけから来ている。この四行は、他の詩の一節が紛れ入ったのでなければ、嫉妬混じりの情熱から始まる恋の不幸な未来の予言だろう。

カトゥルスはなぜ自らの恋の感情をうたうのに、五百年以上も昔のギリシアの女流詩人サッポーの詩を持って来たか。サッポーの激情的表現に惹かれたというのが第一の理由だろうが、この第一の理由はもう一つの理由を齎《もたら》した。それは恋人を「レスビア」、つまりレスボスの女と呼ぶことになる理由だ。だが、それは正確には理由と呼ぶよりも結果というべきかもしれない。『詩歌集』の中のどのレスビア詩を読んでも、彼女にレスビアニズムの匂いは感じられず、「レスビア」命名の理由はサッポーの詩をもって呼びかけたことのほかに求められないようだからだ。

カトゥルスはアルプスの手前のガリアの町、ウェロナの裕福な家庭に生まれ、若くしてローマに出、その詩才によって社交界に受け入れられ、上流婦人クローディアとの恋に落ち、この個人的体験を詩にした。これはラテン詩の歴史において彼の独創といってよく、この独創を根づかせるためには、ギリシア詩の形式と措辞を借りることと、恋人に偽名を与えることを必要とした。その結果生まれたのが、レスビアの呼び名にほかならない。

レスビア詩の圧巻は第五歌だろうか（ルビは高橋が付した）。

生きよう、ぼくのレスビアよ、そして愛し合おう、
厳格な老人たちの噂話を
全部でただの一文《いちもん》に評価しよう。
太陽は没してまた戻ることができる。

ぼくらには、短い光がひとたび没するや、
永遠の一つの夜を眠るしかない。
ぼくにくれ、千の口付けを、それから百、
それからまた千、また次の百、
それから続けてまた千、そして百、
それから何千も合計してから
それらを混ぜ返そう、分らなくなるように、
あるいは誰か意地悪が　にらみをきかせられぬように、——
こんなに多くの口付けがあると知るときに。

これは恋愛に対して保守的な世間への闘争宣言であるとともに、恋愛への熱烈な、熱烈すぎる讃歌である。その過剰な熱烈さはその恋愛がいつか終わるだろうことへの鋭い不安も含んでいる。不安はやがて現実となって現われる。第八歌より。

惨めなカトゥルルスよ、愚かなことをやめよ、
そうして失われたことが分ったものを、失われたものと認めよ。
［中略］

今、彼女はもう望まない。お前も望むな、だらしないぞ。
逃げる女を追うな、惨めに生きるな、
決意を固めて、こらえよ、耐えよ。
さらば、女よ、もうカトゥルスは耐えているぞ。
嫌がるお前をもう求めぬぞ、誘わぬぞ。
だがお前は誘われなくて嘆くだろうよ。
［中略］
誰に口付けするのか、誰の唇をお前は嚙むのか。
お前の方は、カトゥルスよ、決意を固めて、辛抱せよ。

恋は終わり、詩人もわずか三十年の短い人生を終える。しかし、個人的な体験をはじめて詩にした熱烈で哀切な作品が残った。その詩のＤＮＡは後続の詩人たちに受け継がれ、ティブルス（前五〇頃―前一九頃）のデリア詩、プロペルティウス（前四七―前二頃）のキュンティア詩を産んだ。カトゥルスのレスビア詩のＤＮＡを受けて、プロペルティウスのキュンティア詩も惨めに終わらなければならない。

ぼくは涙に動かされない。君のその技で　ぼくはつかまったのだった。

君はいつも、キュンティアよ、策略で泣くのが常だ。
別れてぼくは泣くだろう、だが受けた不正が泣きの涙を征服する。
君は調和のうまく取れた　二人連れで行くことを許さない。
ぼくの言葉で涙に濡れた　敷居はもうさようなら、
怒りの手でも破られなかった扉よさらば。
［中略］
今度は君が閉め出されて、高慢な冷淡に耐える番になり、
君がしたことをされて、老いの身で嘆くがいい。
この宿命の呪いを　ぼくのページは君のために歌った。
自分の美貌の結末を　恐れることを学べ。

オウィディウスの処女作『恋の歌』には、カトゥルスにおけるレスビアや、プロペルティウスにおけるキュンティアに代わる呼び名は登場しないし、恋の破綻もない。その代わりにオウィディウスの人生が最後に破綻せざるをえなかった。その記録が『悲しみの歌』ということになろうか。

ホラティウス『歌章』『書簡詩』

パクス・ロマーナがもたらしたラテン詩の黄金時代、ウェルギリウスと人気を二分する感のあるのが、ホラティウスだ。しかし、両者は生いたちも人となりも詩の内容もずいぶん異なる。

クイントゥス・ホラティウス・フラックス、生年はウェルギリウスより五年遅く紀元前六五年。ウェルギリウスの北イタリアに対して南イタリアのウェヌシア（現在のベノーザ）の、しかも解放奴隷の子らしい。父の希望を一身に担って、当時のお決まりのコースでローマに、つづいてアテナイに遊学したが、ここでカエサル暗殺後の内乱に巻き込まれた。すなわち、共和派のブルトゥス側に加わってフィリッピの野戦でカエサル派に敗北、恩赦によってローマに戻った。

この間、父を亡くして農場は没収、赤貧の生活の中で詩作をつづけるうち、ウェルギリウスと親しくなり、文人の庇護者をもって鳴るマエケナスの知遇を得、皇帝アウグストゥスにも知られるところとなった。しかし、皇帝からの帝室秘書への誘いは丁重に断わり、詩の権力からの独立を守った。その活動は三期に分かれ、第一期が諷刺詩、第二期が抒情詩、第三期が書簡詩の時代とされる。
諷刺詩といっても模範としたギリシアの諷刺詩とはいささか異なり、むしろ随想詩というほうが当たっているようだ。したがって、そこから抒情詩に移っていったのも自然の流れといえよう。ホラティウスの抒情詩は『歌章』三巻にまとめられ、後世に長く読み継がれた。その二篇を引こう（『ギリシア・ローマ抒情詩選』呉茂一訳、岩波文庫）。

厳《きび》しい冬もいつか弛んで　春と西風《にし》との
　　　　　　　　愉しさに替り、
乾ききつた船底を　ろくろは海へと
　　　　　　　いま引き下す。
もはやまた厩舎が牛を、火が農夫らを、
　　　　　　喜ばせもせず、
野をいちめんの　つゆじもが真白に
　　　しらぎわたらすこともない。
いまキュテーラの美神《ウエヌス》こそ　月を仰いで

舞群《まひむら》をひき具《ぐ》し、
女精《ニンフ》らとうちつれだつて、たをやかの
典雅女神《グラティアニ》らは
左右左《さいうさ》の足どりに　地を踏みならす、
そのまも火と燃える
鍛冶神《かぬちがみ》は　ひとつめ鬼らの　仕事場を焚く。

いまこそつややかの頭《かうべ》に　あるひは緑の
桃金嬢《ミルテ》の枝、あるはまた
なごんだ大地が開かせた　花々を
挿頭《かざし》にまとへよ、
いまぞまた蔭ふかい森あひに　牧羊神《ファウヌス》へ
贄《にへ》をささげよ、
羊なり、よし山羊なりと　御神の
嗜《この》ますものを。
蒼白の死（神）は　渝《かは》らぬ歩みをもて

貧者の小屋も
王侯の城池をも訪れる、
恵まれたセスティウスよ、
みじかい一世《ひとよ》のかぎりは　つひに
長い間の望を抱かしめず、
すでにもう　夜の闇黒と、
いひつたへに聞く死者の幽鬼と、

すさまじい冥王《よみ》の府とは
君が身にせまつてゐる、
そこへ一たび赴くや、いみじい酒宴《うたげ》の
首座をかちえることも、
やさしいリュキダスに　みとれることも
はや叶ふまい、いまありとある
若殿ばらを焦れさせ、まもなくは乙女らの
胸を燃えさすその少年に。

いちおう古拙ギリシアのアナクレオン（前五七〇―前四八〇）の風を踏まえてはいるが、これはもう黄金期ラテンのホラティウスの発明といってさしつかえあるまい。この世に生きてあることの甘美さと、その甘美さを味あうことのできる時間の短かさと、いやむしろ味あう時間の短かさのゆえにこそ、その甘美さがこよなく切実に感ぜられるその機微をうたって、これほど豊かな詩はそれまでになかったのではないか。

ここにはまず、厳しかった冬が弛んで春となった自然があり、春を讃え神々を讃える人びとの営みがある。その営みを代表するのがその詩篇の献げられ手であるセスティウスで、詩人は彼の恵まれた境涯を讃えつつ、その境涯が永遠につづくわけではないことへの戒めも忘れない。その戒めをいやがうえにも切実たらしめているのが、彼が恋着していると思われる「いまありとある／若殿ばらを焦れさせ、まもなくは乙女らの／胸を燃えさすその少年」「やさしいリュキダス」のありようだ。

しかし、ホラティウスの戒めは「その少年」にも向けられる。『歌章』の別の詩篇はこううたう。

おお、これほどまでに強情《つれな》い子よ、
色恋《いろこひ》のわざも、弁《わきま》へぬではない身なのを。
だが驕慢な君のこころに

思ひがけない柔毛《にこげ》が生えて来るとき、
そいで今、肩のあたりに垂れなびく
　その総角《あげまき》が切つて落され、
また今でこそ真紅《しんく》の薔薇の
　花にも優るその紅頬が、
一変して、リグリーヌスよ、もさついた
　興ざめな顔となり終つたとき、
鏡に向ひ、別人のやうな姿を見る
　度ごとに、嘆いて君は言はうぞ、
ああ、何故《なぜ》今日のこの考へを同じくは
　少年の日に持たなかつたか、
いや、何故《なぜ》もとどほりの神妙な頬が
　この気持にまた帰つては
　　来てくれないか、と。

この詩篇に登場するリグリーヌスは先の詩篇のリュキダスの別名で、リグリーヌス＝リュキダスはいかに「花にも優る」「紅頬」の持主だろうと、早晩「もさついた、興ざめな」セスティウスになることを免れない。そして、セスティウスがやがて「すさまじい冥王の府」に「赴く」ことは必定なのだ。とはいえ、ホラティウスはやみくもに彼らを威かしているわけではない。むしろ、深いいとおしみをこめて有限の存在である人間を諭しているのだ。

有限の人間へのホラティウスのいとおしみは、第三期の書簡詩にさらに率直なかたちで現われる。庇護者・友人・知己に宛てられた『書簡詩』第一巻は、ほかならぬ『書簡詩』に宛てられた手紙で締めくくられる（『ホラーティウス書簡集』田中秀央・村上至孝訳、生活社）。

我が書よ、実際お前は、ソスィイー書肆の軽石で綺麗に磨かれて店頭に出る様に、ウェルトゥムヌスやヤーヌスの方を頻りに見てゐる様だね。お前は、内気なもの（書物）が喜ぶ鍵だの封印だのを嫌つてゐる。私はそんな躾けをした覚えがないのに、お前は唯少数の人に示されるのを歎き、大勢の仲間入を礼讃してゐる。ぢや、お前の下りたい所へとつとと行くがいゝ。でも一度出して貰つたら再び帰れないよ。「嗚呼、情無い、一体何をしたのだらう、何を望んだのだらう。」お前は誰かに傷つけられた時さう言ふだらう。又お前を可愛がつてくれた人が、たんのうしてぐつたりなつたとき、窮屈な目に遭はされるのを知るだらう。

併し乍ら、かう言つて予言してゐる私が、お前の不心得を憎む余り、へまをやりさへしなければ、お前は青春の過ぎ去る迄はローマでちやほやされるだらう。その内大勢の手でさん〴〵いじくられて穢くなり始めると、黙つて不精な紙魚の餌になるか、又はウティカへ逃げるか、縛られてイレルダへ送られるかするだらう。其時、自分の与へた教へを聴かれなかつた訓誡者は、丁度不従順な驢馬を怒つて断崖から突落した人の様に、それ見ろと笑ふだらう。実際、厭がる驢馬を誰が骨折つて助けようか。町端れで少年達に初歩を教へてゐる中に、口も自由に利けぬ老人に襲はれる、といふ運命がお前をも亦待ち受けてゐる。

日も春《うすづ》いてお前に一層多くの聴手が集つて来たならば、私が自由民の子であり、貧しい中に巣よりも大きい翼を拡げ、その結果、お前が私の生れから差引いた丈の量を、私の徳行に増し加へたと話しておくれ。私は戦時にも平時にも都の御歴々の御気に入つたし、身体は小さく、年より早く白髪となり、太陽を愛し、怒るのは早いが、すぐけろりと治まる事も言つておくれ。もしひよつとして誰かが私の年を訊ねたならば、ロッリウスがレピドゥスを同僚に引入れた年に私は四十四度目の十二月を終へたと告げておくれ。

自分の書物にお前と呼びかけるのは、アレクサンドリア時代のギリシア詩人のひそみに準《なら》ったものなのだろうか。その結果は、アレクサンドリア詩人、また同時代のローマ詩人たちを超えて、はるか後世十七世紀フランスのモンテーニュの知情兼ねた人間主義を思わせる。その文脈からふと自分の出自、風貌、性格、年齢などを覗かせているのも、なつかしい思いがする。そういうホラティウスが最後に至ったのはどんな境涯であり、心境だったか。『書簡詩』第二巻「ユリウス・フロルスへ」の手紙の末尾で詩人は自分自身に呼びかける。

……お前の金をやたらに撒き散らすのと、たゞ一概に支出を惜しんだり、尚々沢山貯めようと骨折つたりしないで、曾て子供の時にミネルワ祭の休みを楽しんだ様に、短い楽しい時を急いで楽しむのとは大きな違ひだ。穢《きたな》らしい貧乏が何卒私の家から遠く離れてゐてくれます様に！　大きな船・小さな船のどちらに乗らうと、この私自身は何処迄も同じ事だらう。我々は追手の北風に帆を膨らませて走りもせず、逆の南風と戦つて人生の道を進みもせぬだらう。力・才智・風采・美徳・地位・財産などに於て、先頭の者の中では最後に、だが又常に後尾の者よりは前に居るだらう。

　お前は貪欲ぢやない。そりや結構だ。所でその悪徳と同時に他のものも逃去つたかね。お前の胸には空しい野心は無いか。死に対する恐怖や怒りはないか。夢や魔術の恐怖や、不可思議や魔法使や、夜の妖怪やテッサリアの怪物や、此等を笑殺できるか。誕生日を喜んで数へるか。友人を恕すか。老年に近附くに従つて愈々穏やかに愈々善良になるか。いや〳〵、沢山の棘の中から一つを引抜いても何の役に立たう。正しい生活の道を知らなければ、それを心得た人に席を譲るがいゝ。もうお前はうんと遊んだし、たつぷり食ひもし飲みもした。無暗に沢山飲み過ぎて、遊楽にふさはしい若い人達に笑はれ押除けられない様に、もうお前は退下つていゝ時だ。

この手紙が書かれたのは前一〇年よりすこし前か。彼が人生から「退下《さが》つ」て「冥王《よみ》の府」に赴いたのは前八年。前一九年に逝ったウェルギリウスの享年五十歳に較べて、彼の享年は五十六歳。彼自身は第一期の諷刺詩と第三期の書簡詩をまとめて談論と呼んでいたというから、談論の詩人としての五十六歳の人生を全うしたことになる。未完の大作『アエネイス』の焼却を頼んで死んだウェルギリウスに対して、ホラティウスは自著の将来には恬淡としていたのかもしれない。その著作はすべて無傷で残り、現在も読まれつづける。

ホラティウス『詩論』

詩歌文芸の表現の要諦は、特定の相手に宛てて語りかけるつもりで書くことだ、という。要するに手紙、書信、書簡こそが模範ということになろうが、書簡文芸がいつでもどこにでも発達したわけではない。

書簡文芸が目立って発達したのは、東の漢帝国・西のローマ帝国。いずれも広大な版図を持っていたため、書簡の往来は欠くべからざる交流手段だった。その中で文章の修辞もおのずから磨かれざるをえなかったのだろう。

とくにローマ帝国では、上流階級の子弟はアテナイなど東方に遊学し、官途に就いてからは帝国版図の諸所に派遣され、治績を上げることで政治的に勢力を貯えていったから、それら諸地方と本拠ローマ市との緊密な通信を要した。また政治に即《つ》いても離れても、人間間の交わりに書簡は大きな役割を果たした、と思われる。

それらの書簡の中でも、卓《すぐ》れたものは模範となって後世くりかえし読まれ、書簡の書き手は文人の名をもって尊まれた。彼ら文人の中の政治に即いた代表がキケロなら、離れた位置にあった代表が詩人ホラティウスということになろうか。とくにホラティウスは書簡詩（エピストゥラ）の創始者とされ、その伝統は次世代のオウィディウスを経て、十二世紀のプロヴァンス詩人たちから、ユスタッシュ・デシャン、クレマン・マロ、ペトラルカ、ジョン・ダン、ポープ、ラ・フォンテーヌらへ承け継がれた。私としては、さらに詩作品と同じほど重要な手紙を膨大に残した二十世紀ボヘミアの詩人ライナー・マリア・リルケを加えたい。

ところでホラティウスには、後世への影響の点ではアリストテレスの『詩学』に劣らない、『詩論』という一篇があるが、じつはこれまた、ピソ父子という特定の相手に宛てられた書簡の一つにほかならない。

ピソ父が誰であるかについては、諸説がある。その中で有力視されているのが、紀元一三年に都警長官に任命され、自らも詩作を習いとしたルキウス・カルプニウス・ピソだとする、紀元三世紀の注釈家ポルピュオの説だが、彼に息子がいたかどうかはいまのところ確認されていない。書簡は以下のように始まる（岡道男訳、『アリストテレース詩学・ホラーティウス詩論』岩波文庫所収）。

もし画家が、人間の頭に馬の頸をつないで色とりどりの羽根を身にまとわせたいと思い、あちこちから手足と胴を集めてきたなら——こうして上のほうは美しい女であったものが、下のほうは恐ろしくみにくい魚になってしまうなら――招待されてその絵を見たとき、あなたがたは笑いを抑えることができるだろうか。親愛なるピーソー家の方々、たしかに、この絵にそっくりなものとなるだろう、もし書物が、病人の見る夢にも似て、足も頭も一つの形にまとめられないような、途方もない姿をつくり出すのであれば。

「いかに大胆な試みであれ、それは古来画家にも詩人にも等しく認められている特権だ」と、人は言うかもしれない。それはわたしたちも承知しているし、じっさい、わたしたちはその特権を求めることもあればあたえることもある。しかし野獣が家畜と仲良く暮らしたり、蛇が鳥とつがったり、子羊が虎と交わったりすることが許されてよいというわけではない。

これはいったい何を言いたいのか。芸術表現における自然さの勧め、といっていいのではあるまいか。ここにいう「上のほうは美しい女で」「下のほうは恐ろしくみにくい魚」、「蛇が鳥とつが」い「子羊が虎と交わ」るなどの例は、私たちにとってはお馴染みのシュルレアリスムの方法にほかならず、それを「許されてよいというわけではない」というホラティウスの態度は、ずいぶん微温的に聞こえる。しかし、それは二千年後の、ある意味では頽廃した芸術観をもって、二千年前の健全たろうとする芸術観を裁くもので、公平とはいえないだろう。

また、三百年前のギリシアの諸学の大成者アリストテレスの『詩学』と並べ、まとまりのない、文学的訓戒をたれているにすぎないと非難するのも、いささかないものねだりというべきではあるまいか。ホラティウス自身には大学者アリストテレスと並ぶ意図は皆無だったろうし、したがって一篇に『詩論』というタイトルを付けたのも、本人ではなかろう。ホラティウスはピソ父子の求めに応じて、もっぱら父子のために書いた。たまたま父子の関心が詩にあったため、内容が詩に終始したにすぎまい。

二千年後の私たちとしては、当時第一流の詩人ホラティウスの、詩人というよりは詩愛好家への親しい訓戒、というより知恵の開示を味わうべきではなかろうか。

ピーソー家の父上も、父上に劣らず立派なご子息たちも聞いていただきたい。わたしたち詩人の多くは、正しさのうわべだけを見て、それに欺かれる。努めて簡潔さを求めると、曖昧になる。洗練を狙うと、力強さと気迫が失われる。荘重さを表に掲げると、誇張におちいる。あまりに用心深く嵐を恐れる者は、地面を這うほかない。驚くべき趣向を凝らして一つの題材に変化をつけようと望む者は、森に海豚《いるか》を、海に猪を配して描く。だが、もし技術を欠いているなら、あやまちを避けようとすることがかえって過失につながることになる。

*

詩を書くなら、自分の力に合った題材を選ぶこと。そして自分の肩に何が担えるか、何が担えないか、時間をかけてよく考えること。自分の力であつかえる題材を選ぶ者は、流暢さにも配列の明快さにも欠けることはないだろう。

配列の強みと魅力は、もしわたしがまちがっていなければ、いま言うべきことをいま言い、多くをあと回しにして、さしあたっては省くことによって発揮される。詩をつくる約束をした作者は、これを抱きしめるならあれを突き放す、というやり方をしなければならない。

＊

詩は美しいだけでは十分ではない。それは快いものでなければならない。〔中略〕人間の顔は、笑顔を見れば笑うように、泣き顔を見れば泣き出す。もしわたしを泣かせたいと思うなら、あなた自身が先に悲しまなければならない。

＊

分別をもつことは詩を正しくつくる第一歩であり、源である。題材はソークラテースの知恵を盛った書物が示してくれるだろう。目の前におかれた題材を見るなら、言葉はあとからすすんでついてくるだろう。祖国にたいし、友人にたいしどんな義務を負うか、親への愛は、兄弟と客人への愛はどうあるべきか、元老院議員の、裁判官のつとめは何か［中略］——これらのことを学んだならば、それぞれの人物にふさわしい性格をあたえることがきっとできるだろう。わたしは勧めたい、模倣することを学んだなら、人生と慣習を手本と仰ぎ、そこから生の声を汲み取るように、と。

＊

ギリシア人にはムーサは才能と滑らかな語り口をあたえた。彼らは称賛のほかは何も熱心に求めなかった。一方、ローマ人は少年のころから長い計算によって一アスを百で割ることを学ぶ。［中略］

このような錆が、金銭欲が、いったん心を蝕んだなら、詩がつくれるなどと期待できるだろうか——シダーの油を塗ってから、磨かれた糸杉の箱にしまっておく詩が。

＊

詩は絵と同じ。あるものは近づけば近づくほど人を引きつけ、あるものは離れれば離れるほど人の心をとらえる。あるものは薄暗い所を好み、あるものは光のもとで見られることを望んで、批評家の鋭い眼力も恐れない。一度しかよろこびをあたえないものもあれば、一〇回見てもよろこびをあたえるものもあるだろう。

＊

ミネルウァの意に添わないなら、あなたは語ることもつくることもいっさいできないだろう。これこそあなたの判断であり、良識である。けれども、将来あなたが何かを書いたなら、まずそれを批評家のマエキウスと父上とわたしに読んで聞かせてから、原稿を家の奥深くしまい、九年目まで待つこと。まだ発表していないものは破り捨てることができるが、言葉はいったん放たれるとあと戻りができない。

＊

称賛に値する歌ができるのは、生まれついた才能によるのか、それとも技術によるのか――これはよく尋ねられることだ。だが、いくら努力しても豊かな鉱脈がなければなんの役に立つのか、あるいは、いくら才能があっても磨かれなければ何ができるのか、わたしには分からない。このように才能と努力は互いに相手の助力を求め、友好の契りをむすぶ。

つい引用が長くなってしまったが、これら懇切を極めた忠告を読み重ねることで、この書簡を「詩論」と名付け、アリストテレスの「詩学」と並べた後世は間違っていたことがわかろう。談論の詩人ホラティウスにふさわしく呼ぶなら、むしろ「詩談」とすべきではなかったろうか。そして、並べるにふさわしいものは、はるか後世、二十世紀ボヘミアの詩人、ライナー・マリア・リルケの『若き詩人への手紙』ではないか。ホラティウスのこの書簡がピソ父子という、いまでは特定できない詩愛好者に宛てられているように、リルケのこの手紙の宛てられた「若き詩人」、というより詩愛好者、フランツ・クサーファ・カプスは、リルケの懇切な教えに従うことなく詩への志を捨てた。しかし、宛てられた当人に関わりなく、ホラティウスの書簡も、リルケの手紙も後世の私たちにいきいきと語りかけてくる。

だが、当然のことに両者の違いもある。たとえば、ホラティウスの書簡の末尾「なぜ彼は詩を書きまくるのか、よく分からない。父祖の遺骨に放尿したせいか、それとも雷が落ちた不吉な場所を穢したせいか――いずれにせよ、たしかに彼は狂っている。そして、あたかも熊のように、邪魔な檻の格子を破ることができたなら、情け容赦なく朗読して、教養のある人もない人も逃げ出させるだろう。だが、誰かを捕えたなら摑んで離さず、殺してしまうまで読んで聞かせるだろう――血をいっぱい吸うまで肌から離れまいとする蛭が！」は、どうだろう。

ここにはホラティウスの出発点である諷刺詩の本領が、その後の人生の体験を加えてさらに辛辣に甦っている。これまた学者アリストテレスの『詩学』に聞くべくもない詩人の肉声として、後世の詩を愛する者たちの耳を傾けさせた理由ではないか。

キケロ『書簡集』I

文人の残した文業のうち、当人の素のありようが最もよく伝わるのが、日記と、とりわけ書簡ではなかろうか。日記は純粋には自分自身に宛てて書くものだが、文人の場合まったく後世に読まれることを意識しないことはありえまい。それに相手が自分である時は、他人が相手である時以上に取り繕うこともあるようだ。

その点、書簡は状況が変わり相手が変わることにより、思わず異なる自分をさらけ出してしまうこともあり、日記よりかえって当人が見えてしまうこともありうる。ただしそれだけに、当人がどれだけの内容を持ち、どれほどの活動をしているかにより、おもしろくもつまらなくもなる。歴史的に書簡が文学として最も発達したのは古代ローマといわれるが、その中で最も知られているのがキケロだ。では、キケロとはどんな内容を持ち、どんな活動をした人なのか。

正式の名告りはマルクス・トゥッリウス・キケロ。前一〇六年、ローマの東方約一〇〇キロの町アルピヌムの町の騎士階級の家に生まれた。同時代六年後の前一〇〇年に貴族階級に生まれたカエサルと較べた時、六年の差と出身階級の相違は大きい。六年年長のキケロは民会・政務官・元老院の三本柱によって運営されてきた古き佳き都市国家形態のローマにこだわり、六年若いカエサルは事実上共和制の世界国家となったローマに共和制都市国家形態が有効でないことを見抜いていた。

さらに出身階級についていえば、貴族階級から見て一段低い騎士階級から出ながら、自らの上昇志向と努力研鑽によって執政官にまで昇りつめ、元老院議員となりおおせたキケロは、執政官経験者として民会や政務官にもの申すことを習いとする元老院はなんとしても守りとおさなければならなかった。また騎士身分の自分を執政官とするのに大きな力を貸してくれた貴族階級への恩義の思いもあったろう。

これに対してカエサルは貴族階級に属しながら、自己実現のためには民衆派に鞍換えする現実感覚を早くから持っていた。この現実感覚は反対にも働き、自己実現の過程では可能な限り民衆に対してともに元老院に対しても説得に尽し、法を超える場合も法によって超えるふりをした。それがいかにしても不可能となった時には敢えて法を無視した。臆することなくそれが出来たのは、法があくまでも可変の虚構であることを認識していたからだろう。それはキケロがキケロである限りいかにしても不可能なことだった。

キケロはいかにしてキケロになったか。その閲歴を辿ってみよう。十六歳で元服したキケロはローマで法律、修辞、哲学を学び、二十五歳で弁論家として立ち、すでに翌年には『ロスキウス弁護』で名声を博した。しかし、二十七歳のキケロはさらに学問を充実すべく友人たちとギリシアに遊学。アテナイでアカデメイア派の哲学を、ロドス島で修辞学を深め、ストア派哲学にも親しんだ。二十九歳で帰国、弁護活動を再開した。

三十一歳で財務官に選ばれて西シキリアを統治、以後三十七歳で造営官、四十歳で法務官、四十二歳で執政官選挙に勝ち、ほぼ十年間で官途を登りつめ、元老院議員となった。この騎士階級出身としての異例の出世は、全イタリア規模の内乱を企てたカティリナの陰謀を食い止めるべく、貴族派がキケロの弁論術に期待し後押ししたからだ。執政官に当選したキケロもよくこの期待に応え、元老院で『カティリナ弾劾』演説をおこない陰謀を阻止、元老院の勧告のもとに共謀者たちを処刑。国家の危機を救ったということで「祖国の父」の称号を受けた。カティリナはエトルリアに逃れたが、討伐軍に殺された。

この頃、つまり四十歳代の前半までがキケロの政治家としての人生の登り坂で、以後は多少の上下はあるものの、まずは緩慢な下り坂に入った、といっていいのではあるまいか。その運命を招いたのは、彼のそれまでの異例な出世に培われた自信過剰といえるまでの誇り高さと、そこから来る当時のローマ世界の政治状況との齟齬だった。彼が危機から救った祖国とはローマの原型としての共和制都市国家であり、基本的に政治的選良たちの誰もが平等で、個人の一定期間以上の権力保持を非とする社会だった。

しかし、それはあくまでも建て前で、当時の事実上世界国家としてのローマは、いつも建て前で治められるほど単純ではなかった。キケロを執政官に後押しした貴族派といえども、カティリナという当面の敵に勝つためにキケロを利用したにすぎなかった。法務官・執政官としてのキケロは伝統的元老院保持の立場から、ポンペイウスを支持しカエサルに反対したが、ポンペイウスはクラッススを交えてカエサルと同盟を結ぶ。三頭政治に反対したキケロに対してカエサルは腹心クロディウスを護民官にしてキケロを追放させる。

テサロニケでの失意の亡命生活からキケロを呼び戻したのはポンペイウスのキケロ支持演説で、市民の歓呼に迎えられてローマ帰還を果たしたキケロはポンペイウスに五カ年の大権を与える法案を提出することで応える。キケロとポンペイウスとのあいだに親交関係が復活した如くだが、ポンペイウスはカエサル、クラッススとの三頭政治を更新。これを分断しようとするキケロの企ては失敗。これより十二年間、あいだに五十五歳の時、キリキア総督として紛争を解決し善政を敷くなどのことはあったが、かつてのように政治的表面で華々しく活動することはなかった。

キケロが政治の世界に再登場するのは前四四年、カエサルの暗殺事件が起きてから。カエサル暗殺後、ブルトゥス、カッシウスら主謀者たちは、キケロはじめ元老院有力者たちに支持を求める。その結果、カエサル派の執政官アントニウスとのあいだに妥協が成立。元老院で暗殺者の無罪とカエサルの指令との相反する二つが同時承認される。共和制回復を名目に立ったブルトゥスらにキケロは当然近く、カエサル国葬後アントニウスの策謀によりブルトゥスとカッシウスがローマを離れ、アントニウスが実権を握るとアントニウスに反対の立場を貫く。

そこにカエサルの遺産相続人オクタウィアヌス（のちのアウグストゥス）が現われ、キケロに支持を求める。キケロは反アントニウスの立場からオクタウィアヌスの支持を決め、ブルトゥスらと結びつけようとする。しかし、カエサルの暗殺者たちとカエサルの相続人を結びつけることには最初から無理があり、結局アントニウスはオクタウィアヌス、レピドゥスと結んで第二回三頭政治を敷き、政敵たちを追放した末、オクタウィアヌスの黙認のもとにキケロに刺客を送って殺害する。こうして、キケロの六十三歳の生涯は終わる。

これはキケロの生涯の外面のあらましだが、内面を示すものとして膨大な書簡が残されている。キケロの書簡は現存のかたちでは大きく四つに分かれる。一、アッティクス宛四百二十六通。二、縁者・友人関係四百三十五通（うちキケロから三百五十五通、キケロへ六十七通、キケロの知人から知人その他へ十二通）。三、弟クイントゥス宛二十七通。四、ブルトゥスとの間に交わされた二十六通（うち二通は偽作？）。

これほど多くの書簡が残ったのは、キケロ自身が筆まめだったことはいうまでもないが、口述筆記に当たった書記ティロが控えを取っておいたこと、またキケロ自筆の場合はアッティクスやクイントゥスなど相手が取っておいたからだ、という。それだけキケロが相手に大切にされたことを意味しようが、それも当座のこと。蜿蜒と今日まで伝わったのは、当時の政治・社会状況を知る上での貴重な資料だからというのはもちろんだが、書簡自体が文学として傑出している何よりの証拠だろう。

ところで、中でも四百二十六通を残す宛名のアッティクスとはどういう人物か。キケロより四年早い前一一〇年、キケロと同じく騎士階級に生まれ、少年時代からキケロと親交した。十分な教育を受け、のちには叔父の遺産を経承して裕福でもあったが、官職を避け学問に生きた。キケロの死後十一年目の前三二年まで生きたが、病気の不治を知って自殺した、という。しかし、親友の生きかたには終始好意的で、キケロは政治的困難に直面した時、かならず彼の意見を求めている。

キケロのアッティクス宛四百二十六通に対して、アッティクスのキケロ宛が一通も伝わっていないのは、自分に政治的危機が訪れた時、相手に累が及ぶことを避けた、キケロの深謀遠慮ではあるまいか。一方が政治に生き他方が政治を避けたため、ライヴァルにはなりえなかったにせよ、この終生変わらぬ友情はやはり稀有というべきだろう。キケロの浮沈只ならない人生とともに、この稀有の友情こそがキケロの書簡を育てた、ともいえそうだ。その中の一篇を引こう。「A二五四（一二・一八）四五年三月十一日、アストゥラ」から（『キケロー書簡集』高橋宏幸編、岩波文庫）。

〈キケローよりアッティクスへ〉

1 何か嚙《か》み傷のように痛みを引き起こす悲しみの記憶から逃れようとして、君に例の計画を思い出させるための手紙を書くことに逃げ場を求めている。君がこの計画についてどう思っているかは別として、このような手紙を書くことを許してほしい。私がいま繰り返し読んでいる書物の著者たちの中にも、私が以前にも君にたびたび話をし、君に賛成してほしいと思っている計画のようなことをするのは当然のことだと言っている人が少なからずいる。私が言っているのは、あのトゥッリアの霊廟《れいびょう》のことだ。君の私に対する愛情に匹敵するだけの力を、この件の検討に注いでほしい。［中略］この計画は再び私の傷口を開かせるかもしれない。しかし、私は自分がもはやあたかも誓約に縛られているように感じられるし、私にとっては自分がこの世を去ったあとの長い年月の方が、もう長くはなかろうと思われるこのはかない人生よりも重要なのだ。私はあらゆることを試してみたが、安らぎを得られるものは何もなかった。私の本については前にも君に書いたが、それを執筆している間は自分の悲しみを温存しているようなものだった。いまはすべて（の慰めの手立て）を拒絶している。私にとって最も耐えやすいのは、この孤独だ。［以下略。2、3略］

4　私のところへ来てくれると言っているが、君の迷惑にならないようにしてほしい。ここまではかなりの距離があるし、君はすぐに（ローマに）戻らなければならないかもしれないが、その時には私は大いに悲しむことなくしては君を見送ることはできないだろうから。しかし、すべて君の望むようにしてほしい。君がどのようにしようと、私はそれを単に正しいのみならず私のためにしてくれたことと思うから。［高橋英海訳］

この書簡が書かれた前四五年は二月中旬にキケロ最愛の娘トゥッリアが産褥死。カエサルのスペインでのポンペイウス派掃討完了はこれが書かれた数日後だが、カエサル派の優勢は伝わっていたろう。ここにいう孤独は家庭内のみならず政治世界でのそれをも含んでいたろう。しかし、この孤独を赤裸々に訴えることのできる相手と書簡という手段を持っていたことは、キケロにとってなんと倖せなことだったろう。だからこそ、翌年思いもかけずカエサル暗殺という事態が勃発した時、六十二歳の老体をもって最後の闘いに立ちあがり、みごと時代遅れの共和派の生涯を横死によって全うすることができたのだから。

キケロ『書簡集』II

キケロの『書簡集』で最も多い宛名はアッティクスだが、彼はキケロがその生涯において腹蔵なく内面を吐露し相談を持ちかけた親友というほかには、とりたてて有名というわけではない。いっぽう宛名には当時の有名な人物も多く、そのやりとりは興味ぶかい。ここでは、カエサル宛、アントニウス宛、カッシウス宛の三通を取り挙げよう。

将軍キケローより将軍カエサルへ

私にローマに来るように催促するあなたの手紙をフルニウスの手から受け取って読んでおりまして、あなたが私の「助言と威信」を利用したいとおっしゃっていることについてはさほど不思議には思わなかったのですが、「影響力」と「助力」という言葉で何をおっしゃりたいのか自問してみましたところ、希望の導くままに、あなたがその賞賛すべき、特異なまでの英知に従って世の平穏、平和と国民の融和のための交渉を望んでおられるのではないかという考えに至り、また、私の性格と民衆が私について抱《いだ》いている像はそのような計画に十分にふさわしいものと判断しました。もしこの私の考えが正しく、私たちの友人であるポンペイウスの立場を慮《おもんぱか》りつつ、あなたや国家と和解せしめようという考えがあなたに少しでもおありなら、この私以上にその役目に適した者を見つけることはおそらくできないと思います。私は常にポンペイウスに対しても、そして機会が与えられた時には真っ先に元老院に対しても平和を勧めてまいりました。そして、武力による闘争が始まった時にも戦闘には参加せず、その戦争においてはあなたの方が被害者であり、あなたの敵やあなたを妬《ねた》む者たちがローマ国民によってあなたに与えられた名誉を奪おうとしているものと判断しました。しかしながら、その当時、私があなたの威信を擁護するのみならず、他の者たちにもあなたを援助するよう勧めたのと同様に、今度はポンペイウスの威信について、大いに心を砕いております。それというのも、この数年来、私はあなたとポンペイウスとを、実際にそうであるように、私の最も親しい友人として特に親睦《しんぼく》を深めるべき人物と決めているからです。［高橋英海訳］

＊

キケローより執政官アントーニウスへ

あなたが私に手紙で申し出られたことは、直接面談の上でしていただきたかった理由が一つだけあります。というのは、そうすれば単に言葉だけでなく、いわゆる表情とか目つき顔つきから、あなたに対する私の親愛の情をはっきりとお分かりいただけたでしょうから。私は常にあなたに親愛の気持を抱《いだ》いてきました、初めはあなたの熱意のゆえに、その後はさらにご恩にも与《あずか》ったからですし、また現在は、国家があなたを私にとって最も大切な人として推賞しているのです。そしていま、私はあなたの深い親愛の情と敬意に満ちたお手紙に感服して、あなたに恩恵を与えるどころか、むしろあなたからご恩を受けていると思うほどです。なぜなら、この依頼に際して、あなたは私の敵にしてあなたの友人を助けることを、何の苦もなくそうできるにもかかわらず、私が反対なら望まないと言われるのだからです。

［大芝芳弘訳］

*

キケローよりカッシウスへ

君の友人は日ごとに狂気を増している。第一に、彼が演壇《ロストラ》に設置した彫像に「最高の功績者、父に」と刻んだ。おかげで君たちは、暗殺者どころか親殺しの弾劾を受ける羽目になったわけだ。だが、どうして「君たちは」と言うことがあろう。むしろ、われわれが、だ。君たちのかくも麗《うるわ》しい行為について、あの狂気の男は、私が首謀者だったと言い張っている。本当にそうだったなら！　そうしたら、今頃、奴がわれわれの厄介の種《たね》となりはしなかっただろう。これは君たちの責任だ。しかし、すでに過去のことだからよそう。私に君たちに与えられる忠告があれば、どれほどいいことか。ところが私自身ですら、何をすべきか、見つけられないでいる。暴力に対して暴力を用いる他、いったい何ができるというのか。［中略］

何と嘆かわしい状況だろう。われわれは主人に耐えられなかった。それで今は奴隷の仲間に仕えているのだ。しかし、それでもなお、私の期待よりもむしろ願いがかかっているのだが、今もなお君の武徳に希望の光が残っている。だが君の軍隊はどこにあるのか。他については、私の意見を知ってもらうよりも、君が君自身に語ることのほうを望む。

さようなら。［兼利琢也訳］

三つの書簡が書かれた時期については、カエサル宛が前四九年三月十九日で、カエサルがルビコンを渡って二カ月後。すでにカエサルはローマに入り、ポンペイウスはイタリアを離れていた。この書簡に言及されているように、カエサルの要請に従って直後、キケロはカエサルと会談するが、カエサルのキケロへの望みはポンペイウスとの調停ではなく、カエサル側に付けということだった。会談は決裂し、キケロはポンペイウス側に付く。結果はポンペイウス側が敗れ、それにもかかわらずカエサルはキケロを許す。

アントニウス宛の書簡が書かれたのは、それから五年後の前四四年四月二十六日、カエサルがローマ世界を制圧して独裁官となった栄光の絶頂で三月十五日に元老院で暗殺された一ヵ月後。キケロにかつての敵を許すことの同意を求めているところを見ると、アントニウスはこの段階ではまだキケロを味方に付けておこうとの気持があったのだろうか。キケロのほうもとりあえず上べでは礼を尽している。

カッシウス宛の書簡が書かれたのは、それから六ヵ月後、十月二日直後だと推定される。この間に状勢は動き、暗殺者ブルトゥス、カッシウスらはローマを離れて帰ることができず、執政官アントニウスが優位に立った。キケロはもはや反アントニウスの旗色を鮮明にした。書簡中の「君の友人」は敵アントニウスをいう反語的表現。アントニウスはキケロを暗殺者たちの黒幕と言い張るというが、かならずしも言いがかりとはいえまい。計画を事前に知らされていなかったにせよ、カエサル暗殺を喜び、暗殺者たちを支持したのは、誰よりもキケロだったろうからだ。「何と嘆かわしい状況だろう。われわれは主人に耐えられなかった。それで今は奴隷の仲間に仕えているのだ」という部分ほど、この時点でのキケロ、そして暗殺者たちの状況を的確に表わしているものはないだろう。彼らは独裁者カエサルに耐えられなかった。だから、暗殺した。しかし、暗殺後の展望があったわけではない。独裁者さえ葬り去れば、共和制都市国家ローマが回復されると期待していたにすぎない。じっさいには、事実上の世界国家となったローマの現実の前に、共和制などとっくに機能しなくなっていた、というのに。
対するアントニウスに展望があった、というわけではなかろう。教養の点では、キケロにはおろか、ブルトゥスやカッシウスにも劣っていたろう。だが、彼は機を見るに敏な政治的嗅覚の持主だった。カエサル暗殺によって生じた事態の中で、どう立ち回れば有利かを嗅ぎ分ける動物的天性を持っていた。そうした特性は教養人キケロからは卑しさに見えたにちがいなく、そこから彼を「奴隷の仲間」と蔑んだのだろう。しかし、教養など血腥い政治のどたん場では何の役にも立たない。

キケロはアントニウスをライヴァルとは思いたくなかったろう。キケロがライヴァル視したのは同じく教養人だったカエサル。だが、カエサルは教養人であるとともに、強《したた》かな政治人間だった。カエサルはキケロのことをどう思っていたか。カエサルのような貴族階級出身の生粋の政治人間にとって、騎士階級出身ながら強烈な上昇志向と弁舌の才によって運よく執政官にまで昇り、元老院議員になったキケロは、一段下のランクの、しかし無視するわけにもいかない、面倒くさい存在だったのではないか。いや面倒くさい存在と思っていたのは、かつてカティリナの陰謀に対抗すべく、キケロを担いだ元老院議員たちとて同じだったろう。自分たちがご挨拶半分に献《たてまつ》った「祖国の父」の称号も、あまりたびたび得意満面に持ち出され、救国の英雄づらをされつづけると、うんざりもしようというものだ。

別の言いかたをすれば、カエサルがほんらい公《おおやけ》の人だったのに対して、キケロは生得の私《わたくし》の人だったのではないか。もちろん、カエサルにも私はあったろう。しかし、その私の公的実現のためには場合に応じて自分を捨てることができた。ガリアに赴くカエサルの副将にという懇望を拒否し、第二次三頭政治が決裂しイタリア入りしたカエサルが協力を慫慂したのにも従わず、ポンペイウス側に奔ったキケロを、それにもかかわらず許したのが何よりの好例だろう。

対するキケロはつねに私にこだわり、方便としてでも私を捨てることができなかった。元老院から受けた過去の栄光を捨てて、元老院に対抗するカエサルに付くことができなかった。その結果は、三頭政治の期間も、カエサル独裁になってからも、政治的にまったく出る幕がなかった。だからといって、小カトのように自裁して反カエサルを貫くまでの勇気は持ちあわせなかった。それゆえにこそ、カエサル暗殺の報を受けた時に、やっと出番が訪れたと歓んだのではないか。

たしかにカエサル暗殺後の混乱の中で、暗殺者たちも、カエサル派も、カエサルの遺産相続者も、競ってキケロの支持を求めた。ブルトゥス、カッシウスは当然としても、アントニウスにとっても、オクタウィアヌスにとっても、「祖国の父」の称号を持つキケロは当面、利用価値のある存在だったのだろう。しかし、時間の経過とともに状勢は動く。なのに、状勢の変化に関わりなく、キケロは過去の栄光という私にこだわりつづける。

結論としてキケロの愛していたのは、自分の才能であり、経歴であり、名声だったにすぎないのではないか。それを実現し、維持し、できれば拡張して、くりかえし味わうために必要だったのが、ほんらいあったかどうかも怪しい、古き佳き共和制都市国家ローマであり、元老院の権威だったのではないか。政治人間にはそれが見えたから、カエサルも、アントニウスも、オクタウィアヌスも、キケロを利用価値のあるあいだは利用し、利用価値がなくなったと知ると、惜しげもなく捨てたのではないか。

みごとに女性の匂いが稀薄なことでも、キケロの生涯は際立っている。ギリシア亡命の折、けなげに家庭を守った妻テレンティアとも、のちに金銭的な理由からか離婚しているし、離婚から時を置かず再婚したプブリリアとも、間もなく別れている。これは、キケロがプブリリアの財産を当てにしたことが原因か、ともいう。

そんなキケロの、誇り高いとも、鼻持ちならないともいえる全人格が、ここまでもというくらい洗いざらい出ているのが彼の書簡集で、それを魅力的ならしめているのが、古代ローマ随一ともいわれる彼の文体であるとは、なんという皮肉だろうか。

キケロ『カティリナ弾劾』『マルケッルスについて』

結局のところ、キケロとは何者だったのだろう。参考までにたとえば平凡社発行『世界大百科事典』二〇〇七年改訂新版「キケロ　Marcus Tullius Cicero」の項は「ローマの弁論家、政治家、哲学者」と始まる。ちなみに同事典「カエサル　Gaius Julius Caesar」の項は「共和政末期ローマの政治家、将軍」また「ギリシア・ローマの歴史の流れを決定的に変えた大政治家。将軍・文人としても第一級の人物である」とも述べる。

もちろん記述者（キケロは平田真、カエサルは長谷川博隆）の相違は考慮に入れなければなるまいが、この記述の相違は両者の相違をかなり正確に表わしているのではあるまいか。カエサルは文武（むしろ武文か）両道に秀でた政治家だが、キケロは文の人として政治に関わり、挫折して文に慰めを見いだした人物ということになるのではないか。

さて、キケロの「ローマの弁論家、政治家、哲学者」だが、経歴の上でもまさにこの順序で、登場は弁論家としてだった。ローマから一〇〇キロとはいえ、地方都市アルピヌムの騎士階級の出身で、都市国家ローマ生え抜きの貴族階級が牛耳るローマ社会で頭角を現わすには、公《おおやけ》の場での弁論で耳目を引くのが手っ取り早かった。ローマに出て法律、修辞、哲学の研鑽に努め、二十五歳で弁論家として出発、名演説によって名声を得、さらに遊学によって弁舌の技を磨き、これを足がかりに政界に出た経緯はすでに見て来た。

いっぽう、カエサルの政治家としての出発点も二十三歳の時の凱旋将軍ドラベッラの告発弁論であり、キケロの場合と同じように見えるが、実質は少しく違う。キケロの出発は弁護演説で、勝ったもののそのまま政界入りにはつながらず、カエサルのそれは弾劾演説で、負けはしたが政界入りのための人心掌握につながった。当時のローマの政界入りの第一歩は、身分ある人を告発するのが慣例であり、貴族階級出身のカエサルはそれに従ったが、騎士身分のキケロは遠まわりして弁護から始めた、ということになろうか。

弾劾演説→政界入りという順序は、キケロの場合ねじれて逆になる。三十一歳で財務官に選ばれ、造営官、法務官と進み、四十二歳で執政官選挙に勝ったのち、弾劾演説をおこなう。古代ローマ演説史上特段に知られた、四回にわたるカティリナ弾劾演説だ。カティリナはキケロよりやや若い没落貴族出身で、スラの恐怖政治に加担して不正に蓄財、法務官、アフリカ総督を経て執政官を目指したが、一度目、二度目は不当搾取罪に問われて立候補できず、三度目、四度目はクラッスス、カエサルら、政界有力者の協力を得たにもかかわらず、落選した。

万策尽きたカティリナは、執政官キケロをはじめ政権担当者の暗殺、内乱状態の再現によって、政権を奪取することを目論み、全イタリア規模の陰謀を組織したとされるが、事実はどうだったか。結局はキケロの追及によってエトルリアに逃亡、ローマに残った一味は逮捕・処刑され、カティリナ自身も討伐軍との闘いで敗死した。けれども、もしカティリナが勝っていれば、彼の歴史的位置付けはどうなっていたか。

それにしても、キケロのカティリナ追及は峻烈を極める。四回にわたる『カティリナ弾劾』のうち第三演説までのそれぞれ冒頭部分から（小川正廣訳、『キケロー弁論集』岩波文庫所収）。

いったいどこまで、カティリーナよ、われわれの忍耐につけ込むつもりだ。その狂気じみたおまえの行動が、いつまでわれわれを翻弄《ほんろう》できようか。どこまでおまえは、放埒《ほうらつ》で不敵な態度を見せびらかすつもりだ。［中略］おまえの計画は暴《あば》かれている。それに気づかないのか。おまえの陰謀はすでに、ここにいるすべての人々に知れ渡り、食いとめられている。それが、おまえには分からないのか。昨夜と一昨夜、おまえが何をしたか、おまえがどこにいて、誰を呼び集め、どんな計画を立てたのかを、われわれのうちいったい誰が知らないと思っているのだ。

＊

ローマ市民諸君、われわれはついに、ルーキウス・カティリーナを都から追い払った。無謀なたくらみに熱狂し、犯罪の毒気を吐き散らすあの男、そして非道にも祖国の破滅を企て、諸君とこの都を剣と炎でたえず脅かしているあの男を、追い出したのである。〔中略〕もはやあの奇怪な化け物が、城壁の中にいて城壁を破壊しようとたくらむことはないだろう。〔中略〕奴は都から追い出されたとき、有利な立場を失った。今やわれわれは公然と、敵に対して正式の戦争を行なうのである。それを妨げる者は誰もいない。われわれはあの男を、隠れた陰謀から引きずり出して、おおっぴらな盗賊的行為へと駆り立てた。それによってわれわれは、明らかに奴を滅ぼし、見事な勝利を収めたのである。

＊

ローマ市民諸君、今日、国家は救済された。諸君全員の生命も、諸君の財産と富と妻子も、世に並びなき支配の本拠で最高の幸運と美を誇るこの都も、炎と剣から救われた。それらがほとんど破滅の運命の入口から逃れて、ご覧のように諸君のもとへ無傷のままで戻ってきたのは、諸君に対する不滅の神々のかぎりない愛情とともに、わたしの苦労と思慮と危険な体験によるものである。

〔中略〕したがって、われわれがこの都を建設した人を感謝と称賛の気持を込めて不滅の神々の位に列したからには、建設されたのち発展したこの同じ都を救った者をも、諸君とその子孫は当然敬うべきであろう。じっさい、都の全体に、神殿と聖域と家々と城壁にあわや火が放たれかけて、すべてが炎に包まれようとしたときに、わたしがそれを消しとめたのである。国家に対して抜かれた剣の切れ味を、鈍らせたのはわたしであり、また諸君の喉元《のどもと》から剣先を払い除けたのも、このわたしである。

それぞれの演説のなされた時と場とは、第一が前「六三年十一月八日ユッピテル・スタトル神殿での元老院議会」、第二が「同年同月九日中央広場《フォルム》での市民の集会」、第三が「同年十二月三日」同じく「中央広場《フォルム》での市民の集会」。もちろん、これらの演説にはそこに至るまでの前段がある。キケロとカティリナの関わりにおいて、かいつまんでいえば、つぎの通りだ。

執政官立候補三度目の前六四年の選挙の際には、前年執政官暗殺の陰謀があり、これにカティリナが加担していたとの不確かな噂を利用してキケロが勝ち、翌前六三年の四度目にもカティリナの不穏な言動を理由に執政官のキケロが選挙日を引き延ばし、投票日にはこれ見よがしに防禦用の胸当をして現われて、カティリナを不利に導いた。結果として莫大な借金だけが残ったとなれば、カティリナとしてはキケロに復讐したくもなろうというものだ。しかし、キケロ以外の要人たちの生命まで狙っていたかどうかは、キケロの演説だけから判断はできない。

キケロが文の人なら、カティリナは武の人だ。弁舌で叶わないとならば、武の力をちらつかせることもあったろう。エトルリアのマンリウスの陣営は威し半分の武力だったかもしれない。キケロのカティリナ弾劾演説がおこなわれるユピテル神殿の元老院議会に、弾劾の対象のカティリナ当人が出席している事実に、二千余年後の私たちは驚くが、そのことはその時点ではまだ反逆者とならないですむ方途をさぐっていた、とも受け取れる。キケロ自身カティリナの出席に悃《あき》れてみせるが、じつはキケロはそのことを予知していて、効果覿面《てきめん》の演説を用意していたとは、おおいに考えられることだ。

いたたまれなくなったカティリナはその日のうちにローマを出て、エトルリアに向かう。キケロとしては武の人カティリナを文の力で可能性としての反逆者から事実上の反逆者に追い込んだわけで、その得意満面ぶりが現われたのが第二演説だ。カティリナが公的な反逆者となれば、次になすべきはローマに居残った同調者を追及することだ。キケロはおとり捜査によって同調者を捕え、きびしい尋問で容疑を認めさせる。その功に対して、神々に感謝する国民礼拝祭が決議され、キケロに「祖国の父」の称号が呈せられる。その直後になされたのが第三演説で、これでもかといわんばかりの自画自賛と賞讃強要が嫌味なまでだ。

ことここに到れば、カティリナはキケロの自己実現のための犠牲の気味もなくはない。いっぽう、カエサルにとってカティリナはどんな存在だったか。カティリナの執政官立候補に協力したのは前述のとおりだし、同調者逮捕の折にはキケロが処刑の意向を持っていたのに対して、終身禁錮を提案する。この提案は生涯一貫してカエサルに敵対した小カトの処刑提案との票決に破れるが、カエサルはカティリナ敗死ののちにも同調者処刑の手つづきの不備を、腹心の護民官クロディウスを使って衝かせ、キケロを亡命の止むなきに到らしめている。

カエサルにとってカティリナは敵であるよりも同質性を持つ存在、その同質性において将来敵となるにしても御しやすい存在で、敵というべきはむしろキケロだったのではないか。じつはキケロにとっても、当面の敵はカティリナだが、その彼方にさらに強力な敵カエサルを見ていたのではないか。言い換えればカティリナは拙劣なカエサル、カエサルは手ごわいカティリナ。そこでまず弁論の力でカティリナを破滅させて祖国の父となりおおせ、カエサルの擡頭を未然に防ごうとする。その企図がカエサルの周到果敢な計画と実行により潰《つい》えたのは、知られるとおりだ。その敗北宣言ともいえるのが、前四六年九月元老院でおこなわれた演説『マルケッルスについて』（山沢孝至訳、前掲書）である。

「長きにわたる沈黙を、元老院議員諸君、私はこの節《せっ》貫いてきた——何かを恐れてというわけではなく、ひとつには悲しみの、ひとつには後ろめたさのゆえであったのだが——その沈黙に、今日のこの日が限《きり》をつけてくれた。［中略］というのも、これほどの温厚さを、これほどにも例のない、耳にしたこともない寛容さを、万事に最高の権限を有していながらのこれほどの慎ましさを、つまるところこれほどにも信じ難く、かつまたほとんど神の如き叡知《えいち》を、黙然《もくねん》と見過ごすことは何としてもできないからだ」と始まるこの演説は、カエサルへの諂《へつら》いがあからさますぎる、と古来評判がよくない。

私見をいえば、カエサルの重なる誘いを受けながら、敢えてポンペイウスの側に奔ったにもかかわらず、いとも寛容に許された身として、遅れて許された旧友マルケッルスにかこつけて感謝の念を述べることは、キケロにとって果たしておかなければならない当然の返礼だったのではないか。しかも、その中でもきちんと「ガーイウス・カエサルよ、刃向かう者らを完全にうち負かしたはいいが国家を今ある状態のまま残すことになってしまったなら、どうか用心されぬと、君の神にも紛う美徳は栄誉以上に奇異の念を集めることになろう」と釘を差すことを忘れていない。『カティリナ弾劾』の場合と異なり、まことに複雑、まことに困難な状況の中で、敬意を払いつつ言うべきことは言っていることを考えれば、『マルケッルスについて』はキケロの知と情を、つまりは修辞の限りを尽しているという意味で、『カティリナ弾劾』よりはるかに高度な名演説と思うが、どうだろうか。

キケロ『義務について』

キケロの著作を大別すれば、演説、論述、書簡ということになろう。これらを彼を規定する弁論家、政治家、哲学者に当て嵌めれば、弁論家・政治家としての著作が演説、哲学者としてのそれが論述、その両方を通じてのキケロその人の私性を覗かせてくれるのが書簡ということになろうか。

キケロの出発は弁論家としてだった。しかし、それは彼の最終目的ではなかった。古代ローマの選良階級の多くがそうだったように、彼もまた政治家となるために弁論家として出発したのだった。では政治家となったのは哲学者となるためか。そうではなく、政治家であることができなくなって、止むなく哲学者になった、というべきだろう。いや、むしろ、こう考えるべきではないか。すなわち、政治家として復活することを期して、ひととき哲学者になったのだ、と。

このことはキケロの哲学的著作が、いずれも自らの政治的不如意の時期になされていることからも、明らかだろう。ここでは最後に位置する『義務について』を見ることで、その特徴を見ることにしよう。『義務について』は三巻から成る。第一巻道徳的高貴さについて、第二巻有利さについて、第三巻道徳的高貴さと有利さの関係について、である。第一巻は、以下のように始まる（泉井久之助訳、岩波文庫）。

一　わが子マルクスよ、お前はすでにまる一年のあいだ、クラティッポスについて教えをきき、しかもそれがアテーナイにおいてなのだから、師とその都とのこよなき権威のもとに——というのは前者は学識をもって、後者は実例をもって、お前をゆたかにすることができるのだから——、哲学の〔実践的な〕教えと原論とで飽きるほど心を満しているにちがいないが、しかし、ちょうどわたしが自分の向上のために、常にギリシャ的なものをラテン的なものに結び合わせ、この結合を哲学においてのみならず、弁論活動のさいにもわすれなかったように、お前も同じことを実行して、どちらのことばにもひとしい能力が持てるようになるべきだと思う。

ここで思い出されるのは『キケロー書簡集』（高橋宏幸編、前掲書）の中の、アテナイで紀元前四四年八月に書かれたかと推定される「息子キケローより最愛のわがティーローへ」宛てた手紙（兼利琢也訳）だ。「毎日もどかしい思いで使いの者を待っておりましたが、ついに来ました。〔中略」その到着は、私にとって何ものにもまして待ち遠しいものでした。なぜなら、誰よりも愛しい情愛豊かな父の手紙からとても大きな喜びを得ましたが、あなたの大変楽しいお便りは私を歓喜の極みに導いてくれたからです」と始まる手紙を、キケロによって奴隷身分から解放された忠実な家令ティロから見せられたキケロが、その息子からの間接的な手紙への返事として書いたのが、『義務について』と考えることができるのではないか。

この折、息子キケロは父親キケロへも手紙を書いたのだろうか。キケロの書簡集にキケロの書いたもののほかに、キケロ宛の書簡が少なからず含まれるのは、ティロの律儀な働きの故と思われるから、もし息子キケロが父親キケロ宛に書いていたら、その手紙を残さずに自分宛の手紙のみを残したとは考えられない。息子キケロは直接父親キケロに書く代わりに、家令ティロに書いたため、ティロは息子キケロが父親キケロに宛てて書くべき手紙の代わりとして、自分宛の手紙を残したものと思われる。

息子キケロはなぜ父親キケロに直接書かなかったのだろうか。考えられるのは三年前の母親テレンティアとの離婚とプブリリアとの再婚だ。多少の使い込みがあったにせよ、浮沈激しい父親を支えてきた気丈な母親を離婚したことは、息子にとってかならずしも納得の行くものではなかったのではないか。そこで、遊学先のアテナイに父親から直接手紙を貰っても、その手紙に自分の手紙を添えて届けてくれた家令に答えることで、父親へ直接答えることに代えたのではないか。

息子キケロは前六五年生まれだから、このとき二十一歳。若いとはいえ、当時の古代ローマ社会では十分な判断力を備えた大人。父親の自画自讃ぶりは、不遇つづきの来歴を差し引いたとしても、かなり鼻についたのではないだろうか。『義務について』の先に引用した書き出し部分にも、すぐにつづけて「わたしはこういうつもりで努めたおかげで、もしわたしの思いちがいでなければ、わがくにの人たちを大いに助けて、ギリシャの文物に味《くら》かった人たちだけでなく、よく知っている人たちもまたこのおかげで、弁論と判断の力を、相当に身につけたと思わせるようにしたつもりだ」と言わずにはいられない父親なのだから。

それにこの父親の息子に宛てた手紙、たしかに出発点においては息子に宛てた手紙だが、しだいに息子を離れ読者一般に向けた手紙スタイルの論述となっていく。ティロ宛の手紙で父親からの手紙を喜んでみせ、ゴルギアスという酒友と別れるようにとの父親からの指示にとりあえず従うことを表明した息子だが、その後父親から届けられた重すぎる手紙、すなわち『義務について』は、これを酒席に持ち出して巫山戯《ふざけ》半分に祀《まつ》り、揶揄の対象とした、と伝えられる。そういう息子の態度もあながちに親不孝とばかりは言えないのではあるまいか。

それはさて措き、『義務について』の哲学的著作としての特徴は、どういうところにあるのだろうか。すでに引用した部分からもわかるように、キケロの哲学はあくまでも「実践的」学、さらにあからさまにいえば政治家として身を立て世に出るのに役立つ能力としての実学である。キケロはこの実学を身につけることによって、同時代の選良階級の上層を占める貴族階級からは一段低い騎士階級の、それも都市国家ローマのではなく地方都市アルピヌムの出身でありながら、目立ち抜きん出てついに執政官に到り、元老院議員になりおおせたのだから、息子にもこの実学を身につけるように勧める、というわけだ。

キケロは自らの哲学の位置を「ソークラテス派でありプラトーン派で」「哲学的著作は「逍遥学派《ペリパトス》の所説とあまりちがっていない」という。しかしそこでも、「もしプラトーンが弁論の法廷的な仕方を実行する気があったとすれば、その弁はさだめし力づよくゆたかであったろうと思うし、またデーモステネースも、プラトーンから学んだものをしっかりつかんで、それを公けに論述する心があったとすれば、きっと優雅にかつ輝かしく果たすことができたであろうと思う」ということを忘れない。言いたいのは、プラトンもデモステネスもできなかったことを、自分はやってのけた、しかもそれをラテン化したということだ。

ここでラテン化したとはラテン語化したことを指すが、さらにはローマ人化したことをいうのだろう。ローマ人とギリシア人の学問的態度の違いは、ギリシア人が純粋に思弁的に傾くのに対して、ローマ人は実用的にならないではすまない。実際の役に立たない学問にどんな意味があるのか、というわけだ。それをやってのけたのが自分だとキケロは言い、それはそのとおりだろうが、のちのローマ諸学に較べるとまだまだ書斎臭が強い。それは哲学というよりは倫理学、むしろはるか後世、モンテーニュの『随想録』にも通うモラリスムの書、人生読本の趣が濃い。死の前年の前四四年に精力的に書かれた『大カトー・老年について』『運命について』『栄光について』『ラエリウス・友情について』みなそうだが、最後の『義務について』も例外ではない。第一巻・第二巻・第三巻のそれぞれのタイトルに見るとおり、一巻の正と二巻の反とが三巻で合となるわけだから、当然のことに論述の結論は三巻にある。

二八　有利さと道徳的な高貴さとを引きはなして考えるとき、ひとは自然の命ずる基本原理を覆すことになる。いかにも、ひとはみな銘々の有利さを求め、それに惹かれないものはなく、抵抗できるものもない。有利さを怖れて逃げるものもなく、むしろ進んでそれを一心に追求しないものもないくらいだが、しかし、われわれはどんな場合にも、道徳的な賞讃、済美、高貴さにおいてでなくては、真の有利さを見出すことができないのであるから、この三つをわれわれは何よりも第一義的なもの、最高のもの、と考え、有利さは、それみずからにおいて輝やかしいものというより、むしろ右の三つに必然的に附随して現われるものと、わたしは考えるのである。

＊

三三　さきにいかなる有利さでも、道徳的な高貴さに背馳するものは決して有利でありえないことを示したが、同様にわたしの信ずるところでは、あらゆる快楽は道徳的な高貴さとは反対のものである。［中略］たとい快楽も、時として、有利さの外観を呈することがあると人はいっても、快楽と道徳的な高貴さとの結合だけは、決してありえないことに、注意してもらいたい。

『義務について』三巻は「それでは気をつけて、わがキケローよ。わたしにとってお前が如何に大切なものかを、決して忘れないように。しかしここに書いたような戒しめと教えにお前が喜びを見出してくれるなら、お前はわたしにとって、更になお、大切なものになることを、よく覚えていてくれるように」と閉じられる。その戒めの典型的な実例が誰かとならば、同じ第三巻八の「だから不誠実な人は、有利と見たものを手に入れるや、直ちにそれを道徳的高貴さの問題から切り離して考えるという過誤をおかす。そこから匕首、毒杯、偽造の遺書が生まれ、竊盗、公金の横領、また盟邦と自国の市民に対する収奪強掠《ごうりゃく》となり、また強富《ごうふ》の願い、ゆるしえない権力欲となり、ついに自由の国家に王として支配する野望となって出現する」という条りからわかるとおり、その年三月に暗殺されたカエサル、そしてその遺志を継ぐとの口実のもとに国権を独占しようとするアントニウスを指していることとは、明らかだろう。

キケロ生涯の手強い敵対者、カエサルは暗殺された。となれば、次に向かうべきはアントニウスだろう。キケロは同年九月から翌前四三年四月にかけ五回にわたって激烈なアントニウス弾劾演説（『ピリッピカ』第一―第五）をおこなう一方で、反アントニウス同盟を結ぶべくオクタウィアヌスその他に働きかける。そのすべてに失敗した前四三年十二月七日早朝、ローマ南方フォルミアエの別荘を忍び出て、船で逃れるべくカイエータ海岸へ向かう途中、アントニウスの指し向けた刺客に殺されることで、とにもかくにも共和制ローマの擁護者としての生涯を全うする。

では、父キケロから『義務について』三巻を贈られた息子キケロは、その後どんな生涯を送ったか。父の戒めと教えにもかかわらず、彼は「道徳的高貴さ」よりも「有利さ」を求め、とど権力者アウグストゥス（オクタウィアヌス）に従ってからは、名目上とはいえアウグストゥスと並んで執政官職にも昇った。「快楽」についてもおおいに享受したらしく、「子は父の分を取り返そうとしているようだ」とのアウグストゥスの評言が残っている。ついでながら、キケロに離別された妻テレンティアは百歳を超える長命に至った、と伝えられる。

小プリニウス『書簡集』

古代ローマの書簡文学の著者の忘れられないひとりに、小プリニウスがいる。小プリニウスはかの有名な『博物誌』の著者、大プリニウスに対する小プリニウスで、両者の関係は、以下のとおりだ。

小プリニウスの初名はガイウス・カエキリウス・セクンドゥスといい、紀元六二年頃、北イタリア、コムム市（現在のコモ市）の名門カエキリウス家の当主、ルキウス・カエキリウス・セクンドゥスの子として生まれた。幼くして父ルキウスを亡くしたため、のちに執政官にもなったウェルギニウス・ルフスの後見を受け、母の弟であるガイウス・プリニウス・セクンドゥス（大プリニウス）が、七九年のウェスウィウス火山の爆発の際、現地に赴いて噴煙に巻かれて亡くなると、遺言により叔父の養子となり、以後ガイウス・プリニウス・カエキリウス・セクンドゥスと呼ばれることとなった。つまり叔父の大プリニウスに対する甥の小プリニウスである。

カエキリウス家とプリニウス家の遺産を継いだため富裕で、常住地ローマと故郷コムムに屋敷を、また避寒・避暑地に数軒の別荘を、イタリア各地に二〇〇〇ヘクタール以上の土地を持ち、五百人以上の奴隷および解放奴隷を抱えていたらしい。少年時代にローマに出て、ラテン語修辞学をクインティリアヌスに、ギリシア語修辞学をニケテス・サケルドスに学び、叔父や後見人の縁で有力者たちの推薦を得て、十八歳で官界入りを果たした。

官途では、二十人官を皮切りに、属州シュリア第三軍団副官（会計事務担当）、元首付財務官、護民官、法務官、二度にわたる国庫管理委員、執政官と昇りつめ、名誉神職の卜鳥官を授けられ、河川排水溝管理委員に任じられた。また生涯を通じて法廷での弁護に当たり、属州ビテュニアから告発された二人の知事を救った。その過程でビテュニアの事情に精通し、これが機縁となって一〇九年、ビテュニアおよびポントス属州へ執政官級総督として赴任、現地の乱れた財政を整える過程で、一一一年頃亡くなった、と推定される。

ただし、官職においては一部を除き無報酬、当時の社会で貴族の職業と見做《みな》されていた法廷弁護人の報酬も彼は一切受け取らなかったから、所領の土地から上がる小作料が唯一の収入源で、その効率よい確保にさまざまに心を砕いている。彼は生涯にわたり百人以上の奴隷を解放しているが、本来の温情的性格のほかに小作料確保の一面も否めまい。いずれにしても、持前の廉直さに加えて財務に明るかったことが、弱年このかた、くりかえし財政的官職に就かしめられた理由だろう。

小プリニウスが官職にあったのは、八〇年から一一一年までの足かけ三十一年間。ティトゥスの末期一年、ドミティアヌスの十五年、ネルウァの二年、トラヤヌスの中途まで十三年間だ。このうちドミティアヌス治下の晩期数年は皇帝の疑心暗鬼から有力な元老院議員がつぎつぎ処刑された恐怖時代だったが、彼は皇帝に迎合するでもなく、さりとて諫言《かんげん》するでもなくしたたかに生き抜き、ドミティアヌス暗殺後のネルウァ、トラヤヌス両帝にも重用されている。

親しい友人の何人かが処刑されたにもかかわらず、黙してやりすごした事実を指して、彼を非難する向きもある。しかしその時反対の声を挙げたら、どうなったか。彼自身処刑の憂き目にあって終わりだったろう。生き延びた彼はネルウァの治下、ドミティアヌスに迎合して友人たちを死に到らしめた密告者どもの糾弾にかかる。結局は事を好まぬネルウァの意図で断念するほかなかったが、いったん糾弾されたことで、密告者どもは十分な罰を受けたのではなかろうか。

小プリニウスの生涯の望みは、文人として現世において知られ、死後に名を残すことだった。彼は閑暇のすべてを読むことと書くことに当てた。学芸は閑暇から生まれるという。しかし、彼の閑暇はあらかじめふんだんにあるものではなく、繁忙な中で敢えて作り出すものだった。彼には官僚として、市民として、土地所有者として、また家父長として、しなければならないことが山ほどあった。それらの事務・作業をこなして作り出した閑暇に、二巻分の詩と九巻分の書簡を書き、出版した。

詩はそのほとんどが散逸したが、わずかに残った断片から見るに、素人芸を出るものではないらしい。彼の本領はあくまでも書簡にある。そして、それは同時に平均的ローマ人選良の本領でもあるようだ。そこに彼の書簡集が帝政期を通じて愛され、千九百年後のいまなお愛されている理由があるのだろう。ところで現行の小プリニウス書簡集は十巻から成る。うち九巻は彼の生前に出版されたもの、最後の一巻は死後に後人の手によって出されたものだ。

内容的にも最後の一冊はそれまでの九冊とおおいに異なる。前九冊が自宅や別荘から友人・知己・親族に当てた私的な手紙であるのに対して、後一冊は最後の赴任地から皇帝に宛てた公的な書信と皇帝からの返信だ。しかし、この構成によって後世の私たちは書簡文学がいかにして発生し、いかにして発展したかを具体的に知ることができる。書簡は古代、広大な版図を持つ帝国において、公的な通達と報告の手段として発生した。いきおい、それは本意さえ通じれば事足りる、無味乾燥なものだ。

ところが、これが私的な通信に転じられると、急に血がかよいはじめる。出す人と受け取る人の間柄を反映して、いきいきした表情を見せる。手紙の書き手が世に知られた人で、その手紙が魅力的な手紙だと、貰った人は自慢したくなって、他人に見せ、それが評判になる。その評判が書き手に返って来て、書き手自身、特定の人に宛てつつ、その人以外の目も意識した手紙を書くようになる。さらには出した手紙の写しを取っておいて、手を入れる。こうして、公的な書簡の転じた私的な手紙がふたたび転じて、別の意味で公的なものとなる。意図された書簡文学の誕生だ。

同じく書簡文学といっても、キケロと小プリニウスとでは、いささか様相を異にする。キケロの場合、当人において少なくともはじめは、手紙を文学として書く意図はなかった。それが保管されのちに公表されて資料、ついで文学となった。これに対して小プリニウスの場合は、はじめから文学として手紙を書いた気味が濃い。これを言い換えれば、キケロでは書簡が文学になり、小プリニウスでは文学が書簡になった、といえようか。

手紙を日常的にこまめに書く人においては、手紙はその人のその都度その都度の外面的・内面的両面を兼ねた、生きかたの記録といえる。とすれば、文学として手紙を書く人の生きかたは文学的生きかたとならざるをえないのではないか。極論すれば、文学の題材たりうる生きかた、文学の主人公を演ずる生きかたである。小プリニウスは文学の主人公にふさわしく、よき官僚、よき市民、よき地主、よき家父長、よき夫、よき親類、よき友人、よき後輩、よき先輩、そしてなによりよき文人を演ずる。『プリニウス書簡集』第九巻のフスクス宛の手紙から（国原吉之助訳、講談社学術文庫）。

トゥスキの別荘で夏の一日を、どのような日課で過しているのかと、あなたは尋ねます。朝は、気が向いたときに、たいていは第一時（五時前後）頃に起きます。たびたびそれより早く起きても、それ以後になることは滅多にありません。鎧戸は閉じたままにしておきます。不思議なことに、私は無音《しじま》と暗がりの中で、気を反《そ》らすものを絶たれると、思う存分自己に没頭し、目を心ではなく、心を目で追うからです。目は他のものを見ていないときはいつも、心が見つめるものと同じものを見るのです。

何か手がけている作品があると、それを考えます。一語一語書いて、それを推敲するかのように、心の中で文を考えます。文章は作るにせよ暗記するにせよ、それが難しいか易しいかで、時に僅少であったり、時に長くなったりします。速記者を呼びます。鎧戸を明けさせて光を入れます。頭の中で作っていた文を口述します。彼が去り、再び呼び入れ、又退けます。

第四か第五時（九時前後）に、――というのも、正確に時間をはかっていないので――その日の天候次第で花壇歩道か、有蓋歩廊を歩き、そのときも、残りの文章を練り、口述します。

車に乗ります。その中でも、散歩している時や書斎で横になっているときと同じような時間を過します。場所が変ると、精神は新しく活気づいて集中力が続くのです。

暫く午睡をとります。次いで、ぶらぶらと散歩します。

次にギリシア語とラテン語の弁論集を、高い声で力いっぱい、喉のためよりもむしろ胃のために朗読します。勿論、同時に発声も鍛えられます。

再び歩き、体に香油を塗り、体操をし、風呂に入ります。夕食のとき、妻か少数の者と一緒なら、本が朗読されます。夕食後は、喜劇役者の朗読か、竪琴弾きの演奏を聴きます。

それから、家族の者と散歩します。その中に博学な者もいるので、さまざまの話題を交わして、夕暮れの時を引き伸します。もっとも長い夏の一日は、あっという間に過ぎてしまいます。

時々、この日課がいくらか変更されることがあります。長い時間書斎にいたり、あるいは散歩したときは、午睡や朗読のあとでやっと——時間が足りないので急ぐため——車ではなく、馬に乗って出かけます。

友人が近くの町から不意に訪れ、一日の一部を、彼らのために割《さ》かれ、時には勉強で疲れた私を、運良く中休みで助けてくれます。

ある時は、狩猟に出かけます。しかし、必ず雑記帳を持って行きます。たとえ獲物がとれなくても、手ぶらで家に帰らないためです。

小作人にも、彼らの気持がすむように、充分とは言えませんが、時間を与えます。彼らの田舎暮しの苦情を聞いていると、私の文学の勉強や、都での法廷の仕事が有り難く思えてきます。

どうだろう、往年のハリウッドで作られた、帝政ローマ時代の文人趣味を持つ貴族を主人公にした映画の、ある一日のようではないか。つまり、彼は文人趣味豊かな手紙にふさわしい主人公の一日を演じ、それを手紙に書くことで、もう一度演じなおす愉しみに浸っているのだ。

しかし、彼の有能さは彼をいつまでもその愉しみに浸らしてはくれない。皇帝は彼を乱れた財政を糺すべくビテュニアおよびポントス属州総督に任じ、属州に赴任した彼は書簡の原点である無味乾燥な報告と質問の手紙を皇帝に送り、同じく無味乾燥な回答の手紙を皇帝から受け取る。そのやりとりの中で、わずかにほっとさせられるのは、同行した妻の祖父の死に際して、速やかに行って叔母を慰めるべく、皇帝の許可を待たず出発させたことの寛恕を願う手紙と、それに対する皇帝の同意の返事だろうか。

この往復をもって十巻が終わっていることは、妻を帰した留守中に急病でも起こったのか、彼が五十年ほどの生涯を終えたことを示唆しているのだろう。その終わりかたもまた、小プリニウスにふさわしく文学的といえるのではないか。

大プリニウス『博物誌』I

『プリニウス書簡集』（国原吉之助訳、前掲書）には、タキトゥスの要求によって書かれた、ウェスウィウス火山の噴火の災害による叔父大プリニウスの最期についての報告がある。タキトゥスはこの報告をもとに、大プリニウスの死を含むこの災害について『同時代史』に書いたと推定されるが、同書のその部分は失われているので、小プリニウスの報告のみが、げんざい見ることのできる大プリニウスの死についての記録ということになる。

叔父はミセヌムにいて、そこの駐留艦隊を本人自ら指揮していました。八月二十四日第七時頃、私の母が叔父の所に来て、大きさも形も、これまで見たことのない雲が見えると告げました。

叔父は日光浴の後で、冷水浴をすませ、横になって昼食を摂り、勉強をしていました。そこで彼は上履《ソレア》きを持ってこさせ、その奇妙な現象が特によく遠望できる場所へ登ります。噴煙がどの山から上っているのか、遠くから眺めてもわかりません——後でウェスウィウス火山であったことがわかりました——その雲煙の恰好や形は、他のいかなる木よりも松の木にそっくりでした。天空高く聳《そび》えた松の幹の如く、四方へ何木かの枝を伸ばしていました。［中略］

叔父の如き博物学者には当然のことですが、近くから観察すべき重要な現象と思われたので、快速艇を用意せよと命じます。［中略］

彼が家からちょうど出ようとしていたとき、タスキウスの妻レクティナからの伝言を受け取ります。

彼女は目前に迫った危険に怯え——というのもタスキウスの別荘は、その火山のすぐ麓に位置し、船でしか逃げ道がなかったのです——自分たちをこの危機から救ってくれと嘆願していました。

叔父は、考えを変えます。学者の研究心から思い立った計画を、貴い犠牲的精神で実行します。港から四段櫂船を曳き出し、それに自ら乗り込み、レクティナのみならず、多くの人を——この住み心地の快適な海岸に、たくさんの人が生活していました——救助しようと、他の人達が逃げてくる方向へ急ぎます。

結局、焼灰や焼けただれた軽石、砕けた小石が降り、俄かに出現した浅瀬や火山からの熔岩流で海岸には近づけず、友人ポンポニアヌスのいる対岸のスタビアエに船首を向け変え、怯えているポンポニアヌスを抱き励ます。それから大プリニウスは休息し、眠り込んでしまう。そのうち、火山灰や軽石が降りつづいて、そのままでは寝室から出られなくなりそうなので、人びとは彼を起こす。彼はポンポニアヌスたちの所に歩いて行き、家に留まるか外へ出ていくか相談した結果、歩いて海岸に行く。しかし、海は荒れて怖ろしい状態なので、海岸に敷いてもらった亜麻布に横たわり、何度も冷たい水を要求して飲む。

間もなく、火焔と焔の前触れの硫黄《イオウ》臭が、他の人たちに逃げるよう急《せ》き立てます。人々は叔父を起こします。叔父は二人の奴隷にすがって立ち上ったのですが、すぐ倒れて息を引き取りました。

私が思うに、噴火ガスが濃くて叔父は喉を塞がれ、息がつまったのでしょう。彼は生来気管が狭くて弱く、しばしば炎症を起していたのです。

太陽が戻ったとき――最後に日光を見た日から数えて三日目でした――叔父の五体は完全でかすり傷もなく、生前のままの服装を身に付けていました。死体の様子も、死んでいるより眠っているように見えました。

小プリニウスによれば、大プリニウスはこのとき（紀元七九年）五十六歳。すると、生年は二二年ないしは二三年という計算だ。生地は北イタリア・コムム市、身分は当地の富裕な騎士階級。当時の地方有力階級の常として、若くローマに出て、文学、法律、雄弁術を学び、また軍人としての教育も受けた。四代皇帝クラウディウスの治世から五代皇帝ネロの治世初期まで約十年間、騎兵大隊に所属してゲルマニアに駐留。帰国後は十年間文人として活躍。ネロ自殺後の混乱を収拾してウェスパシアヌスが皇位に即くと、その信任の篤かった大プリニウスはヒスパニアやアフリカに財務官として赴任。晩年はナポリ湾ミセヌム基地の海軍総督だった。

小プリニウスはまた、大プリニウスの全著作を読み通すことを志したマケルへの手紙に作品目録を掲げる（第三巻）。

一、『騎兵の槍術』一巻。〔以下略〕
二、『ポンポニウス・セクンドゥスの生涯』二巻。〔以下略〕
三、『ゲルマニア戦記』二十巻。〔以下略〕
四、『弁論術学習案内』三巻。〔以下略〕
五、『文法上の曖昧な表現』八巻。〔以下略〕
六、『アウフィディウス・バッスス以後の歴史』三十一巻。〔以下略〕
七、『博物誌』三十七巻。〔以下略〕

この中でげんざい残っているのは七の『博物誌』三十七巻のみ。大プリニウス自身の被献呈者ウェスパシアヌス殿下に宛てた序文によれば、二千巻の書から二万項目の知識を採録した由。ほかの作品についても推して知るべし。マケルへの手紙で小プリニウスはいう。

このような厖大な書巻を、しかもその中の多くは用意周到な準備を必要とする作品を、公務を背負いつつ完成させたことに驚くでしょう。もし彼が相当の期間、法廷で弁護活動もしていたこと、五十六歳で亡くなったこと、その間、ある時は重要な任務で、ある時は元首との交友で著述を引き延ばされ妨げられて過したことを考えるなら、いっそう驚嘆することでしょう。

しかし、彼には明敏な才能と、信じ難い研究心と、不眠不休の勤勉がありました。火神ウルカヌスの祭日から灯火に明りをつけ始めていました。鳥占いで吉兆を得るためではなく、勉強するためでした。彼は真夜中に起きて直ちに、しかし冬は夜の第七時から、あるいは、おそくても第八時から、しばしば第六時から勉強に取り掛りました。

その結果産まれた著作群のうち唯一現存する『博物誌』(中野定雄・里美・美代訳、雄山閣。同版では『プリニウスの博物誌』ⅠⅡⅢ)三十七巻の内容は次のとおり。

第一巻　〈第二巻以降の内容と典拠著作家の一覧表〉
第二巻　〈宇宙・気象・地球〉
第三巻　下記諸地域〈バエティカ他〉の位置・種族・海・都市・港・山・河・面積・現在および過去の住民
第四巻　下記諸地域〈エピルス他〉〔以下同文〕
第五巻　下記諸地域〈マウレタニア他〉〔以下同文〕
第六巻　下記諸地域〈ポントス他〉〔以下同文〕
第七巻　〈人間〉
第八巻　〈陸棲動物の性質〉
第九巻　水棲動物の性質
第一〇巻　鳥の性質
第一一巻　昆虫の種類
第一二巻　樹木の性質
第一三巻　外国の樹木
第一四巻　果樹〈ブドウ栽培とブドウ酒〉
第一五巻　果樹の性質

第一六巻　森林樹の性質
第一七巻　植栽樹の性質
第一八巻　穀物の性質
第一九巻　〈繊維植物・菜園植物〉
第二〇巻　菜園植物からとれる薬剤
第二一巻　花と花輪の性質
第二二巻　草本類の重要性
第二三巻　植栽樹からとれる薬剤
第二四巻　森林樹からとれる薬剤
第二五巻　自生植物の性質、植物の価値
第二六巻　分類したその他の薬剤
第二七巻　その他の草木の種類、それらから得られる薬剤
第二八巻　動物から得られる薬剤
第二九巻　動物から得られる薬剤　前巻からのつづき
第三〇巻　動物から得られる薬剤　前巻からのつづき
第三一巻　水棲動物から得られる薬剤
第三二巻　海棲動物から得られる薬剤

第三三巻　金属の性質
第三四巻　銅
第三五巻〈絵画・画家〉
第三六巻　石の性質
第三七巻〈宝石〉

その一つ一つにつき、内外（外のほとんどはギリシア）の多数の著作家から博引傍証し、自分の見聞および見解を加える。典拠著作家の多彩さの例として、第二巻〈宇宙・気象・地球〉のそれを見よう。

典拠著作家
マルクス・ウァロ、スルピキウス・ガルス、ティトゥス・カエサル帝、クイントゥス・トゥベロ、トゥリウス・ティロ、ルキウス・ピソ、ティトゥス・リウィウス、コルネリウス・ネポス、セボスス、カエリウス・アンティパテル、ファビアヌス、テンティアス、ムキアヌス、カエキナの『エトルリア人の風習について』、タルクイティウスの同題書、ユリウス・アクイラの同題書、セルギウス・パウルス

外国の典拠著作家

ピュタゴラス派の著述家たち、ヒッパルコス、ティマイオス、ソシゲネス、ペトシリス、ネケプソス、ポセイドニオス、アナクシマンドロス、エピゲネス、エウドクソス、デモクリトス、クリトデモス、トラシュルス、セラピオンの『日時計について』、エウクレイデス、哲学者コイラノス、ディカイアルコス、アルキメデス、オネシクリトス、エラトステネス、ピュテアス、ヘロドトス、アリストテレス、クテシアス、エペソスのアルテミドロス、カラクスのイシドルス、テオポンポス

いったい何のためにこれほど多数の項目について、これほど多くの著作家の知識を引き写し連ねなければならないのか。思うに、それは当時のローマ人の世界（事実上は地中海をめぐる世界にすぎないにしても）支配と関わりがあろう。当時の典型的なローマ人選良のひとりである大プリニウスはローマ人という名の世界人として、世界を物質的に支配するだけでなく、精神的にも、ということはとりもなおさず知の上でも支配し、所有しようとしたのではなかろうか。

もっともその知たるや、現在の科学的知識に照らして見れば、非科学的・非合理的・非体系的、総じて無批判的ごった煮の印象を免かれない。しかし、かえってそのことによって、当時の世界の人間のありよう、知のありようの猥雑ともいえる豊かさが、今日に伝えられたのだ、とむしろ積極的評価をすべきではあるまいか。

これは大プリニウスに限ったことではないが、ローマ人選良たちは自分たちが政治的に勝利し支配したギリシア人たちの知を尊敬し、これを世界的知にまで高めた。もしこのことがなければ、あるいは古代ギリシアの知は一時代の一地方的知として忘れられた可能性もなしとしない。その典型として『博物誌』が現在にまで完全な形で残っていることは、じゅうぶんに理由のあることというべきだろう。

大プリニウス『博物誌』II

大プリニウスの大著『博物誌』全三十七巻執筆の意図が、世界人としての世界の知的所有にありとするなら、本文が宇宙から始まるのは自然の成り行きだ。第二巻〈宇宙・気象・地球〉（第一巻は〈第二巻以降の内容と典拠著作家の一覧表〉、したがって本文は第二巻から）の冒頭は、次のとおり（中野定雄・里美・美代訳、前掲書）。

一　宇宙とこの天空――その丸屋根が宇宙を取り巻いているこの天空を呼ぶのに人々がどんな他の名称を選んだにしても――は、ひとつの神、永遠にして無限なるもの、存在し始めたこともなければ崩れ去ることもない存在、と信ずるのが適切である。宇宙の外側にあるものの探求は人間に無縁なものであり、それを解明することは人間精神の理解力を越えているのだ。それは神聖、永遠、無限なるもの、すべて全体者の中にあるもの、否むしろそれ自身が全体者であり、有限者にして無限者に似ているもの、あらゆるものの中で確かであって不確かなものに似ているもの、外にあるものも内にあるものもすべてを抱擁するもの、自然の所業であるとともに自然そのものであるものだ。

この認識はギリシア人から受け継いだものだろうが、ローマ人としての彼の立場はむしろ続く部分にあろう。「ある人々が宇宙の広さについて研究し、あえてそれを発表したことは全くの狂気の沙汰である。そしてさらに他の人たちが自分で機会をつくったか、前者から与えられたかして、無数の宇宙が存在すると教えたが、これまた同断であって、こういう考えには、無数の自然系統が存在すること、あるいは単一の自然がそれらの宇宙を全部抱擁しているとしても、この一つの宇宙にすでに存在しているのと同じ数の太陽や月、その他の無数の天体が、それら宇宙の数だけ存在するという信念が含まれている」。

プリニウスはさらにつづけて言う。「ところがわれわれの何らかの窮極なるものを求めて止まぬ性質のため、この思考の行きついたところで、われわれはまた必ず同じ問題につき当るだろう。またこの自然の無限性を宇宙の創造主に帰することができるにしても、このような無限性は、ただ一つの宇宙、とくにこんなに広大な構造をもっている宇宙に限る方が理解しやすいであろう。この宇宙界の内部に存在するものが全部すでにはっきり知られてしまったかのように、この宇宙の外へ出て行き、その外部にあるものを調査するというようなことは狂気の、純然たる狂気の所業である」。

ローマ人であるプリニウスも、知ろうとすることが人間の自然であることは認める。しかし、あらかじめ知ることができないとわかっているものを知ろうとすることは意味がない。というより、狂気の沙汰だ、と思っている。そこが、あらかじめ知ることができないことがあるなどということを認めず、思弁できる限り思弁しようとするギリシア人とローマ人の違いだろう。ギリシア人の知を尊敬しつつも、その知が経験の範囲を超える時、ローマ人はギリシア人の知への態度の前で自分の態度を保留する。プリニウスも例外ではない。プリニウスにとっての知の対象は、あくまでも経験できる範囲内に限られるのだ。

宇宙は元素から出来ている。「元素についてはその数が四つであると認められている。いちばん上にある元素は火で、これは彼方に燃えているすべての星の眼の根源である。次はギリシア人もわが国民も同じ名で呼んでいる水蒸気、すなわち空気である。これは生命の根元で、全宇宙に浸透しそして全体とからみ合っている。この水蒸気の力に支えられて地が虚空の真中に静止している。そして地とともに第四の元素、すなわち水がある」。

球形の宇宙の中心にあって、地球は球形である。「地球がこのような形態をとる理由は、それが完全に乾燥しているなら、自然に、そして水分なしには固まることができないこと、そして水で大地に支えられなくては静止していることができないことにあると考えなければならない。自然をつくった造物主の意図は、大地と水を抱擁させて結合することにあったに違いない。大地はその胸をひろげ、水は内部にも外部にも、上にも下にも放射する血管網によって大地の全構造にくまなく浸透してゆく。［中略］結論は、地球はその球のいずれの点においても、それをめぐって流れる海に取り囲まれているということで、このことは理論的調査の必要はなく、すでに経験によって確かめられたことなのだ」。

「理論的調査の必要はなく」「経験によって確かめられたこと」、これこそが『博物誌』全三十七巻にわたってのプリニウスの一貫した執筆態度である。この態度によって地上の知られる限りの諸地域（といっても地中海世界を中心に、北はブリタニア、西は大西洋の島々、東はインド、セレス〔中国〕までだが）の地誌が語られ、地上および地中の動物、植物、鉱物が語られる。その記述内容については「理論的調査」を欠いているから、不正確という以上に荒唐無稽である。それはしばしば読書や伝聞によるからで、それもプリニウスにとっては「経験によって確かめられたこと」の範囲であるらしい。

プリニウスは地球上の動物・植物・鉱物、つまり自然物の筆頭に、人間を置く（第七巻〈人間〉）。

第一の地位が人間に与えられることは当然だ。この人間のために大自然はすべてのほかのものを創ったように見えるからだ。もっとも自然はその惜しみない贈物に対し苛酷な代価を要求するので、自然がはたして人間に対して親切な親であったという方がよいのか、残酷な継母であったというのがよいのか判断することはできないくらいだが。［中略］自然は、人間を生まれた日に裸のままで、裸の地面へ抛り出すものだから、彼はただちに号泣したり涕泣したりする。ほかの動物にはそんな泣虫はいない。［中略］彼は、たったひとつの過ち、すなわち生まれてきたという科の故に罰をもって生涯をはじめるのだ。こんな出発をしながら、自分たちは誇りある地位に生れてきたのだなどと考える者があるとは、なんたるたわけたことだろう。

また、こうも言う。「彼のみが野望を、貪欲を、生に対する数限りもない欲望を、迷信を、自分の埋葬について、そして彼がもう存在しなくなってから起る事柄についてまで心遣いをする。いずれの生物の生活も、人間よりもおちつかないものはなく、あらゆる享楽に対するより大きな欲望、より弱々しい臆病、よりはげしい怒りをもつものはない。［中略］猛々しいライオンも彼ら同志で闘うことはしない。ヘビはヘビに咬みつくことをしない。［中略］ところが、誓って言うが、人間にはたいていの禍は仲間の人間から来るのである」。

この人間に対する辛辣というもおろかな厳しい認識は、彼の生涯（二三頃―七九）が、ローマ帝政に当て嵌めればティベリウス、カリグラ、クラウディウス、ネロ、ガルバ、ウェスパシアヌスの在位期間に当たり、とくに世に出てからはクラウディウス、ことにネロの暗黒政治をつぶさに体験したことから来ていることが明らかだ。彼の著作活動、ことに『博物誌』のための膨大な読書と寸暇を惜しんでの執筆は、そんな苛酷な現実からのやむをえない逃避でもあったろう。

第七巻〈人間〉の内容も、思いつくまま、博渉のメモのままといった塩梅式《あんばいしき》で、およそ構成という印象からは遠い。「人間の誕生」以下、「民族および個体の多様性」、「異様な体の種族」、「怪奇な出産」、「性の転換」……「異常な視力」、「異常な音声の伝達」、「肉体的忍耐力」、「記憶力と記憶喪失」と続いた後に、「カエサルの精神力」、「ポンペイウスの業績と高潔さ」、「偉人カトーについて」、また「勇者」、「天才的詩人たち」、「知的卓越者」、「卓越した哲学者たち」以下が登場し、長寿、病気、死、埋葬、幽霊について述べ、最後は発明発見、文字使用、「髯剃の導入」、「もっとも古い時計」で終わる雑然ぶりだ。

ここでは「幽霊・霊魂」から。

五五　葬られた後の死者の魂についてはいろいろな問題がある。誰でも最後の日以後は、最初の日以前と同じ状態にある。そして肉体も精神も感覚をもたないことは生れる前と同様なのだ——ところが人間の空しい望みが、自己を将来へも延長し、自分で死後の期間まで続く生命までもでっちあげる。時には霊に不滅性を与え、時には変容を、時には地下の人びとに感覚を与え、霊魂を崇拝し、人間であることさえやめた人を神にしたりする——人間の呼吸のし方がほかの動物のそれと違うかのように、あるいは人間より寿命の長い動物はいくらもないかのように。

また、こうもいう。

くそくらえだ。生命が死によって更新されるなんてなんとたわけた考えだ。霊魂は天上界にあって感覚を保持しており、幽鬼は下界にとどまるなどということだったら、同時代の人びとにはどんな安息が得られるというのか。たしかに、この甘美ではあるが軽々しい想像は自然の主要な恵みである死を打ち壊し、死に臨んでいる人に、今後にも来るべき悲しみまで考えて悲哀を倍加させるのだ。というのは、もし生きることが楽しいものであるとしたら、誰が生を終ったことを楽しいと思うことができよう。だが、各人が自分自身を信頼し、われわれが、将来の静謐の観念を、生れて来る前の経験から引き出すことの方がどんなにか容易で安全であることか。

彼は人間にとっての生と死とを当然の事実として認め、両者それぞれについての奇異な事例を興味をもって蒐集する。しかし、それはあくまでも彼が事実と判断した範囲であって、その範囲を逸脱した神秘的事象に対しては、軽んずるにとどまらず、嫌悪の情さえ匿そうとしない。

そんなプリニウスの考える人間にとっての幸福とは何だったのか。

四〇 全世界の全人類のうち、徳においてきわだって優越する一民族は、疑いもなくローマ人である。なにびとが最大の幸福をもったかということは、人間の判断のよくする問題でない。それは、繁栄ということそのことについても、人が違えば定義の仕方も違い、それに誰もが自分の気質によって定義するものなのだから。もしわれわれが幸福について正しい判断を下そうとし、そういう事柄の決定をするに当って、はでな幸運というものを抜きにして考えるなら、幸福な人など一人もあるまい。［中略］善いことと悪いことは、たとえ数においては等しいとしても、匹敵するものでない。どんな悦びも最小の悲しみに釣合うものでないという事実はどうだ。ああ、何とむなしく愚かしい努力だろうか。われわれは日数を数える、しかるに大切なのは一日一日の重さなのだ。

そこでプリニウスは、甥小プリニウスがマケルへの手紙でいうように、日々公務と市民の義務に努め、余暇はすべて読書と執筆に勉み、『博物誌』を含む膨大な著書を残したというわけだ。享年五十六歳。死の直前の彼に、あなたの人生は幸福だったかと質問したら、さてどんな回答が返ってきたろうか。

大プリニウス『博物誌』Ⅲ

自分たち人間を取り囲む広大な世界を、知り尽さずにはおかない好奇心の人、大プリニウスのすべての閑暇、いや禁欲的に造り出した時間のすべてをさえ当てた読書見聞の集大成『博物誌』の核心は、どこにあるのだろうか。第十二巻から第三十二巻まで、全三十七巻の五分の三近くが、樹木の性質から始まって植物から得られる薬剤、動物から得られる薬剤まで。要するに人間の生活・生存に役立つ動植物に関する実学で、これはみごとにローマ人の伝統に沿っている。コムムの有力な騎士階級に生まれ、皇帝ウェスパシアヌスに重用されたプリニウスはまず何より、典型的なローマ人なのだ。

樹木についてプリニウスのいうところを聞こう（中野定雄・里美・美代訳、前掲書）。

昔は木々が神々の宮居であった。そして原始的な儀式にしたがって、田舎のあちこちで現在でもとび抜けて高い木を神に捧げている。われわれといえども森やその中にある深い静寂に対してよりもより大きな崇敬を、金や象牙で輝いている像に捧げるわけではない。〔中略〕次に人間に甘美さを与えたのは、穀物よりも汁気の豊富な木であった。木から手足を活気づけるオリーヴ油が、また力を回復させる幾杯かのブドウ酒がとれるから。そして結局、その年の自発的な気前よさがつくり出してくれたすべての風味、そして今日でも第二コースとして食膳に上るいろいろな果物であったのだ。〔中略〕そのうえ、それらの木には無数の用途があって、それがなくては生きてゆくことはできないのだ。われわれは国々を結びつけるため、海水を切って進むのに木を用いる。われわれは家を建てるのに木を用いる。

しかし、奇怪な信じがたい事例について述べる時、プリニウスの筆勢が俄然いきいきしてくることも、認めないわけにはいくまい。

木々のいろいろな病気のうちさまざまな怪奇についても語るのは所を得ている。〔中略〕甘い果樹に酸っぱい実がなったり、酸っぱい木に甘い実がなるとか、野生イチジクにふつうのイチジクがなったり、その反対のことが起るとかすれば、それは凶兆だ。〔中略〕オリーヴが野生オリーヴになり、白ブドウあるいは青イチジクが黒ブドウあるいは黒イチジクになるとか、ラオディケアのプラタナスの木がクセルクセスが到着した途端にオリーヴに変ったようなことが起るとすれば、それはもうゆゆしい兆である。〔中略〕ポンペイウスの内戦の少し前にひとつの警告的な凶兆が起った。それはクマエの領地にあった一本の木が、突き出ている二、三の枝を残して地中に埋没してしまった。そしてシビュラ書にはこれは人類殺戮の凶兆で、その凶兆が起った市に近いところほど殺戮はひどいだろうと記してあった。〔中略〕かつて聞き及んだことのあるすべてのものの影を薄くしてしまうような一凶兆がわれわれ自身の時代、ネロ帝の没落に当ってマルキニ族の領地で起った。すなわち騎士身分の第一人者で名をウェティウス・マルケルスという人の持ち物であったオリーヴ林が、自分で街道を横切った。そして反対側に生育していた作物が反対側に移ってオリーヴのあった場所を占めたのだ。

植物についての実学の中心となる薬剤の中にも、魔術や呪術に近い、いかがわしさすれすれの用例が頻出する。

影像の頭の上に生える植物を着物から切り取った一片の布に集めて赤い紐で結えつけると、それが頭につくやいなや頭痛が癒えるという。

*

どんな植物でもよいが日の出前に、摘み手が誰にも見られることなしに、小さいあるいは大きい川から摘み取り、患者が何が行なわれているか気づかぬようにして、その左の腕にお守りとして結びつけてやると、患者は三日熱にかからないという。

＊

「舌」と呼ばれる植物が泉のまわりに生える。その根を焼きブタの脂肪とともに——彼らはつけ加えてそのブタは黒くて子がないものでなければならないと言う——潰したものは患者が日向でそれを塗り薬として用いると疥癬を癒す。

＊

篩の中から伸び出た植物を十字路に投げ、それを拾い上げてお守りとして用いると産褥にある婦人の分娩を促進する。

＊

田舎の堆肥の上に生えた植物を水に入れて飲むと、扁桃腺炎にたいへんよく効く。

＊

その近くでイヌが小便をした植物を鉄で触れずに根こぎにしたものは脱臼の速効薬だ。

＊

「ウェヌスのくし」はそれが櫛に似ているからその名がある。その根をゼニアオイとともに潰したものは肉に宿っているすべての異物を抜き取る。

＊

ピラントロポス〈人間の恋人〉はギリシア人の機知のある皮肉で、ある種の植物が人の衣服にくっつくので与えている名だ。それでつくった花輪を頭にのせると頭痛が癒える。しかし「イヌのイガ」と呼ばれるものはオオバコとミリフォリウムといっしょにブドウ酒に入れて潰したものはがん腫を癒す。その貼り薬は三日ごとに取り替える。また鉄を用いずに掘り上げたものはブタの病気を癒す。ブタが残飯を食べる前にそれを加える。［中略］ある人々はつけ加えて言う。それを掘り取る人は掘り上げる際にこう言わなければならない、「これはミネルウァがそれをブタに食べさせる薬になるように発見したアルゲモン〈ダイコンソウ〉という植物だ」と。

これが動物から採れる薬剤となると、プリニウスの筆勢はさらに躁的になる。ここでは第三十二巻「海棲動物から得られる薬剤」から。

これに劣らず不思議なことがウミウサギ〈アメフラシ〉について語られている。ある人々には飲食物に入れて与えると有毒であり、またある人々にはそれを見るだけでも有毒である。というのは妊婦がそれ、というのはこの動物の雌を見ただけで、たちまち吐気を催し、嘔吐によって胃の変調の兆を示し、そして流産する。それに対する療法は、この動物の雄、とくにこの目的のために塩に漬けて固くしたものを腕輪に付けることだ。しかし、海中ではそれに触れても害をなさない。このウミウサギを食べても死なない唯一の動物はアカボラである。それを食べるとただ肉が弛み、味がなく、剛くなるだけだ。これに打たれると人間は魚臭を帯びる。これが、そういう毒を受けたことを知る最初の徴である。さらに、それにやられたものは、その動物が生きてきた日数と同じ日数を経て死ぬ。そしてリキニウス・マケルは、この毒はその作用に、変化してゆくいくつかの期間がある、と言った権威者である。インドではウミウサギは絶対に生捕りができない。そして反対に、人間がウミウサギにとって有毒で、海中で人間の指が触れただけでもそれにとって致命的だ。しかしすべての他の動物同様、インド種はずっと大きいということである。

この奇怪好き・いかがわしさ好みこそが存外にプリニウスの本領で、公生活ではこの本領を抑えつつ賢慮あるローマ人選良を装っていたのかもしれない。もっとも、プリニウスの場合、それはどこまでも神秘主義・内面主義から遠い、健全な奇怪好き・表面的ないかがわしさにとどまるが。じつはこの健全性・表面性こそが、この奇怪さ・いかがわしさのコレクションを、多神教の同時代ローマが悦んで受け容れ、一神教の中世ヨーロッパが抵抗なく受け取って読みつづけた理由かもしれない。神秘主義や内面主義はおそらく、多神教にとって以上に一神教にとってこそ危険なのではないか。

プリニウスはこの後、金属の性質、銅、〈絵画・画家〉、石の性質、そして最後に〈宝石〉について述べる。

わたしが企てた書物を完成するためには、宝石について論述することがなお残っている。自然の壮麗さは、宝石という、もっとも狭い限界内に集中している。宝石の多様性、色合い、肌理、そしてその優美さなどを尊重する余り、そのある種類に印章として彫刻をするというような余計な細工をすること――そういうことをするのが宝石を用いる主要な理由なのだが――を一種の罪悪と考えている多くの人々の心に、宝石に勝る驚嘆の念を喚起するものは自然の他のいずれの領域にもない。一方彼らは、ある宝石は価格以上のものであって、富を表現する言葉による評価を拒否するものだと考えている。そういうことから、たったひとつの宝石だけでも、自然の驚異についての最高にして完全な美的経験を、十分に与えてくれるものだと思っている人々も、たいへんたくさんいるのだ。

そして、さまざまな宝石、宝石の形・宝石の真贋、宝石の鑑定方法について述べ、最後に『博物誌』全三十七巻を閉じるに当たって、「自然の恵みについての各国の比較」をする。「自然の創造物についての概観をなし終えたので、自然の生産物並びにその生産国に対して、わたしが評価を下してもあえて不当ではあるまい。そしてわたしはこう宣言する。全世界で、天空の穹窿が回転しているどこに行こうとも、イタリアの如く自然の栄冠をかち取るあらゆるもので飾られている国はないと。世界の支配者であり第二の母であるイタリア、そこには多くの男が、女が、将軍たちや兵士たち、そして奴隷たちがおり、卓越した芸術や工芸、すばらしい才能の富をもち、そしてさらにその地理的位置と健康的で温和な気候に恵まれ、すべての国民を容易に受入れ、多くの港がある海岸をもち、穏やかな風が吹き渡るイタリア。すべてこれらの利益はイタリアの位置──東方と西方との中間に当り好都合な方向に突出している──そしてその豊富な水の供給、健康的な森林、道の通じている山々、無害な野獣たち、豊穣な土壌と牧場、こういうものから生ずるのである」。これに次ぐのは「インドの伝統的な驚異的事物をさし措くならば」、「ヒスパニアの海に接する諸地区」だという。

さらに産物に戻ってそれらの価値を値段で比較して、「もっとも高価な海の産物は真珠であり、地表にあるものは水晶であり、地中にあるものではアダマス〈ダイヤモンド〉、スマラグドゥス〈エメラルド〉、各種の宝石、そして蛍石の器」……と列挙したのちに、「あらゆる創造の母なる自然に幸あれ。そしてローマ人のうちで、わたしのみがあらゆるあなたの顕現を賛嘆したことを心に留め、わたしに仁慈を賜わらんことを」と懇願する。

この懇願に対して「あらゆる創造の母なる自然」が、ウェスウィウス火山を噴火させ、プリニウスにいかにもプリニウスらしい劇的な死を用意したことは、見てきたとおりだ。

タキトゥス『ゲルマニア』

『年代記』十八巻、『同時代史』十二巻で、ローマ帝国元首初代アウグストゥスから十一代ドミティアヌスまでの歴史を記述、元首制の本質を剔出して、古代ローマ第一の史家と称えられるタキトゥスだが、意外にも当人の経歴には曖昧な点が多い。

まずその名はふつうプブリウス・コルネリウス・タキトゥスとされるが、プブリウスのかわりにガイウスとする写本も少なくない。出生の年は五五年、または五六年とも。出生地も北イタリア、あるいは南ガリアかと推定されるのみ。推定の根拠は大プリニウスの『博物誌』第七巻で、ガリア・ベルギカ（現在のベルギー地方）の総務官に、コルネリウス・タキトゥスという名の、騎士階級の人がいたことを伝えており、この人を父として任地で生まれたのがプブリウスではないか、とするのだ。

九代ウェスパシアヌス、十代ティトゥス、十一代ドミティアヌス、十二代ネルウァ、十三代トラヤヌスの五代の元首のもとで元老院議員を務め、ネルウァ治世の九七年に執政官に、一一二年─一一三年頃にはアジア州総督にも任じている。ウェスパシアヌス、ティトゥス、ドミティアヌスのいわゆるフラウィウス朝、とくにドミティアヌス治世十六年間の暗黒時代に昇進を重ねていることは、したたかな処世術の持主でもあったことを物語っている。

しかし、暗黒時代の本音を抑えた政治生活はよほど苛酷だったと見えて、九六年ドミティアヌスが暗殺され元老院に推されて老齢のネルウァが即位、九八年ネルウァが没してトラヤヌスが即位するとともに、長年の鬱を晴らすかのように執筆生活に入った。後世は十二代ネルウァ、十三代トラヤヌス、十四代ハドリアヌス、十五代アントニヌス・ピウス、十六代マルクス・アウレリウス・アントニヌスの治世を五賢帝時代と呼ぶが、その平穏な世の基礎を固めたのがトラヤヌスであり、その治世の始めの年にタキトゥスの執筆生活が始まったことは意義ぶかい。

執筆生活の最初に書かれたのは『アグリコラ』。七七年執政官に就いたのち、七八年から総督としてブリタニアに赴任すること三度、ブリタニアのローマ属州化を確立し、スコットランドの奥まで軍を進めたが、その名声を嫌ったドミティアヌスにより八五年ローマに召換、以後隠棲を余儀なくされて九三年に死去したグナエウス・ユリウス・アグリコラの伝記である。

その娘を妻としたタキトゥスは、岳父アグリコラを、ドミティアヌスに忠実だったにもかかわらず、有能であったために嫉まれ、政治生命を断たれた犠牲者と捉えており、その弁護はドミティアヌスの暗黒政治の弾劾を意味しよう。なお、『アグリコラ』にはブリタニアの民族誌が挿入された部分があり、つづいて同九八年に執筆された『ゲルマニア』に共通することが、注目される。

『ゲルマニア』は第一部ゲルマニアの土地・習俗と第二部ゲルマニアの諸族の二部に分かれる。要するに、総論と各論だ。総論は「一　ゲルマーニアの境域」から始まる（泉井久之助訳、岩波文庫。泉井訳の表記は「ゲルマーニア」）。

> ゲルマーニアは全体として、ガッリア族、ラエティア族およびパンノニア族からは、レーヌス（ライン）とダーヌウィウス（ドーナウ）の両河によって、サールマティア人ならびにダーキア人からは相互の恐怖により、あるいは山岳によって、分かたれている。他の部分は大洋が広大な海岸の紆曲と島々の広漠たる領域を抱いてこれをめぐり、そこに戦争が明らかにした若干の部族、部王が近ごろ人々に知られるにいたった。レーヌス河は、ラエティカエ・アルペースの近寄りがたい急峻な峰に源を発し、軽く紆曲《うね》って西に向い、北方の大洋に注ぐ。ダーヌウィウス河は、アブノバ山（シュヴァルツヴァルト一帯の古名）の、ゆるやかに軽く聳える山背に起こり、〔レーヌスの流れよりも〕さらに多くの部族を訪れつつ、ついに六つの枝流に分かれて黒海に奔落し、その第七の河口は沼沢の間に没している。

この昂揚した調子はほとんど散文で書かれた叙事詩の歌い出しというべきではなかろうか。この調子は「二　ゲルマーニアの太古」「三　ゲルマーニアにおけるヘルクレースとウリクセース」を経て、「四　ゲルマーニーの体質」でふたたび昂揚を見せる。

ゲルマーニア諸族は、何ら異民族との通婚による汚染を蒙らず、ひとえに本来的な、純粋な、ただ自分みずからだけに似る種族として、みずからを維持してきたとする人々の意見に、わたくし自身も同じるものである。このゆえにこそ彼らはその人口のあのような巨大さにもかかわらず、身体の外形が、すべての者たちを通じて同一なのであろう。鋭い空《そら》色の眼、黄赤色（ブロンド）の頭髪、長大にして、しかもただ強襲にのみ剛強な体軀。――というのは、労働、作務に対して、彼らには、それに（体力に）相応する忍耐がなく、渇きと暑熱とには少しも堪えることができないからである。ただ寒気と飢餓とには、その気候、風土のために、彼らはよく馴化されている。

中に「強襲にのみ剛強な体軀」、「相応する忍耐がなく、渇きと暑熱とには少しも堪えることができない」などの否定的言辞はあるものの、全体としてはゲルマン族（本文では「ゲルマーニー」）讃歌と呼ぶのがふさわしい。ゲルマン族讃歌はまた、次のように具体化される。

彼らは王を立てるにその門地をもってし、将領を選ぶにその勇気をもってする。しかし王にも決して無限の、あるいは、自由な権力はなく、将領もまた権威によるよりは、むしろみずから人の範たることにより、勇敢に、衆に擢《ぬき》んでて、第一戦に立って戦ってこそ、はじめて人々をして嘆美の念を起こさしめて、皆を率いることができる。〔中略〕しかも、彼らをして最も勇敢たらしめる第一の刺戟は、彼らの騎兵隊、あるいは歩兵の楔形隊《せっけいたい》は、偶然の機会あるいは偶然の集合によってなるものではなく、すべて家族、または類縁のものたちが構成していることである。彼らのすぐ傍《かたわら》にその愛するものたちがおり、妻の叫ぶ声、子供の泣きさわぐ声がそこからは聞こえる。これらは彼らの各々にとって最聖の証人であり、最大の讃美者である。彼らは負った傷を母の許へ、妻のところに、もって行く。彼女らはまた、傷を数え、あるいは量るのを少しも怖れない。のみならずまた、戦場に戦うものたち（夫や子息たち）に、繰りかえし食糧を運び鼓舞・激励を与えさえするのである。〔七　統帥と戦争〕

＊

すでに敗色があらわれ動揺に陥った戦列が、女たちの激しく嘆願し、胸をうち露《あら》わして自分たちの捕虜となる運命のまのあたりに差し迫っていることを示したために、ついに立て直されたものがいくつかあったことが伝えられている。彼らはこの捕虜の身となることを、その女たちに関しては〔みずからに関してよりも〕、はるかに堪え得ぬばかりに怖れるがゆえに、もし彼らに身分の高い少女たちを人質のうちに加えることを命ずるならば、精神的にその邦家《くに》をもっとも有効に束縛することができるほどである。

それればかりか、彼らは女には神聖で、予言者的なあるものが内在すると考える。そのため、彼らは女の言を斥《しりぞ》け、あるいは、その答を軽んずることがない。〔八　婦人の地位〕

＊

彼処《かしこ》において、婚嫁は厳粛であって、彼らの風習のいかなる部分といえども、おそらくこれに優《まさ》って称讃さるべきものはあるまい。蛮族中、一妻をもって甘んじているのは、ほとんど彼らにかぎられるからである。〔中略〕

持参品は妻が夫に齎すのではなく、かえって夫が妻に贈るのである。〔中略〕贈物は〔中略〕単に幾頭かの牛、および轡《くつわ》をはめられた一頭の馬、それに一口《ひとふり》のフラメアと剣とを添えたひとつの楯である。〔中略〕妻はそれに対して、またみずから、武器のうちのなにか一つを夫に齎す。〔中略〕妻が、夫の武勇への念慮、その戦場での苦難に、みずからは無縁の存在とは考えないように、結婚のはじめのこれらの象《しるし》によって、自身は〔夫の〕辛苦と危難の友として嫁ぎ、平和において、戦時において、同じことをともに忍び、ともに行なおうとするものであることを、想起せしめられる。〔中略〕彼女たちはかくのごとく生き、かくのごとく死すべきものであり、そして汚さず傷つけずに、威厳あるものとしてその子らに譲り、さらにその嫁《よめ》たちが受けて、再び孫たちに伝えてゆくべきものを、今、授かるのであると銘記せしめられる。［一八　婚嫁］

これを書きつつ、タキトゥスが感じていたのは、ゲルマン民族とはまったく逆の当時のローマ人のありようではなかったろうか。男たちはみずから第一線に立って戦うよりも狡く立ち回ることに長《た》け、女たちは男を蔑ろにして奢侈と情事に倦《う》むことを知らず、婚姻は愛情も信義もない利益本位の仮の結合にすぎない。第一部は「二七　送葬」で終わるが、そこの「葬いに豪奢を競わない。［中略］墓は芝生がこれを建て、死者の名誉のために人々が営々辛苦して建てる厳《いか》めしい記念碑のごときは、かえって死者に対する重荷として、斥けられる」という記述も、当時のローマの常規を逸した厚葬の習慣を念頭に置いたものにちがいない。

騎士階級に生まれ、元老院議員になり、二十人官から法務官までの官僚生活を生き抜き、執政官にまで到ったタキトゥスは、都市国家ローマの元老院貴族の伝統である共和制の理想に立ちつつも、世界国家ローマの維持には元首制が必要悪であることを認めざるをえず、しかしその予盾から生まれた社会全体の腐敗堕落がやがて国家の滅亡をもたらすだろうことも予見していた。

そこで敵であるゲルマン民族の鏷《あらがね》のように清冽な美点を並べることで警鐘を鳴らした恰好だが、鳴らしたからといってローマ人が建国時代の質朴に還るはずがないこともわかりきっていた。

そのディレンマは第二部における次のような記述も産む。

今や帝国の運命は切迫し、もはや運命〔の女神〕は、なにものといえども、敵《かたき》同志における不和にもまして、大いなるものをわれわれに齎すことができないとすれば、どうか、これらの部族に、もしローマに対する愛情ならずとすれば、少なくとも彼らにおける相互の憎悪をして、永続せしめられんことを。〔三三　ブルクテリー、カマーウィー、アングリワリイー〕

いや、苦しまぎれに頼みとする「彼らにおける相互の憎悪」が「永続」したとしても、腐敗堕落の極に達したローマ帝国の早晩の崩壊はどう止めようもない。とすれば、その力ない担い手のひとりとして、腐敗堕落の原因である自己主張を、せめて自分独りにおいてでも抑制しよう。タキトゥスが自己を語ることのない理由はそこにあるか。ひるがえってまた『ゲルマニア』はそうありたかった、タキトゥスの内面の鏡像といえるかもしれない。

プラウトゥス『アンピトルオ』

ローマ演劇の始まりはラテン文学の始まりと重なる。前三世紀半ばすこしのち、年号にして前二四〇年。その前年、共和制ローマは第一次ポエニ戦争で地中海の制海権をめぐってカルタゴに大勝利を獲た。その戦勝祝いにギリシア演劇のラテン語訳を依頼した。

依頼先は、これまで何度か紹介したリウィウス・アンドロニクス（前二八四頃—前二〇四）。それより三十年あまり前、南イタリアのギリシア植民市タレントゥムの陥落によってローマに連行され、リウィウス家に買われてリウィウスの名を貰い、主家の家庭教師になった人物だ。ローマに来た時、十歳そこそこだったというから、それまで使っていたギリシア語に加えて、それからラテン語を学習したのだろうか。奴隷といえば近代アメリカのことを連想しがちだが、古代ギリシア・ローマ世界では容貌に卓れ、あるいは才能があり気立てがよければ大切にされ、解放されることも夢ではなかったようだ。

リウィウスの受けた依頼のギリシア演劇のラテン語訳は悲劇と喜劇の両方だった。祝勝には悲劇の荘重と喜劇の軽快との両方を必要としたということだろうが、また後進国が先進文化を採り入れる際の常道でもあろう。リウィウスはさらにホメロス叙事詩のラテン語訳もおこない、以後長いあいだギリシア語を学ぶ学生の教科書だった、という。

リウィウス・アンドロニクスにはナエウィウス（前二六五頃―前二〇一頃）、エンニウス（前二三九―前一六九）がつづき、悲劇、喜劇両方の作品を書いたらしい。しかし、文字どおりローマ演劇最初の大きな作者として、ほぼ完全なかたちで多数の作品が伝わるのは、喜劇のプラウトゥス（前二五四頃―前一八四）だ。ローマ北方、ウンブリア地方の小邑サルシナに生まれ、舞台に関わったのち台本を書き出した、といわれる。

作品はほとんどヘレニズム時代初期のメナンドロス（前三四二頃―前二九二頃）らのギリシア新喜劇のラテン語化というが、言葉の上での翻訳というにとどまらず、当時の共和制ローマの風俗に合わせた翻案というに近かろう。また、そのためにギリシア演劇移植以前からあった前演劇的芸能――即興的俄芝居《にわかしばい》フェスケンニニ、笛付歌舞寸劇サトゥラ、地方笑劇アテラナ劇などから、いきいきした富を自由に採って加えていることが推定される。

それならばいっそ舞台上の場もローマや近郊に移したらよさそうに思われる。しかし、そうしなかったのには理由があって、劇中の諷刺や批判は場がローマでは直接的すぎて問題を生じ、果ては当局の干渉もまねきかねない。それがギリシアの話となると、言いのがれが可能になる。ギリシア劇の流れになるクレピダタ劇からローマ人を登場人物にしたプラエテクスタ劇に移行した悲劇が、エンニウスの甥のパクウィウス（前二二〇―前一三〇）やアッキウス（前一七〇―前八六頃）の後、衰退したことも思いあわされる。

同時にまた理念型というより現実型であるローマ人の気質が、悲劇より喜劇に合ったということもあろう。それはギリシアとローマそれぞれを代表する叙事詩において、『イリアス』の主人公アキレウスが勝利ののちの死を運命づけられているのに対して、『アエネイス』の主人公アエネアスが敗北から出発しているにもかかわらず新しい国家の建国者となっていることとも関わろう。じっさいにはさまざまな血なまぐさい事件に事欠かないローマだが、悲劇はローマ人の好みに合わなかったようだ。ローマ人にとって現実の悲劇は、しんみりと浸るものではなく笑いとばすべきものだったのかもしれない。

プラウトゥスの現存する二十一作品（二十作はほぼ完全なかたちで残り、一作が断片）をアルファベット順に並べる時、第一番目に来る『アンピトルオ』という作品がある。アンピトルオはギリシア名アムピトリュオン。ティリュンス王アルカイオスの子で、ミュケナイ王エレクトリュオンの娘アルクメネと結ばれた後、過失から舅を死なせ、追放されて妻とともにテバイに住む。

テバイ王クレオンによって罪を浄められたアムピトリュオンは、妻の殺された兄弟たちの仇を討つため、遠征に出る。その留守にアルクメネを見初めたゼウス神がアムピトリュオンに化けて訪れ、遠征の成功を物語ってアルクメネの心を柔らげた上で愛を交わす。帰還して妻の不倫を知ったアムピトリュオンは、妻を殺そうとするがゼウスの妨害で果たさず、結局は許す。アルクメネはゼウスの胤《たね》とアムピトリュオンの胤を宿し、父親違いの双生児を産む。

この神話を劇化したものにはまずギリシア前五世紀のソポクレスとエウリピデスの悲劇があった。あったと過去形でいうのは、その後喪われて現在は存在しないからだ。つづいて四世紀に入ってアステュダマス二世の悲劇とサテュロス劇がある。サテュロス劇は悲劇から喜劇に移る過渡期のかたちといえようか。やがて新喜劇時代になって、アルキッポス、アレクサンドリアのアイスキュロス、プラトン、ピレモン……などの作品のあったことが知られる。また悲劇のもじりによるプリュアケス劇なるものがあり、リントンという作者の『アムピトリュオン』という作があった、という。

プラウトゥスがこれら先行作品のどれだけに触れていたかは想像のほかないが、最も可能性の高いのは時代の近い新喜劇の作品だろう。ただプラウトゥスの作品をギリシア新喜劇現存のメナンドロスの作品と較べれば、はるかに元気がいい。時代的にギリシア新喜劇の影響を受けつつも、ローマ喜劇の草創期を生きたプラウトゥスの中には、むしろギリシア古喜劇のアリストパネスに通じるエネルギーがあったのではないか。

さて、プラウトゥスの『アンピトルオ』だが、メルクリウスの長々しい前口上から始まる。メルクリウス、もちろんギリシアの詐術の神ヘルメスのラテン名だ（英語ではマーキュリー）。メルクリウスは観客にむかって、自分はユピテル（オリュンポス神階の主神ゼウスのラテン名。木村健治訳ではユッピテル。英語のジュピター）の命令で登場したメルクリウスだと名告り、この劇の発端を語り自分の役どころを語る。要するにユピテルがアルクメネに惚れ、アンピトルオに化けたので、自分はアンピトルオの奴隷ソシアに化けた。いま偽アンピトルオはアルクメネの褥《しとね》に入っている、というわけだ。そこで、ユピテルとメルクリウスを除く登場人物たちが知らないことを、観客たちは知ることになる。

では、メルクリウスは何のためにソシアに化けるのか。ユピテルがアンピトルオに化けてアルクメネを騙す計画を万全にするためといわれれば、そのとおりだ。しかし、ただそれだけだろうか。作者の意図はそのことよりも、メルクリウス扮する偽ソシアと本物のソシアを衝突させ、そこに観客の笑いを生じさせることにあったのではなかろうか。あるいはソシアとはそのためにプラウトゥスがでっちあげた登場人物なのではないだろうか。

プラウトゥスの『アンピトルオ』が拠ったと思われる複数のギリシア原典が失われている以上、想像のほかないのだが、プラウトゥスはギリシア喜劇をローマに移植したというより、ギリシア喜劇を材料としてローマ喜劇を創始したと考えるほうが、正確なのではないか。先に言った新喜劇のメナンドロスよりも古喜劇のアリストパネスに通じるエネルギーも、そこに理由があるのではないか。

ついでにいえば、ローマ喜劇の事実上の創始者ということは、ローマ演劇そのものの創始者ということでもある。プラウトゥス喜劇の前口上の、ギリシア喜劇のプロロゴスを超えてやたら長大なのも、ギリシア劇始原の形態と推定されるテスピス劇のありようを想像させる。アイスキュロスが登場人物を二人にする以前の、テスピス（前六世紀半ば頃活躍）が創始したギリシア悲劇は、朗唱の要素の濃い一人芝居だったろうからだ。ローマ土着のフェスケンニやサトゥラも、そういうものだったかもしれない。

作者としてのプラウトゥスの目的はひとえに観客を笑わせ歓ばせることにあった。観客もまた笑いと歓びを要求した。その笑いに知的な苦みが混じると、観客は黙劇や見世物に流れた。そこにギリシアとローマの観客の相違があった。作者と観客のあいだに笑いが笑いとして成立した期間にのみ、ローマ喜劇が真の喜劇として存在しえた。それがプラウトゥス喜劇にほかならなかった。

観客を歓ばせ笑わせるためには、プラウトゥスは何でもした。前口上でメルクリウス神に観客へ話の筋を伝える口上役を務めさせたのは前述のとおりだが、第三幕第一場ではユピテル神にさえ観客にむかってご挨拶をさせる（木村健治訳、『プラウトゥス・ローマ喜劇集1』京都大学学術出版会・西洋古典叢書所収）。

ユッピテル　わしはアンピトルオで、そのわしに仕えるのがソシア。
都合によってはソシアはメルクリウスともなるんだが、
わしの方は上の方に住んでおって、

時々気分によってはユッピテルになることもある。こちらへ到着するとすぐさまアンピトルオとなり、服を変える。

今わしは、皆様方のことを考えてここに出てきたのだ、この喜劇を中途半端なままにしないためにな。

同時に、アンピトルオに根も葉もない不義密通の罪で責められているアルクメナを助けるためにやって来たんだ。わしが引き起こしたものが、無実のアルクメナの身に降りかかったら、それはわしの罪ということになるから。


ここまで聞いた観客席は大爆笑に次ぐ大爆笑に湧いたのではないだろうか。「アルクメナの身に降りかかったら」「わしの罪になる」だって？　なんといけしゃあしゃあとおっしゃることよ、最初から正真正銘あんたの罪なのに、というわけだ。

ここに出てくるのは、ユピテル神に扮した密男《みそかお》でしかない。いや、それ以上というべきか。尋常《よのつね》な密男なら逃げ隠れもしようが、この密男は最後までユピテル神の役を演じきって、ずうずうしく居直るのだから。しかも同時に強《したた》かな楽屋落ち「わしは、皆様方のことを考えてここに出てきた」などと、自分が役を演じているにすぎないとの抜け道も用意している。

など、ユピテルはギリシア悲劇の「機械仕掛の神《デウス・エクス・マキナ》」よろしく本物のアンピトルオの上方に現われて、「元気を出せ、アンピトルオ、お前とお前の家族を助けに来たぞ。／怖がることはない。予言者、占い師など放っておけ。／これから先のこと、これまであったこと、それはわしが話してやる。／連中よりもっと詳しくな。なにせわしはユッピテルなんだから」などとのたまう。

これに対する寝盗られ男アンピトルオの受け答えも、ふるっている。

アンピトルオ　お命じのとおりいたしますので、約束をお守りくださいますように。わしは家の女房の所へ戻り、予言者テレシアスはやめておこう。さて観客のみなさん、最高神ユッピテル様のためにも、盛大な拍手をお願いいたします。

後世イタリアのいわゆるコンメディア・デル・アルテの強《したた》かな前衛性、いやそれ以上がすでにここにある、と言えるのではないか。

プラウトゥス『プセウドルス』

プラウトゥスの生年は紀元前二五四年頃、没年は同じく前一八四年。ということは七十歳近くまで生きたことになり、当時としてはまあ長命といえよう。作者となる前に舞台に関わっていたと伝えられるが、それが舞台係か道具方か役者か、あるいは別の係だったかはわからない。作中の科白《せりふ》の躍動感からして、後世のシェイクスピアやモリエール同様、役者出身と思いたいところだが。

その活動期間も長く、作品も百数十篇を数えたという。しかし、真作か疑わしいものも多く、共和制晩期の大碩《たいせき》ウァロ（前一一六—前二七）がその中から選んで真作と太鼓判を押したものが、次の二十一篇である（『プラウトゥス・ローマ喜劇集1』前掲書、木村健治「総解説——古代ローマ演劇とプラウトゥス」による）。

『アンピトルオ』（Amphitruo）
『ロバ物語』（Asinaria）
『黄金の壺』（Aulularia）
『バッキス姉妹』（Bacchides）
『捕虜』（Captivi）
『カシナ』（Casina）
『小箱の話』（Cistellaria）
『クルクリオ』（Curculio）
『エピディクス』（Epidicus）
『メナエクムス兄弟』（Menaechmi）
『商人』（Mercator）
『ほら吹き兵士』（Miles Gloriosus）
『幽霊屋敷』（Mostellaria）
『ペルシア人』（Persa）
『カルタゴ人』（Poenulus）
『プセウドルス』（Pseudolus）
『綱引き』（Rudens）

『スティクス』(Stichus)
『三文銭』(Trinummus)
『トルクレントゥス』(Truculentus)
『旅行かばん』(Vidularia)

少数を除き上演年が不明のため、見てのとおり、慣例としてアルファベット順に並べられている。内容はほとんどメナンドロスらのギリシア新喜劇によっていると推測されているが（中喜劇によるものもあるという説もある）、むしろそれらを踏まえての自由な、というより天衣無縫な翻案と考えたほうがいいかもしれない。舞台を知り尽し、観客を知り尽していた根っからの喜劇人であるプラウトゥスは、どんな舞台が観客に受けるか直観的にわかり、観客に受けるためならどんなことでもしたらしい。

古今東西を問わず、観客に喜ばれる第一は色恋沙汰。それも若い者同士の色恋沙汰だ。若い男に許される色恋の相手といえば遊女。そこで若い男と遊女の恋がテーマになる。その点はわが国の人形浄瑠璃や歌舞伎と同じだが、相違は人形浄瑠璃や歌舞伎がしばしば悲劇に終わるのに対して、プラウトゥスの舞台では例外なくめでたしめでたしの結末となる。ただしその間には障碍《しょうがい》がなければならず、その障碍を乗り越えることによって、大団円が訪れるのだ。プラウトゥス喜劇の中でも傑作の評判が高い『プセウドルス』（高橋宏幸訳、『プラウトゥス・ローマ喜劇集4』京都大学学術出版会・西洋古典叢書所収）を見てみよう。

なお、この作品は初演記録が残されている。「マルクスの息子であるマルクス・ユニウスが都区法務官のとき、メガレシア祭で上演された」というのがそれで、第二次ポエニ戦争末期の前二〇四年、戦勝を祈願してか小アジアのプリュギアから大地母神《メガレ》キュベレの御神体と称する聖石がローマに齎《もたら》され、十三年後の前一九一年、建立された神殿が時の法務官マルクス・ユニウス・ブルトゥスによって奉献、メガレシア祭が創始された。この間、前二〇二年にはザマの戦いで大スキピオ率いるローマ軍がハンニバルのカルタゴ軍に大勝、翌前二〇一年には二国間に講和が結ばれて戦争が終結しており、第一回メガレシア祭に上演された『プセウドルス』の陽気さに、戦勝による解放感が反映していると考えるのは、自然かもしれない。

『プセウドルス』の登場人物は以下のとおり。

プセウドルス　奴隷。
カリドルス　若旦那。
バリオ　置屋の主。
シモ　大旦那、カリドルスの父親。
カリポ　シモの友人。
ハルパクス　軍人の従卒。

カリヌス　カリドルスの友人。
シミア　カリヌスの奴隷。
他に、バリオの家の奴隷たち、遊女たち、料理人。

舞台はアテナエ（アテナイのローマ読み）の通り。カリポ、シモ、バリオの家が並んでいる。もちろん名誉ある市民シモの家といかがわしい職業のバリオの置屋とが軒を並べているわけはなく、また、いかに友人とはいえカリポの家とシモの家とが隣同士というのも不自然だろう。あくまでも舞台上の都合からドラマの筋に必要な三軒を並べたまでで、当時の観客はそのことを先刻承知だったはずだ。

若旦那カリドルスはバリオの営む置屋の遊女ポエニキウムにぞっこんだが、落籍させる金の工面がつかない。そんなところにポエニキウムから手紙が来てカリドルスはすっかり落ちこんでいる。そこへ出てきたカリドルスの家の奴隷のプセウドルスが、若旦那の落ちこんでいるわけを尋ねる。カリドルスは持ち歩いている手紙をプセウドルスに見せる。プセウドルスはその手紙を口に出して読む。文面は当時ローマの娼婦の手練手管を彷彿させて興味ぶかい。

ポエニキウムが恋するカリドルスに
鑞板と文字を仲立ちとして

あなたのご無事《サルス》をお祈りし、我が身の無事《サルス》の保証をあなたにすがり求めます。／いまは涙に濡れ、魂も心も胸もよろめいています。［中略］

置屋は私をよその国に、マケドニアの軍人に／二〇ミナで売ってしまいました、私の愛しいひとよ。／軍人はここから立ち去りましたが、その前に一五ミナを／払っていきました。ですからいまの猶予はたった五ミナによるものです。／そのために軍人はこちらに印章を残していきました。／指輪に刻まれた自分の肖像を鑞に押印したのです。／それと同じ印章をこちらにもってきたひとがあれば、／そのひとと一緒に私は行かねばなりません。この取り引きの期日が／決められました。次のディオニュシア祭の日です。［中略］

いまや、私たちの愛し、睦み合い、慕い合った思い、／おどけ、戯れ、交わしたおしゃべりと甘い口づけ、／愛し合う体をしっかりと重ねた抱擁、／やさしくかんだ柔らかな唇、／私たちの愛の儀式、／揉み上げられてつんと立った乳首、／これらの喜びがすべて私から、そしてあなたからも／取り上げられ、引きちぎられ、消え去るのです。／なんとか無事でいるには、私はあなたに、あなたは私に頼るしかありません。／これで私が知りえたことは全部あなたにお話ししました。／いまこそ分かるでしょう、あなたの愛がどれほどで、嘘がどれほどか。さようなら。

ここでいう次のディオニュシア祭とは翌日、「僕の破滅は目の前だ、／おまえが何か手助けしてくれなければな」とカリドルスはプセウドルスに訴える。さんざじらしたあげく、プセウドルスはカリドルスに約束する。「でも心配には及びません。私はあなたの恋を見捨てやしません。／大丈夫、必ずどこかから、まっとうにか私流にか、努力をして／あなたに見つけてあげますよ、銀貨の助太刀をね。／そいつがどこで手に入るかはまだ分かりません。／でも、手には入るんです。眉毛の引きつりで分かるんです」。

そいつがどこで手に入るかはまだ分かりません。でも手には入るんです……これは主人公プセウドルスの人生観であると同時に、作者プラウトゥスの作劇術、今風にいうならドラマツルギーではないだろうか。ドラマがどう運びどう結末がつくかはわからない。しかしどうにか運ぶし、どうにか結末はつく。ちゃらんぽらんというべきだろうか。むしろ自信の現われと考えるべきではなかろうか。プラウトゥスはこの向日的な自信をもって、成算があろうとなかろうと、来る注文を片っぱしから引き受け、百数十という驚くべき数の台本をこなしたのではないだろうか。その楽観的態度はプラウトゥスの特徴であると共に、当時の日の昇る勢いのローマ市民の特徴でもあろう。

この後、件《くだん》の置屋の前に行き、中から主人のバリオが出てくるのに行き会い、ポエニキウムの状況が彼女からの手紙どおりなことをバリオの口から確かめ、二人して罵った末に期限までに五ミナが届かなければ、軍人との約束を反古にするつもりという言質《げんち》をバリオから引き出す。バリオを見送った後、助っ人を連れてくるようにカリドルスに頼み、カリドルスが引っこんでのプセウドルスの独白の次の部分は、その辺の機微を伝えて余りあるというべきだろう。

あの方が行ってしまって、ここに立っているのはおまえひとりだ、プセウドルスよ。／これからどうするんだ、若旦那に気前よく／豪勢な口約束をしてしまって。そんな約束を果たせる保証がどこにあるんだ。／俺には雀の涙ほどもないんだ、これって頼りになる考えだって／金だって。いまどうすればいいかも分からない。／織り始めをまずどこから取りかかるかの見当もつかなければ、／織り終えた布の上げどころも決まっていない。／作家というものは、ノートを手に取ると、／さがしてもこの世のどこにもないものでも、いつもきまって見つけ出し、／嘘のことを本当らしく見せる。

このプセウドルスの科白を転倒させたところに、作家（作者と言い換えたほうが適切に思われるが）プラウトゥスの真意が見えるようだ。ドラマの主人公というものは前途の空白を目の前にすると、考えられない道をさがし出し、実現できそうもないことも当然のように実現させる。作者はそのことを信じて、筋を転回させていけば、必ずいい方向に進むし、いい結末に辿り着けるのだ。ただそのためには欠かせない条件があって、それは観客たちの協力だ。

プラウトゥスの主人公は舞台上で他の登場人物に語りかけつつ、同時に客席の観客たちに語りかける。プセウドルスもカリドルスに「そいつがどこで手に入るかはまだ分かりません。／でも、手には入るんです。眉毛の引きつりで分かるんです」と言ったすぐ後で、客席にむかって言う。

さあ、自分は聞いてなかったと言うひとのないよう、みなさんに申します。／ここにお集まりの成年男子、すべての国民、／すべての私の友人、知人に宣言します。／今日一日、私に用心なさい。私を信じてはいけません。

これは私を信じてください、というのにほかならない。じじつ、観客たちは作者と主人公を信じた。そこでプセウドルスは筋の転回を摑み主導して、ついに相思相愛の若旦那と遊女を結びつける難事をやってのけ、自分も大旦那からまんまと金《かね》をせしめる。その経緯は当時の観客になったつもりで、直接『プセウドルス』を愉しんでいただきたい。

プラウトゥス『捕虜』

現存するプラウトゥスの二十一の作品のうち、異色なのは『捕虜』だろうか。前口上のしめくくりで前口上役の捕虜が「これはありきたりのやり方で作られた芝居ではなく、他に似たものもないのです。／卑猥で口にできないような文句も含まれてはいませんし、／嘘つきの女衒も性悪の商売女も／ほら吹き軍人も出てきません」（竹中康雄訳、『プラウトゥス・ローマ喜劇集1』前掲書所収）というとおり、定番の若者と娼婦の色恋沙汰から遠い捕虜交換がテーマである。

ところで、ローマ喜劇と私たちに親しい近・現代演劇の根本的な違いは、近・現代劇の場合、すくなくとも初演時においては、観客はドラマがどう進行するかを知らないのに対して、ローマ喜劇では口上役による前口上によって、観客はドラマがどう進行するかを、あらかじめ知らされていることだ。したがってローマ喜劇の観客はあらすじを呑み込んだ上で、さてそのあらすじが実際の舞台でどう演じられ、どう自分たちを愉しませてくれるかを期待するわけだ。これは作者およびに演者にとってはかなり厄介なことのように思われる。ちなみに『捕虜』の場合、前口上は以下のように始まる。

前口上

捕虜が二人、ご覧のように、ここに立っています。

二人とも座らずに立っている。それはうしろで立ち見の方たちもおられるからです。

こんなことで私が嘘をついていないことはみなさまが証人です。

（ヘギオの家を指して）ここに住む老人はヘギオという名で、（テュンダルスを指して）この男の父親です。

しかし、この男がなんでまた自分の父の奴隷となっているのか、
静かに聴いてくださるなら、お話ししましょう。

ヘギオ老人には息子が二人ありました。

その一人は、四歳のとき、奴隷がさらって逃げ、
アリスの町で売られたのです。

（ピロクラテスを指して）この人の父親にです。ここまではいいですか。それなら結構。

［中略］

父親はその子を買ってから息子に遊び相手として与えました。

よく似た年恰好だったからです。
その子がいま祖国に帰って自分の父の奴隷になっている。父もそれを知らないのです。
本当に神々とはわれわれ人間を手玉のように玩ぶものです。
父親が息子の一人をどのようにして失ったか、これでおわかりでしょう。
もう一人の息子はアエトリア人がアリス人と戦争したあと、
戦争でよくあるように、捕虜にされました。
そのアリスでメナルクスという医者がこの捕虜を買いました。
こちらではヘギオ老人が捕虜になった息子と交換できるような者がいないかと、
アリス人の捕虜を買い漁りはじめました。
わが家に自分の息子がいるとは知らないでいます。
さて、きのうのこと、老人はアリス人の騎士で身分の高い、
生まれのよい人が捕虜になっていることを小耳にはさむと、
息子を救うため、糸目をつけず金を出しました。
息子を家に取り戻しやすくするために、ここにいる二人の捕虜を
財務官の戦利品から買ったのです。
この二人は自分たちで策をめぐらして
（テュンダルスを指して）この奴隷が主人をここから家へ帰そうとたくらみました。

そのため着ている物と名前を取り換えて、
こちらはピロクラテス、あちらはテュンダルスと名のることとし、
今日一日それぞれが別人になりすますわけです。
テュンダルスは今日この策を巧みに実行し、
主人を自由の身にすることでしょう。
と同時に、はからずも彼は自分の兄を解放して
祖国の父のもとへ帰すことにもなるはずです。

ドラマがどう進行するかわからない近・現代劇に慣れた私たちには、前口上でこれだけのことを知らされてしまったら、この後の舞台を見る必要はないのではないか、と思ってしまう。ところが当時の観客は、前口上であらすじを聞くことでかえって安心して、その後の舞台を愉しんだようなのだ。もっとも愉しませる用意もあって、この作品では前口上で知らされていない人物が最初に登場することだ。その人物とはエルガシルスという名の食客で、気前のよかったヘギオのもう一人の息子（ピロポレムス）が出征し捕虜になった後、どの家にもそっぽを向かれて腹を空かせている。そのエルガシルスがヘギオの前に現われる。

ヘギオ　（見回して）誰だ、そこでしゃべってるのは。

エルガシルス　わたしです。あなたの悲しみに身も細る思いで、痩せて、やつれて、衰えているんです。あわれにも、がりがりに痩せて骨と皮。

（傍白）家では何を食っても少しもうまくないけれど、よその家で食うと、たとえどんなにわずかでも至福の味わいだ。

観客はここでどっと笑ったにちがいない。エルガシルスはヘギオのために、アリスの捕虜になったヘギオの息子のことをさんざ嘆いてみせた挙句、本論に入る。

エルガシルス　いたた、（腹をさすりながら）ここが痛いんです。食糧部隊が解散させられてしまったんですよ。

ヘギオ　その解散させられたっておまえさんの言う部隊を編成できそうな人はまだ誰もいないのかね。

エルガシルス　そんな人がいると思いますか。ピロポレムスさんがその役に当たってましたが

あの人が捕虜になってからは、みなこれを敬遠してるんです。

ヘギオ　そういう役を敬遠するのは、何の不思議もない。

数多くの、種類もさまざまな兵隊がおまえさんには要るからね。
まず第一に、粉屋部隊が必要だ。
その粉屋部隊も幾種類かに分かれていて、
パン屋部隊も要るし、お菓子部隊も必要だ。
つぐみ部隊も必要だし、もず部隊も要る。
さらにおまえさんには海上部隊も全部要る。

エルガシルス よくあることですが「最高の天才が世に隠れて潜む」です。
あれほどの指揮官がいまここに無役でいるのです。

ヘギオ まあ、心配しなさんな、近いうちにあの子を
うちへ取り戻せると思うから。
捕虜にしたアリスの若者がいるだろう。
生まれのいい、金持ちの息子だ。
これと息子を交換することが――

エルガシルス できると思います。
どうか男神・女神の神々がそうしてくださいますように。でもあなたがどこかへ食事に呼
ばれて、
お出かけなどということはないのでしょうね。

ヘギオ　なかったはずだが、なんでそんなことを訊くのかな。

エルガシルス　今日はわたしの誕生日だからです。だからわたしはあなたの家へ食事に呼ばれたいんです。

エルガシルスはドラマの本質には関わらない。ドラマを動かすのはアエトリア人ヘギオであり、とりわけ彼の買ってきたアリス人の捕虜の二人の若者、ピロクラテスとテュンダルスである。アリス人の捕虜というものの、前口上役のいうとおり、テュンダルスは幼い頃攫われてアリスの市に連れてこられ、ピロクラテスの父親に買われた奴隷である。ただピロクラテスの父親はテュンダルスを年恰好の似た息子ピロクラテスの遊び友達として、わが子同然に育てた。またピロクラテスも兄弟同様に親しんだ。

そこでヘギオが、アリス人に買われたもう一人のわが子ピロポレムスとアリス人捕虜ピロクラテスを交換すべく、ピロクラテスの奴隷テュンダルスを使いに出そうという時、ピロクラテスをまず自由にするため、テュンダルスは自分がピロクラテスとなって残り、逆にピロクラテスをテュンダルスとして送り出す。計画はヘギオに知られずうまくいくが、別のアリス人捕虜アリストポンテスが友達のピロクラテスに会いたくてヘギオに伴なわれてきたことから真相がばれ、怒ったヘギオは偽ピロクラテスのテュンダルスに罰を与えるべく、苛酷な奴隷の作業場に追いやる。

そこにエルガシルスが現われてヘギオに、使いに出したアリス人捕虜に伴なわれてピロポレムス、おまけにそのむかし幼い息子を攫っていった奴隷のスタラグムスまでいっしょに帰ってきたことを手柄らしく告げ、歓びの宴会の仕度の指揮をおおせつかる。もちろん、本当の手柄の主はみごと捕虜交換の交渉をやりとげた偽テュンダルスのピロクラテスであり、主人を自由にすべく残った偽ピロクラテスのテュンダルスだ。さっそくテュンダルスが呼びにやられて許されたのみか、スタラグムスの告白からテュンダルスがヘギオの攫われた息子だったことが判明する。

こうしてアリストポンテスとピロクラテスとテュンダルス、三人の若者が自由になり、ヘギオは二人の息子を取り戻したことになる。いちはやくピロポレムスの到着を知らせたエルガシルスは当座のご馳走にありつき、以後も末永くありつきつづけるだろう。昔の悪事の当然の報いとしてのきつい仕置が待っているだろうスタラグムスを除いては、すべての登場人物がめでたしめでたしというわけだ。

めでたしめでたしは観客にとっても同様で、彼らはこの善意のドラマの結末による幸福感に満たされて劇場（いうまでもなく露天の円形劇場）を去る。それどころか、自分は登場人物の誰よりも早く、ドラマの結末を知っていたという優越感にも浸っている。いや、この善意のドラマの場合だけではない。他のほとんどの色恋沙汰の、騙し同然の駈け引きのドラマの場合も、あらかじめ筋の運びを知っていると、かえって安心してみていられる。現代の目から一見奇異に見えるローマ喜劇の前口上にも、おおきに存在理由があるというものだ。

テレンティウス『兄弟』

ギリシア喜劇は前五〇〇年頃のエピカルモスに始まり、アリストパネス（前四四五頃—前三八五頃）らの古喜劇、アンティパネス（前四〇五頃—前三三二）らの中喜劇、メナンドロス（前三四二頃—前二九二頃）らの新喜劇から、ヘロンダス（前三世紀半ば頃活躍）からピリスティオン（後一世紀頃活躍）のミモス劇まで、ほぼ五百年の歴史を持つ。これに対してギリシア喜劇の模倣に始まったローマ喜劇の歴史は短い。とくにその最盛期はプラウトゥス（前二五四頃—前一八四）とテレンティウス（前一九五頃—前一五九）の活動期に集中し、その後も群小作者による劇作・上演はつづいたが、観客の興味は見世物に移ってしまったらしい。

プラウトゥスがローマ北方ウンブリアの出であるのに対して、テレンティウスは北アフリカ・カルタゴに生まれ、元老院議員テレンティウス・ルカヌスの奴隷としてローマに連れてこられた、という。しかし、生得の美貌と聡明を寵愛されて学問に励み、のち解放されて自由の身となった。

彼の名テレンティウスが旧主人の名を貰ったものであること、大先輩リウィウス・アンドロニクスの場合に等しい。

よくよく上流階級に愛されるタイプだったと見えて、スキピオ・アフリカヌスやガイウス・ラエリウスの愛顧も受けた。二人ともテレンティウスの肉体に魅かれてのこと、という者もあった。彼の喜劇もじつは二人に手伝ってもらったのだという噂があり、彼がそれに強く抗議しなかったことが疑惑を深めもしたようだが、こういう噂は庇護者にとって快くないはずはないので、テレンティウスとしては敢えて否定も肯定もしなかったのだ、と考えることもできよう。歴史家スエトニウス（六九頃―一三〇頃）が『名士伝』詩人についての項で取っているのは、この立場だ。

テレンティウスの作品はすべてで六篇。いずれもギリシア新喜劇を踏まえていること、先輩のプラウトゥス同様だが、プラウトゥスよりさらに原作に忠実と推定されている。作品名が原作そのままにギリシア語なのも、その事実を傍証しているようだ。そのことは古代ローマの場合、かならずしも欠点とはならない。先進ギリシア語を移してラテン語を整え、ギリシア文学を移してラテン文学を確立することは、古代ローマにとってはきわめて重要事だった。その点ではプラウトゥスよりテレンティウスの評価が高く、ラテン最高の文人キケロとカエサルが揃って高評価の最右翼であることは注意しておくべきだろう。

プラウトゥスの残っているだけでも二十一篇、一説では百数十篇に対して、テレンティウス作の六篇はあまりにも少なく思われる。その理由はプラウトゥスが七十歳前後まで生きたのに対して、テレンティウスがそのおよそ半分の三十五歳前後で夭折していることのほかに、一つの作を成すに当たってはるかに慎重だったことにもあるのではないか。その死さえ、自作の拠って立つギリシア喜劇作品を実地に研究すべくギリシアに遊学、そこで病を得ての帰途、船中での出来事だったというのだから。

彼の六作品はすべて上演年が判っていて、以下のとおり（『テレンティウス・ローマ喜劇集5』京都大学学術出版会・西洋古典叢書、木村健治「総解説」による）。

『アンドロス島の女』前一六六（メガレ祭）
『義母Ⅰ』前一六五（メガレ祭）
『自虐者』前一六三（メガレ祭）
『宦官』前一六一（メガレ祭）
『ポルミオ』前一六一（ローマ祭）
『兄弟』前一六〇（アエミリウス・パウルスの葬礼）
『義母Ⅱ』前一六〇（アエミリウス・パウルスの葬礼）
『義母Ⅲ』前一六〇（ローマ祭）

このうち『義母Ⅰ』『義母Ⅱ』『義母Ⅲ』は同一作が三度上演されたということだから、最後の作品は『兄弟』ということになる。これをテレンティウスの最高傑作と賞揚する人もあれば、最高傑作とするには欠陥があると指摘する声もある。しかし、テレンティウス喜劇の到り着いた最終地点であるには違いないので、これを取り挙げてテレンティウス喜劇のありようを見ることにしよう（山下太郎訳、同書所収）。

テクストには前口上の前に、上演記録と（演出担当者）ガイウス・スルピキウス・アポリナリスによる梗概なるものがある。あらすじを知るのに恰好なので、ここに引く。

デメアには二人の息子がいたが、
長男のアエスキヌスを弟ミキオに養子として預け、
次男のクテシポは手元に残した。クテシポは
キタラ弾きの娘に熱を上げたが、父デメアは厳格で頑固なため、
アエスキヌスが弟の恋を匿ってやる。恋の事件の噂が、
自分の話のように見せかけて、果ては、
キタラ娘を女衒から奪い取る。だがアエスキヌス自身、
貧しいアッティカ市民の娘の操を奪い、
必ず妻にするとの約束を交わしていた。
デメアは怒り、激昂するが、ほどなく

真相が判明し、アエスキヌスは
恋した娘と結婚、クテシポもキタラ弾きの娘と結ばれる。

これを読んだ上演二千百五十年後の私たちは、舞台進行の前にあらすじを知ることになるが、当時の観客が舞台に触れるのはもちろん前口上から。ところがテレンティウスの前口上は、プラウトゥスのそれと違って、前もってあらすじを知らせるのではなく、批判を予測した上での自己弁護を述べる場である。それだけ彼がむつかしい立場に立っていたのだろうが、あらすじを前もって知らせることの劇的効果に疑問を持っていたということでもあるのではないか。

さて、あらすじを見るに『兄弟』の題名の意味するところは二重。まず親たちのデメアとミキオが兄弟。子どものアエスキヌスとクテシポが兄弟。田舎に住む兄デメアは二人の息子を持ち、兄息子のアエスキヌスをアテナエに住む弟ミキオの養子にする。兄デメアの許に残った弟息子クテシポが、キタラ弾きの娘（つまり娼婦）に熱を上げるが、頑固な父に打ち明けることができない。見かねた兄息子アエスキヌスは弟の恋を自分の恋のように見せかけて、キタラ娘を置屋から奪ってやる。ところがアエスキヌスも愛の衝動のまま市民の娘を孕ませ、結婚の約束をしたものの、養父ミキオに告白できないまま、キタラ娘との恋の噂が立ち、孕んだ娘の一家を不信の淵に落とす。これを聞いた実父デメアは、お前の放任が養子にやったアエスキヌスを堕落させた、とミキオに怒鳴り込む。

ここにギリシア喜劇そしてローマ喜劇お馴染み、恋する若者腹心の奴隷が登場して養父ミキオに事の真相を明かす。養父に促されて養子アエスキヌスは真相を告白し涙を流す。養子の涙の真実に打たれた養父は恋人と結婚することを許す。こうして兄息子アエスキヌスの恋については一件落着。しかし、まだ弟息子クテシポの恋という難物が残っている。ところがこの難物、意外なかたちで解決する。それまでさんざ蚊帳の外に置かれていた兄デメアは弟ミキオの家に入り、事の真相を知ってしまう。さて、真実を知ったデメアはどう反応したか。

デメア　人はどんなに人生の計画を上手く立てたつもりでも、
自分をとりまく状況が変わったり、年を取ったり、経験を重ねることで、必ず何か新しいことを発見したり、
注意すべき教訓を得たりするものだ。知っていると思いこんでいたことを本当は何も知らなかったり、
最も大切だと思っていた考えが、実際の生活においては、自分でも受け入れられないものであったりする。
このことが、今まさに、我とわが身に降りかかっているのだ。わしも人生の終わり近くまで駆け抜けてきて、
ようやくこれまでの厳格な生き方を放棄しようと決意したのだ。それはいったいなぜか？

現実を通して、
愛想よく寛大に生きることこそ、人間にとって最も大切なことだと学んだからにほかならない。

この教訓こそ真実だ。それは、わしとミキオの生き方を比べれば、誰の目にも一目瞭然だ。

［中略］

息子達は、あいつにはなつくが、わしには近寄りもせん。あいつの忠告なら何だって素直に聞く。

弟のことが好きでたまらんのだ。今だって二人揃ってあいつの家にいるし、わしなんて見捨てられたも同然だ。

弟のことは長生きするように祈るくせに、わしのことは、どうせ早くあの世に行けばいいと思っているに違いない。

つまりだ。わしが手塩に掛けて育てた二人を、弟は易々と自分のものにしたってわけだ。

辛い目に遭うのはいつもこのわしで、いい目をするのは、いつもあいつだ。

よし、わかったぞ。これからは正反対のことをしてやるぞ。

人に愛想よく話したり、親切にしたりするのは、今度はわしの番だ。あいつが先手を打ったのだからな。

わしだって家族の皆から愛されたいし、尊敬もされたい。

もし物を与えたり、言いなりになることでそれが叶うなら、脇役なんか誰がやるものか。
金はどんどんなくなるだろうが、どうせこっちは老い先が短いんだ。どうってことはないだろう。

そこで、考えを変えたデメアが具体的に何をしたかというと、隣のソストラタ（アエスキヌスの恋人パンピラの母）の家との垣根を壊し、花嫁も、その母親も、奴隷も連れてきて、二軒を一軒にする（貧富の差からいって隣のはずはないが、舞台の決まりで隣になっている。それを逆手にとって扱っているわけだ）。娘が花嫁になって天涯孤独になった母親とミキオを強引に結婚させ、母親との血縁で自分の親友のヘギオに畑付きの家を与え、アエスキヌスの倖せのために働いたミキオの奴隷シュルスと、おまけに妻のプリュギアまで解放して自由の身にしてやり、当座の生活費まで都合してやる。といって自身は貧しいから、すべて弟ミキオの金でみんなに恩を売るのだ。しかし、しめくくりにこう付け加えるのも忘れない。「だがな、もし若気の至りで物事の本質がよく見えないときや、／どうしても欲望に負けてしまうとか、熟慮に欠けてしまうことがあって、／それについてわしに叱ってほしいとか、正してほしいとか、ここというときに力になってほしいとか思うのなら、そのときには、／いつだっておまえたちのために力になってやるつもりだ」。そこで、

アエスキヌス　父さん、僕らは父さんの言うことに従いたいと思うよ。何をしたらいいかは父さんがよく知っているから。でも、クテシポのことはどうしよう？

デメア　もういい、許すよ。好きにすればいいさ。だがこれを最初で最後にしてもらいたいね。

ミキオ　そう、これでめでたく万事解決だ。

座方　では皆様、拍手をよろしくお願いします。

観客のいつまでもつづく拍手と歓呼の声が聞こえるようではないか。

セネカ『オエディプス』

ローマ悲劇の歴史もローマ喜劇のそれ同様、前二四〇年のリウィウス・アンドロニクスのギリシア悲劇のラテン語訳から始まることは、すでに述べた。つづいてナエウィウスやエンニウスが喜劇・悲劇の両方を書いたことも述べた。

しかし、彼らの作品は一篇も残っていない。喜劇はプラウトゥスの二十一篇、テレンティウスの六篇が残ったが、悲劇はすべて煙滅。げんざい残るのは帝政初期のセネカ（前四頃―後六五）の数篇のみ。

作者セネカはヒスパニアのローマ植民都市コルドバに生まれ、幼くして博覧強記の修辞学者の父大セネカ、母ヘルウィアとローマに移住。修辞学と哲学を学び、財務官として政界入りした。しかし弁論の才でカリグラ帝に妬まれ、陰謀に巻き込まれてコルシカに流された。その後、クラウディウス帝の妃小アグリッピナに召喚され、息子ネロの師傅《しふ》となった。アグリッピナによるクラウディウス毒殺後、ネロが十六歳で帝位に即くと、同郷の近衛長官ブルスとともに、後見役として行政の実権を握った。

この期間に莫大な財産を築き、のちに政治家でもあった歴史家タキトゥスに「清貧のほかはすべて手に入れた」との皮肉を献《たてまつ》られることにもなる。セネカは自ら弁論家であると同時に哲学者であることをもって任じているが、弁論家から出発した政治家としての彼は、自らの信奉するストア派の徳、清貧から、最も遠い生きかたをしたではないか、と言行の不一致をきびしく突かれたわけだ。

近衛長官ブルスが変死し、後任に佞臣ティゲリヌスが即くと、引退して著述に専念。しかし、元老院議員ピソの叛乱が発覚すると、同調者ルカヌスの叔父として共謀の罪を問われ、自殺を命じられた。彼の哲学的著述および悲劇作品の大部分は、六二年の引退から六五年の死までの足かけ四年間に書かれたもの、と推定される。

セネカの悲劇作品としては、古来『狂えるヘルクレス』『トロイアの女たち』『フェニキアの女たち』『メデア』『パエドラ』『オエディプス』『アガメムノン』『テュエステス』『オエタ山上のヘルクレス』『オクタウィア』の十篇が伝えられるが、このうち『オクタウィア』は後世の偽作、『オエタ山上のヘルクレス』にも偽作の疑いがかけられている。

哲学者をもって任じるセネカがなぜ悲劇作品を書いたかについては、彼の奉ずるストア哲学をわかりやすく具体的に説くために戯曲化したとの説があるが、彼の哲学と戯曲を結びつけようとの意図が先立ちすぎてはいないだろうか。むしろストア哲学を奉じながら、求められれば皇妃の息子の師傅とも、若い皇帝の後見ともなり、政治的手腕を発揮し、私腹を肥やすことにも怠りないという複雑な性格が、彼を哲学的著作だけに収まらず、戯曲にも向かわせたのではないだろうか。

では、誰のどんな目的のために書かれたのか。これについても、俳優が舞台に乗せるため、饗宴などで朗読するため、レーゼ・ドラマとして読んで愉しまれるため、とさまざまな解釈がある。私の結論をいえば、作者は誰のためよりも自分のために、自分の書く悦び、というより書かなければいられない内的衝迫のために書いたのではないか。上演されるため、朗読されるため、読まれるため以前に、書かれるため書かれたのではないか。作者セネカにおいていえば、書くことがすなわち上演、その時点では作者も観客も自分ひとりだったのではないだろうか。

ならば、なぜ自分の発見したテーマでなく、ギリシア悲劇のテーマに拠ったのか。これはプラウトゥス、テレンティウスの喜劇を見てもわかるとおり、ギリシア劇の翻訳から始まったローマ劇の伝統、そしてまた悲劇に限っていうなら、ギリシア悲劇の伝統でもあったといえよう。アイスキュロス、ソポクレス、エウリピデスのいわゆる三大悲劇詩人、その後の作者たちの煙滅した作品についても、しばしば同一のテーマが扱われていることがわかるからだ。

同一のテーマは共有のテーマ。共有のテーマをどう料理するかが、作者の腕の見せどころだったのではないか。セネカにおいていうなら、ローマ教養人共有の教養であるギリシア悲劇作品をなぞりつつ、自分流に書きなおすことが、その主人公の生きざまを自分流に生きなおすことだったのではないか。たとえばギリシア悲劇最高の作品と目せられるソポクレスの『オイディプス』を踏まえた『オエディプス』の冒頭を見てみよう（岩崎務訳、『セネカ悲劇集2』京都大学学術出版会・西洋古典叢書所収）。

オエディプス　すでに夜は追い払われ、太陽がためらいがちに戻りきて、
暗い雲に悲しげな光線が射している。
そして悲哀の炎によって陰鬱な光をもたらし、
貪欲な疫病に無人とされた家々を眺めるだろうし、
昼は夜がなした破壊をあらわにするだろう。
王の身の上を喜ぶ者が誰かいるだろうか。ああ、不実な善よ、
何と愛想のよい額で、何と多くの禍いをおまえは隠していることか。
高い峰がいつも風を受けるように、
そして広大な海をその岸壁で切り分ける断崖は、
たとえ静穏な海であってもその波が打ちつけるように、
高き王国は運命の女神の手の内にある。

自ら吐く言葉でもって暗鬱な絵を描きながら、その絵の中に登場するオエディプスは、作者であるとともに登場人物なのだ。いや、むしろこういうべきかもしれない、主体は作者でも登場人物でもなく、言葉である、と。言葉が暗鬱な世界を産み出し、その世界の中に登場人物を顕現させる、と。その世界が暗鬱ならば、その世界から顕現する登場人物も暗鬱でなければならない。「王の身の上」は「喜ぶ」べきものではないし、「王国は運命の女神の手の内にある」。王国はあらかじめ呪われ、王国を治める王も最初から呪われている。

以後、登場する合唱隊、盲目の予言者ティレシアと娘マント、妃イオカスタの兄弟クレオのつぎつぎに吐く言葉によって、絵は暗鬱の度を増していく。王国はいよいよ暗鬱になり、王はますます暗鬱になる。ソポクレスのオイディプスはドラマの進行の中で自らの父殺しと母姦《おか》しを知るのだが、セネカのオエディプスは二重の罪を識閾下《しきいきか》に知っていて、しかし意識の上では認めたくない。それがドラマの進行とともに認めざるをえない度合を深めていく。

ドラマの終わりも、ソポクレスのオイディプスとセネカのオエディプスでは異なる。ソポクレスのオイディプスはイオカステの縊死を知って目を潰すのだが、セネカのオエディプスが目を潰した時、イオカスタはまだ生きていて、「あなたの過ちは運命によるものです。運命によるのならば誰も罪人とはされません」と慰めようとする。しかしオエディプスは「母よ、もう言葉を控えてください、わたしの耳を容赦してください」と慰めを拒む。絶望したイオカスタは自刃する。ドラマを閉じるオエディプスの科白は次のとおりだ。

オエディプス　運命を予言する神よ、あなたを、真実の守り神であるあなたを、
わたしは非難する。わたしが運命に差し出すべきは父だけであったはずだ。
二度も親殺しとなり、恐れていた以上の罪を犯して
わたしは母を殺してしまった。わたしの罪によって母は死に至ったのだ。
ああ、偽りを告げるポエブス神よ、わたしは非道な運命を上回ることをした。
（自分に）
道に惑わされながらふらつく足どりでたどって行け。
そっと踏み出した足で歩みを進め、
震える手で盲目の闇を探りながら行け。
［中略］
この土地にある、死病をもたらす悪性は、わたしがわが身とともに連れ去る。
乱暴な「運命」そして「病気」の身震いする悪寒よ、
「衰弱」と黒い「疫病」と狂乱の「苦痛」よ、
わたしとともに去れ、わたしとともに。これらの道案内は望むところだ。

ソポクレスのオイディプスを踏まえながら、なぜ、セネカのオエディプスは父殺しだけではな

く母殺しにもならなければならなかったか。ひょっとしてそこにはセネカが師傅として、また後見役として仕えた帝政ローマ第五代皇帝ネロの俤《おもかげ》が隠されてはいないか。ネロ、本名はルキウス・ドミティウス・アヘノバルブス。ローマ貴族グナエウス・ドミティウス・アヘノバルブスとアウグストゥスの曾孫女《ひまごむすめ》小アグリッピナの息子だ。母アグリッピナが第四代皇帝クラウディウスの皇妃となると、クラウディウスの養子となり、実子ブリタニクスより年長だったため、母の画策もあって皇位継承の優先順位を得た。

やがて母アグリッピナはクラウディウスを毒殺。ネロは第五代皇帝になり、ネロ・クラウディウス・カエサル・アウグストゥス・ゲルマニクスを名告った。養父であったにもせよ、クラウディウスの毒殺で帝位に即いたことは父親殺しに当たろう。母アグリッピナは息子を皇位に即けたことを楯に女帝のようにふるまったので、ネロはブルスやセネカの援けを借りてこれを阻んだ。ネロがのちの皇帝オトの妻ポッパエアを愛人として容れると、母と愛人の対立を生じた。権力維持のためには手段を選ばないアグリッピナは、ネロを酒に酔わせて母子相姦に誘ったという。酒の上とはいえ、ネロにとっては父殺しに次ぐ母姦しといえる。

ここまではソポクレスのオイディプスと同じなのだが、まだ後がある。母アグリッピナとの母子相姦の事実を知ったネロは、激しい自己嫌悪に陥り、かたや愛人ポッパエアの唆《そそのか》しもあって、母殺しを企て、一度は失敗するがついに兵士に殺させた。「二度も親殺しとなり」「父だけでなく」「母を殺してしまった」わけだ。とすると、オエディプスに「この土地にある、死病をもたらす悪性は、わたしがわが身とともに連れ去る」と言わせていることは、かつては教え子であり主君でもあったが、いまはそこから離れた、諸悪の根源であるネロの皇位からの追放を願っていることになる。とすれば、ピソの叛乱へのセネカの連座という罪科は、かならずしも根拠のないでっち上げということにはならない、ともいえる。

それよりも重要なのは、この父殺し・母姦しの心理が、二十世紀になって精神分析学のフロイトによって男性共通の深層心理としてエディプス・コンプレクスの名を与えられて定式化したことだ。そのもとになったのは、ソポクレスのオイディプスか、セネカのオエディプスか。見えるかたちではソポクレスのオイディプスだろうが、深いところではセネカのオエディプスといえないか。

たしかに息子なるものは成長期において、母を姦すほどにも愛するあまり、父を殺すほどにも憎む。しかし、成長ののち、外から愛の対象が現われると、かつて母を姦すほどにも愛した記憶を抹殺する。彼は心の闇の中で「父だけでなく」「母を殺」す「二度」の「親殺し」となる、といえるのではなかろうか。

セネカ『メデア』

セネカのすべての悲劇作品がそうであるように、『メデア』もギリシア悲劇によっている。もちろんエウリピデスの『メディア』である。しかし、他の作品と同じく、『メデア』もギリシア悲劇、ここではエウリピデスの『メディア』を踏まえつつ、明らかに別の相貌を見せる。いや、他のどの作品にもまして原作と別のものになっているのが、『メデア』ではあるまいか。

この『メデア』の原作とは別の相貌の拠って来るところは何処にあるか。一つは作者セネカの生きた古代ローマ帝政期の女たちのありよう、いま一つは作者セネカその人のありようではないか。まず、ローマ帝政期の女たちについていえば、エウリピデス当時のギリシア、アテナイの女たちとは明らかに異なる。アテナイは民主制発祥の地といわれる。しかし、それはあくまでも男性市民だけのもの。在住外国人、奴隷、女性は民主制の外にあったこと、知られるとおりだ。ことに女性の地位は低く、家庭でも裏の方に追いやられ、表の部屋にいられるのは男性だけ。

古代ギリシア特有のなかば公的な性習慣として知られるいわゆる少年愛はこのことと深く関わっていたようだ。エウリピデスの悲劇『メディア』（前四三一）は、二十年後のアリストパネスの喜劇『女の平和』（前四一一）とともに、このことへの女性登場人物を通しての異議表明と解釈することもできるだろう。

エウリピデスの『メディア』のあらすじはつぎのとおり。舞台はギリシア中部の都市国家コリントス。アイソンの子イアソンは、自分の成人するまで父アイソンが叔父ペリアスに預けていた領地イオルコスの支配権の返還を求めたところ、北辺の異郷コルキスの黄金の羊毛を獲ってくるという条件を出される。イアソン一行はコルキスに赴き、イアソンに一目惚れしたコルキスの王女メディアの援けで金羊毛を手に入れる。イアソンの妻となったメディアは、イアソンとともにイオルコスに赴きイアソンのため、なお支配権を手放そうとしない叔父ペリアスを、奸計によりペリアスの娘たちに殺させる。イアソンとメディアは二人のあいだの子供たち、メディアを育てコルキスから同行した乳母ともども、イオルコスを追放され、コリントスに住む。

コリントスで平和な家庭を築くはずだった一家の主人イアソンは、コリントスの領主クレオンの娘に見初められ、これと縁組を結ぶ。そのことを嘆く乳母の登場からドラマは始まる。そこにコリントスの婦人たちから成るコロスが登場し同情の歌をうたう。以下、コロスはほとんど出ずっぱりで、同じ女性の立場からメディアの運命に同情し、ときに忠告する。メディアが登場して身の不運を嘆き、復讐を誓う。そこに領主クレオンが現われ、メディアと子供たちの即刻の追放を宣言する。メデイアはクレオンに取り縋って一日の猶余を嘆願する。クレオンは不安を抱きつつも、しかたなく嘆願を聞き入れる。

クレオンの去ったあと、イアソンが現われ、さまざまの言い訳をする。メディアはイアソンの身勝手をはげしくなじり、イアソンは去る。そこにアテナイの領主アイゲウスが子供を授かるための神託を受けに行った旅の帰りに通りかかり、旧知のメディアに挨拶する。メディアはアイゲウスに現在の窮状を訴え、アイゲウスに旅の目的を尋ね、自分の手のうちの魔法で子宝を保証するかわりに、自分を受け入れてくれるよう頼み込む。神々かけた誓約のあと、アイゲウスが去ると、メディアは乳母を使いに、イアソンを呼びに遣る。

再登場したイアソンにメディアは先ほどの罵詈雑言の許しを乞い、子供たちだけは父親のもとに残してもらえるよう花嫁に頼んでほしい、そのためにはとっておきの薄絹の裲襠《うちかけ》と黄金の冠りものの賂《まいな》いをと申し出る。気をよくしてイアソンが去ると、メディアは子供たちに裲襠と冠りものを持たせ、守役に付き添わせて花嫁の許に遣る。まもなく子供たちと帰ってきた守役は、花嫁がメディアからの賂いを喜んで受け取ったこと、子供たちが追放を免かれたことを告げる。

この報せに喜ぶかと思いきや、メディアは顔を曇らせ涙を流す。怪訝な表情で問いかける守役に対して、メディアは悲しむ訳があるのだとだけ言って、本心は明かさない。守役につづいて引っ込もうとする子供たちを引き止めて、メディアの愁嘆場が始まる。じつはこれは従来のメディア神話にあらたに付け加えたエウリピデスの発明らしいのだが、メディアはイアソンの裏切りへの復讐を完膚ないものにするために、新婦とその父親のむごたらしい死に加えて、自分が産んだイアソンの子供たちの殺害を考えている。その結果、イアソンは全くの孤独となろうからだ。しかし、もちろん子供たちは自分の腹を痛めて産んだ子供たちでもあるわけだから、メディアは夫への憎しみと子供たちへの愛とのあいだで煩悶する。

そこへ狼狽した使者が到着し、裲襠と冠りものを身につけ毒薬が回り炎に包まれた花嫁と、それを救おうとして巻き添えで黒焦げになった父親の二人の死の報告をする。そこでメディアの心は決まり、逃げまどい宥しを乞う子供たちを殺す。花嫁と舅とを殺され、最後の希望である子供たちを手許にと駆けつけたイアソンの前に門は閉ざされ、コロスの長が母親による子供たちの殺害を告げる。門を開かせようとするイアソンの上方に、龍の引く車に乗り、子供たちの死骸を抱いたメディアが現われる。祖父のヘリオス神から遣わされた龍車だ。なぜ自らの腹を痛めたわが子を殺した？　と詰めよるイアソンにむかって、あなたの苦しみを全《まった》いものにするためと答え、あなたはみじめなさすらいの果てにアルゴー船の残骸に頭を割られて死ぬだろう、と予言して龍車に乗ったまま遠ざかり、消える。

エウリピデスの発明にかかる『メディア』の母親による子殺しという残酷な結末は、上演当時おおいに物議を醸し、ためにコンテスト最下位という結果に甘んじなければならなかったという。そのことが予想できなかったわけでもなかろうに、そこまでしてエウリピデスが表明したかったこのアイディアの真意は何だったのか。すべてが男性中心の勝手な論理で動かされている社会の中で、女性が一矢酬いるとすれば、自分が産んだ子供を殺すことで子供の父親を苦しめることぐらいしか方策がない、ということではあるまいか。しかし、そのためにすらギリシア本土の女性を持ってくるわけにはいかず、蛮夷の地コルキスの魔女とされるメディアを持ってこなければならなかった、ということだろうか。

セネカの『メデア』が書かれた帝政期ローマの事情は、すこしく異なる。もともと古代ローマにおいても伝統的に家父長権は強かったが、版図が地中海全域に拡がり、版図各地に対する合法・非合法の収奪により富裕になると、家長権が衰え強い既婚婦人が登場し、性的にも放縦になっていった。帝室に限っても、初代アウグストゥスの娘と孫娘とは放縦の廉《かど》でカプリ島に幽閉、皇妃リウィアはアウグストゥス毒殺の疑いが持たれ、自分が皇帝に仕立てた連れ子の二代ティベリウスと権力を争い、三代カリグラの妹ドルシラは兄と近親相姦、四代クラウディウスの三番目の妻メッサリナは皇妃でありながら姦通相手と重婚して処刑され、四番目の妻小アグリッピナは連れ子のネロを即位させるため、夫のクラウディウス帝を毒殺した、といわれる。

小アグリッピナの悪女ぶりには念が入っていて、息子ネロを皇帝にしたことをかさに着て女帝のようにふるまい、ネロの政治に何かと嘴を入れようとしたので、ネロは近衛長官ブルスや師傅《しふ》セネカの協力を得て阻止。アグリッピナはクラウディウスと先妻メッサリナの息子ブリタニクスと結ぼうとしたが、ネロがブリタニクスを殺し、のちの皇帝オトの妻ポッパエアを愛人とすると、ネロを酒に酔わせ母子相姦を犯すという非常手段に出たことは前章でも紹介した通り。激しい自己嫌悪に捕らわれたネロは、ポッパエアの唆《そそのか》しによってアグリッピナを船に乗せて船ごと沈めようとし、失敗すると刺客を送って殺させた。逃がれられないことを自覚したアグリッピナは下腹部を露わにし、「ネロが生まれたここを突け」と命じた、という。

こういう帝室の女たち、とりわけ彼女たちの悪を集約した感のある小アグリッピナのありようはセネカの悲劇の女主人公たちの性格づくりに大きな影響を与えたはずだ。そもそもセネカは政治的権力を得るに当たって、アグリッピナの恩恵を蒙っていた。カリグラ帝に嫉まれコルシカに流されていたセネカを召喚し、ネロの師傅としたのはカリグラに代わったクラウディウス帝の妃となったアグリッピナだったからだ。しかも、クラウディウスが毒殺され、ネロが帝位に即くと帝の後見役となり、ネロの政治に影響力を揮おうとするアグリッピナをネロから遠ざけようと諮った重要なひとりがセネカだった。

そのセネカもやがて近衛長官ブルスが死に、佞官ティゲリヌスが後任に就くと、引退に追い込まれる。いつ死の命令が降ってくるかの不安を鎮めるために、ギリシア悲劇の世界をラテン語化することで生きなおすことを、セネカが思いつき実行したとすれば、そこで自分が追放の身から引き上げてもらったにもかかわらず、結果的に死に追い込むのに力を貸したことになるアグリッピナを悼む気持が湧きあがり、その人格の記憶がセネカ版メデアの性格に反映したろうことは、じゅうぶんに考えられよう。

セネカ版メデアの独自性はすでに作品冒頭、エウリピデス原作ではまず乳母が登場するところに、メデア自らが登場しての科白に強烈に表われている（小林標訳、『セネカ悲劇集1』京都大学学術出版会・西洋古典叢書所収）。

メデア　結婚の契りを司る神々と、夫婦の寝床をお守りくださる
ルキナさまにお祈り申します。また、海を征服させんと
世界最初の船を御する術をティピュスに教えられた女神に、
底深い海を手荒く支配なさる神に、
さらにはこの世にまぶしい光を分け与えくださる太陽神にもお祈り申します。
［中略］
復讐の女神たち、今こそ、今こそお出ましください。
うごめく蛇の髪持つ忌まわしきお顔で、
黒煙ふりまく松明を血まみれの手でつかみ、
お出ましください。かつてわたしの新婚の床に立ちはだかって脅かした、
あのときと同じように。夫の新しい妻には死を与え、
舅も、王家に連なる一統も一人残らず滅ぼしてください。

メデアが館の中に退場した直後に登場する合唱隊は原作のコロスとまったく異なる。原作のコ

ロスは女性としてメディアに同情し忠告するのだが、セネカの『メデア』の合唱隊は王家の側に立ちメデアに対立する。このことにより地の果ての蛮夷の国から来て、寄り添って生きるはずの夫が土地の領主と縁組することで棄てられたメデアの絶対孤独を際立たせ、そのことがメデアをメデアたらしめる。合唱隊の退場の後、館から出てきたメデアと乳母との対話の中のメデアの「今からメデアになるのです」という宣言こそが、セネカ版メデアの独自性の宣言ではなかろうか。エウリピデスのメディアは男性支配社会の理不尽によってメディアにならせられたといえるが、セネカ版メデアは同じ理不尽によりつつも、自らの意志によってメデアになった、といえるのではないか。そして、その根には自らの意志によって悪女の権化アグリッピナになったネロの母后がある、といえるのではないか。

擬セネカ『オクタウィア』

『セネカ悲劇集』1・2（京都大学学術出版会・西洋古典叢書）に収められた十作品のうち、最も特異なのは『オクタウィア』だろう。特異な点は大きく二点、一つはローマ時代の演劇の二つのジャンル、クレピダタ劇（ギリシア演劇をもととしたいわば古典劇）・プラエテクスタ劇（当代ローマの歴史的事実に基づく歴史劇）のうち、現存する唯一のプラエテクスタ劇であること（もっともクレピダタ劇もセネカ作および存疑作以外残っていないのだが）。いま一つは古来セネカ作とされてきたが、どうやらセネカ作ではなさそうなこと。以上である。

しかも、『オクタウィア』はプラエテクスタ劇の中でも特異な作品のようだ。共和政時代から帝政時代までに書かれたプラエテクスタ劇の断片から推測するに、プラエテクスタ劇はローマ建国の神話かそれに準ずる英雄的行為を題材として書かれたもので、歴史劇であるとしても悲劇とは別の範疇に属するものだ。ところが、『オクタウィア』は歴史劇というかたちを取ってはいるが、むしろ悲劇という方がふさわしい。そんな理由からセネカの悲劇の一つとされ、セネカの悲劇作品たちとともに生き延びて今日まで伝わったのだろう。

『オクタウィア』を悲劇として立たしめているものは何か。女主人公および彼女を囲む登場人物たちの、神話以上に神話的なありようだろう。セネカ作品の拠るギリシア悲劇の主人公たちはヘロス（↓ヒーロー）と呼ばれる。もと共同体の首長をさすこの呼称は、のちに共同体の維持のために生命を献げる英雄という精神的意味を帯びることになる。その代表はトロイア戦役においてギリシア方の勝利のための犠牲になるアキレウスであり、ギリシア方の勝利ののちトロイア方に味方する海神ポセイドンのギリシア方への憎しみを一身に受けて海上をさすらうオデュッセウスだろう。

このヘロスの概念をさらに深めたのが悲劇詩人たち。アイスキュロスの代表作『オレステイア』三部作の主人公オレステスは母クリュタイムネストラと姦夫アイギストスに謀殺された父アガメムノンの復讐のために母を殺し狂気に陥る。母殺しの狂気の息子がなぜヘロスなのかと私たちは訝しむが、息子たる者は殺された父の報復のためには相手が母だろうと殺さなければならないという共同体の古い掟の具現者と考えれば、説明が付く。またソポクレスの代表作『オイディプス』の主人公オイディプスは知らずに実の父を殺し実の母を妻として王となり、共同体に厄災を齎《もたら》し果ては自ら両眼にピンを立てて盲目になるが、これも父への反撥によって自立し母への愛を通過して伴侶を得る息子のありようを負の窮極点において引き受けたと考えれば、理解できる。

このヘロス（↓ヒーロー）の女性版はヒロインということになろうが、ヒロインの好例はソポクレスのやはり傑作の誉れ高い『アンティゴネ』だろう。彼女は父オイディプスの死後、共同体の支配権を争った兄弟ポリュネイケスとエテオクレスが共に死んだのち、反逆者とされたポリュネイケスの屍を葬ろうとして捕えられ地下牢で自ら生命を絶つ。これも共同体の掟と肉親への情との相剋を女性ながらに体現した犠牲者と考えられる。擬セネカの悲劇『オクタウィア』の女主人公オクタウィアはアンティゴネの流れを汲む人物類型と考えられるが、オクタウィアの背負う状況は歴史的事実でありながら、神話のアンティゴネのそれよりはるかに複雑かつ深刻だ。

オクタウィアは帝政ローマ第四代皇帝クラウディウスとその三番目の妻メッサリナのあいだの娘だが、度外れた淫行の廉《かど》で母が殺された後、皇妃となった小アグリッピナの画策によりその連れ子のネロと結婚させられ、父皇帝を毒殺される。第五代皇帝となったのはクラウディウスの実子であるブリタニクスではなく、義子のネロ。皇女オクタウィアと結婚することで皇帝となったネロは、なにかにつけてオクタウィアに冷たく当たる。また自分を皇位に即《つ》けた母アグリッピナとも対立。対抗のためアグリッピナがブリタニクスに近づくと、ブリタニクスを毒殺。アグリッピナが窮余の一策としてネロを酔わせ母子相姦に及ぶと、母を殺し妻を追放の果て殺す。ネロの母殺しと妻追放殺害には愛人でのち皇妃となるポッパエアの唆《そそのか》しがあった、とされる。

事実は小説より奇なりというが、この場合は事実は神話より奇なり。その奇の拠って来たるところは、形の上では共和政都市国家ローマを踏まえた帝政世界国家の無理から起きる矛盾頽廃が極限に達したことにあろう。しかし、その矛盾頽廃の血しぶきの中に毅然と立つヒロイン、オクタウィアの姿は、ただひとり汚辱に染まることなく神々しいとさえ見える。その神話的ありようを際立たせるため、作者は登場のはじめから科白を神話的修辞で飾る（木村健治訳、前掲書）。

オクタウィア　はや輝く曙の女神アウロラが、さまよう星々を
天空から追い払い、
太陽神ティタンが髪の毛をきらめかして昇り
世界に明るい日の光を返しています。
（自分自身に向かって）
さあ、かくも多くの不幸の重荷を担ったおまえは
すでに習慣となってしまった嘆きを再開し、
海の翡翠《かわせみ》となったアルキュオネの嘆きにも負けず、
鳥となったパンディオンの娘の嘆きをも凌《しの》ぐがよい。
おまえの運命はこの人たちよりも厳しいのだから。
お母さま、いつもわたしの涙をさそうお方、
わたしの不幸も、もとはといえばあなたから。
娘の悲しい嘆きをお聞きください、

もしも冥界にあっても感覚というものがあるならば。
いっそ、年老いた運命の女神クロトが、その手で
わたしの命の糸を断ち切ってくだされぱよかったものを、
あなたの傷口と、恐ろしい血にまみれた顔を
わたしが見て、嘆き悲しむ前に！
ああ、永遠にわたしにとって不吉な夜よ、
しかし、あの時以来、闇よりも光のほうが
さらに厭わしいものとなりました。

乳母が登場して夫への融和の勧めと不信との長い対話がつづき、二人が退場した後の合唱隊の歌が神話的意味付けの仕上げをする。

合唱隊　たった今、何という噂が耳に届いたことでしょう。
そんな噂など偽りとわかって、何度繰り返されたとしても
むだで、信用されませぬように。
皇帝陛下のご寝室に新しい奥方が
入ったりせず、クラウディウスさまのお子が

奥方として先祖代々のお館を守っていかれますように。
平和の証であるお子をお産みになって、
世界が静かにそれを喜び、そして
ローマが永遠の栄光を保ちますように。
尊きユノーが兄君ユピテルのご寝室を共にされたのです、
皇帝の妹君が寝室を共にされているのですから
どうして父の宮廷から追放されねばならないのですか。

皇帝クラウディウスの皇女オクタウィアは、法律上の兄ネロの妻となることで、兄ユピテルの妻となったユノの高みに上る。しかし、皇帝となったネロは法律上の妹オクタウィアを妻としながら、大切にしないのみか新しい妻を迎えるために追放を企てることによって、ユピテルの位置に価しない。たしかにユピテル（＝ゼウス）は浮気を繰り返しはする。けれども、最後にはかならず正妻ユノ（＝ヘラ）に許しを乞う。それはひょっとしたら、土着の女神ヘラに婿入りしたかたちの外来の神ゼウスの謙《へりくだ》りかもしれない。ところが、ネロは皇帝クラウディウスの外から来た息子であり、皇女オクタウィアの外から来た夫でありながら、オクタウィアに対して謙るどころか追放の果ての殺害までを考えているのだ。
オクタウィアとネロの断絶を際立たせるためにか、作者は舞台上でオクタウィアとネロとを一度も出会わせない。オクタウィアの対話の相手は乳母であり合唱隊、ネロの対話の相手は側近セネカであり親衛隊長である。擬セネカ作の『オクタウィア』にセネカ自身を登場させたのは作者の発明だが、もう一つのさらに驚くべき発明はネロによって殺された母アグリッピナの亡霊の、松明《たいまつ》を持っての登場だろう。

アグリッピナ　大地を割って、冥界から、わたしは歩み出てきました、
血みどろの手に、この罪深き婚礼のため、冥界の松明を持って。
この炎に照らされて、ポッパエアはわが息子と結ばれ、
結婚するがよい。母の恨みと復讐の手が、この炎を
すぐに悲しみの火葬の薪に点火することだろうから。
［中略］
わたしが小さいおまえをこの世の光に出して育てる前に、
いっそ、野獣がわたしのお腹を裂いてくれればよかったのに。
そうすれば、おまえは罪を犯すこともなく、感覚もなく、無邪気なまま
わたしのものとして死んでゆけたのに。わたしにぴったりと寄り添って、
永遠に、冥界の静かな席で、
祖先や父上、名高き方々を眺めておれたものを。

それが今、こういう方々を待ち受けているのは、恥辱と永遠の嘆き。
それもみな、忌まわしい者よ、おまえとそんなおまえを産んだわたしのせい。
どうして、わたしは冥界に顔を隠すことをためらっているのだろう、
継母であり、妻であり、母であり、身内にとって呪われ者のわたしが。

結局この作品において、セネカの登場は歴史劇としての現実性に資し、アグリッピナの亡霊の登場は悲劇としての神話性を深めている、ということになろうか。その現実性と神話性の交錯の中、オクタウィアはむしろ昂然と、追放と死の運命へ自ら突き進む。

オクタウィア　わたしもまた陰鬱な冥界と亡霊のいるところへ、
ほらごらん、猛々しい暴君によって送られます。
［中略］
（兵士に）
おまえたちの死の脅《おど》しなど恐くはない。
船の出帆準備をするがよい、海と風に向かって
帆を張り、船の舵取りに一路
パンダタリア島の岸辺を目指して船を進ませるのです。

セネカ『アポコロキュントシス』

悲劇作品しか残っていないことで、セネカを非喜劇的人格者と規定してしまうことは、早とちりというものだろう。セネカは喜劇自体は書いていないが、喜劇的作品がないわけではない。ただし、プラウトゥス的でもテレンティウス的でもなく、セネカ的というほかない、かなり屈折した散文、わが国の文学史に当て嵌めれば江戸期の戯文に近かろうか。しかし、はるかに毒がある。題して『アポコロキュントシス——神君クラウディウスのひょうたん化』。

この奇怪な作品は次のように始まる（ペトロニウス作『サテュリコン』国原吉之助訳、岩波文庫に付録として所収）。

いま新しく始まった幸運隆盛の世紀の初年度の十月十三日という日に、いったい天上界で何が起ったか、私は記録にとどめておきたいと思う。

ここには怨《うら》みつらみも依怙贔屓《えこひいき》もいっさい入りこむ余地はないであろう。そのように今から述べることは真実そのままである。

そもそもどうして私がこれを知ったのか、と誰かが尋ねても、まず第一に、私はその気にならないかぎり答えるつもりはない。誰が私に無理強いできるだろうか。あの人が、そうだ、「この世に生れたら王様か阿呆になることさ」という俗諺《ぞくげん》の真実性を証してくれたあの人が、天寿をまっとうしてこの世を去って以来、私は自由になったことを知っているのだから。

この言挙げはすでにかなり屈折しているといわなければならない。「私」つまり話者であるセネカは、「新しく始まった」「世紀の初年度の十月十三日に」「天上界で」「起った」ことを「記録にとどめておきたい」と言い、「今から述べることは真実そのままである」と宣誓する。ところが、その根拠、つまり「どうして」「これを知ったのか、と誰が尋ねても」「答えるつもりはない」と宣誓を自ら裏切る。

さらに「誰が私に無理強いできるだろうか」と言う。無理強いできるはずの人、「『この世に生れたら王様か阿呆になることさ』という俗諺《ぞくげん》の真実性を証してくれたあの人が、天寿をまっとうしてこの世を去って以来、私は自由になったことを知っている」からとうそぶく。このうそぶきは話者セネカの有頂天さから発している、と思われる。

セネカの有頂天さとは何か。「あの人が」「この世を去って以来」自分が「自由になった」ことにほかならない。その有頂天さはセネカにまっ赤な嘘を吐かせる。「あの人が、」「天寿をまっとうし」たという嘘だ。では、「真実」はどうだったのか。セネカのいう「十月十三日」の「天上界」の前に地上界で「何が起ったか」、信用するに足る第三者のいうところを聞かなければなるまい。たとえばスエトニウス著『皇帝伝』第五巻クラウディウスより（国原吉之助訳、岩波文庫）。

クラウディウスが毒殺されたことは、誰もが一致して認めている。しかしどこで誰が毒をもったかとなると、諸説紛々《ふんぷん》である。

ある伝えによると、カピトリウムの城砦《じょうさい》で、聖職者と一緒に聖餐をとっていたとき、試食係の宦官《かんがん》ハロトゥスの手で、毒が与えられたという。別伝によると、カエサル家の夕食会でアグリッピナ自身が与えたと。彼女はきのこに毒をもり、この種の料理が大好物であったクラウディウスに差し出した。

その後の経緯《いきさつ》についても、いろいろの説がある。多数説によると、クラウディウスは毒を飲むとすぐ口がきけなくなり、一晩中悶え苦しみ、夜明け頃に息を引きとったと。別説によると、クラウディウスは初め意識を失い、やがて食べた物を口から戻し、みな吐き出してしまったので、再び毒を飲まされた。そのとき、衰弱した体を回復させるには食物が必要だといって、パンがゆの中に毒がもられたのか、それとも、お腹が張って苦しいとき、このような空腸法で楽になると言って、灌腸《かんちょう》器を通じて毒が注入されたのか、不明である。

クラウディウスの死去は、後継者についてすべての段取りがととのうまで隠されていた。その間、いかにもまだ病床の彼のために必要であるかのように、健康回復の祈願式があげられ、さらに表面を取りつくろい、病人の希望をかなえて喜ばせるためと言って、喜劇役者が邸内に呼びこまれた。

クラウディウスは、アシニウス・マルケルスとアキリウス・アウィオラが執政官の年（五四年）、十月十三日にこの世を去る。行年六十四歳で、治世十四年目であった。

流刑地コルシカからアグリッピナに呼び戻されてネロの師傅《しふ》となっていたセネカが、『アポコロキュントシス』を書いた時点で、クラウディウスの死の真相を知らなかったわけはない。その急逝がネロを帝位に即けるための毒殺だったことを糊塗するための国葬の際のクラウディウス追悼演説も、その後のアウグストゥスの原点に返る旨宣言した元老院での処女演説も、もちろん演説者はネロだが起草者はセネカ。主謀者アグリッピナから事実を打ち明けられていたろうし、殺害に関与していた可能性もなしとしない。喜劇役者を呼びこむなどの小細工は、ひょっとしたらセネカの発案かもしれない。

皇帝暗殺を隠すための小細工としての喜劇役者の呼びこみは、すくなからずグロテスク。このグロテスクは『アポコロキュントシス』のグロテスクに通じる。推測ついでにいえば、『アポコロキュントシス』自体、暗殺隠蔽のつづきかもしれない。そして推測どおりとすれば、喜劇役者呼びこみの意図がばればれのように、『アポコロキュントシス』発表の意図もばればれ。じつはセネカにとっても、そしてネロやアグリッピナにとっても、そんなことはどうでもよかったのかもしれない。とにもかくにもクラウディウスは死に、ネロは即位し、アグリッピナは母后に、セネカは新帝顧問になったのだから。

セネカの有頂天は世間周知の先帝暗殺を「天寿をまっとうし」たと言ってのけるところにも現われている。もっともこの有頂天の理由は他にもある。この戯文が朗読されたのが、その年十二月十七日から三日つづくサトゥルヌス祭の最中だったろう、と推測されているからだ。古代ローマではこの期間は奴隷にさえ主人に対する悪態が許される馬鹿騒ぎの祝祭で、宮廷サロンでそれを朗読したセネカも、聞いたネロやアグリッピナやその取り巻きたちも、祝祭に付きものの狂躁気分の中にあったろう。

その狂躁気分の中でセネカは、クラウディウスが「天寿をまっとうし」たと言った舌の根も乾かぬうちに、「クラウディウスは断末魔にのぞみ、まだ死への出口を見つけられないでいた」と前言を翻してはばからない。「そのとき神々の使者メルクリウスは、つね日頃からクラウディウスの才智を大いにこころよく思っていたので、運命の女神の三姉妹パルカたちの一人をわきへ連れてゆき、こう言った。『残酷非道な女よ。あのもだえ苦しむ哀れな人間を見ていて、どうして平気の平左でおられるのか。あんなに長い断末魔の苦悩はとまらんのか。〔後略〕』」。

言われた彼女すなわち「パルカたちのひとり」「クロトは」「醜悪な紡錘《つむ》で糸をくるくるとまき

取り、／愚鈍な命が王位にいた長さだけをぷつりと断った。／一方ラケシスは［中略］／雪のごとき羊毛から輝かしい純白の糸をとりだし、／幸先よき指先でさばくとたちまち、その糸は新奇な色を呈した。／運命の姉妹神たちは、この割り当てられた分量に驚嘆する」。その驚嘆すべき分量の糸とは、新帝ネロの治世の長さにほかならない。セネカはクラウディウスの気の毒な死を茶化す一方で、長命の予祝でちゃっかりネロに阿《おもね》っているのだ。

「クラウディウスはたしかに命をごぼごぼと吐き出し、その瞬間から生きていたふうをやめたのである」。しかし、セネカの揶揄はそこで終わらない。「この世で聞かれた彼の最後の言葉はこうだった。［中略］『ああ、情けなや。どうやら私はうんこで汚れたようだ』［中略］そのあと地上で何が起ったか、そんなことを述べることはむだである。あなたがたがよく承知のことだ。［中略］天界で起ったことを聞いてもらおう。この話の信憑性については、これを私に告げてくれた人が責任をもつだろう」。

とど、クラウディウスは神になりたがっている者として、天上界の元老院で神々の裁判にかけられる。最後に意見を求められた神君アウグストゥスは神となって以来はじめての発言の結論として「神君クラウディウスは［中略］数えきれないほどたくさんの人を殺したがゆえに、厳しく処罰されること、彼の判決には執行を猶予する期間が与えられないこと、できるかぎりすみやかに彼を追放し、天上界から三十日以内に、オリュンポスからは三日以内に退去させることが私には妥当と思える」と提案する。大勢が賛成し「メルクリウスは、クラウディウスの襟首《えりくび》を乱暴につかむと天上界から［中略］冥界へ引きずってい」く。

冥界の裁判官アイアコスは、クラウディウスに「底に穴のあいた賽筒《さいづつ》で賽子遊《さいころ》びをするように命じ」、クラウディウスの先帝カリグラの要求に応じて、彼にクラウディウスを与える。「カリグラはこれを自分の解放奴隷メナンドロスに譲渡した。この者の上告審受理係とさせたのである」。つまり「クラウディウスは生前と同様、死後も解放奴隷に屈し法律上の仕事に従い、そのあいまに底に穴のある賽筒を振るという罰を受けたことになる」（訳注）。

このしつこさは「ここには怨《うら》みつらみも依怙贔屓《えこひいき》もいっさい入りこむ余地はないであろう」という言明にもかかわらず、セネカのクラウディウスへの私怨に発していることは明らかだ。それは前妃メッサリナによって下された死刑をクラウディウスによって減刑されて流刑となったコルシカから、クラウディウスお気に入りの解放奴隷ポリュビオスを通して、阿諛を尽して嘆願したにもかかわらず、聞き入れられなかったという私怨である。この私怨のしつこさによって『アポコロキュントシス』は喜劇的を通り越してグロテスクに到っている。それは彼の悲劇が悲劇を通り越してグロテスク劇に到っているのと一般だろう。

ところで、『アポコロキュントシス』によって予祝されたネロの治世はどうなったか。当初の五年こそセネカと近衛長官ブルスの補佐を得て善政をおこなったかに見えたが、二年目にはクラウディウスの実子ブリタニクスを毒殺しており、その四年後母アグリッピナを暗殺、さらに三年後に妻であるクラウディウスの娘オクタウィアを離婚、また二年後のローマの大火は後世ネロの放火とされる。翌六五年には三年前から引退していたセネカに自殺を命じ、三年後の六八年にはネロ自身が自殺に追い込まれ、その治世は足かけ十五年で終わる。

セネカの最期はタキトゥス『年代記』に詳しい。その人生の閉じようは立派としか言いようがないが、立派を通りすぎてグロテスクなまでに劇的ともいえる。ところで、セネカの作品の多くが「性来キリスト教的魂」の持主の著作として奇蹟的に残った理由だが、ローマ大火の罪を着せられて処刑されたキリスト教徒と同じく、セネカもネロの暴政の犠牲者と見做されたことも大きいのではないか。『アポコロキュントシス』にかこつけていえば、キリスト教の神にというより「運命の女神の三姉妹パルカたち」に愛された幸福な人物というべきではなかろうか。

ペトロニウス『サテュリコン』I

暴帝ネロの足かけ十五年の治世（在位五四―六八）は前後、二人の文人で特徴づけられる。前半がセネカ（前四頃―後六五）ならば、後半はペトロニウス（?―六六）。しかし、二人のありようはおよそ対蹠《たいせき》的だ。セネカがネロの師傅《しふ》で政治顧問だったのに対して、ペトロニウスは「優雅の判官」、ありていにいえば遊びの指南役的立場だった、といわれる。ネロの強制による二人の死にかたも、似ているようでいてそれぞれにその人らしい。タキトゥス『年代記』から引こう（国原吉之助訳、岩波文庫）。

セネカは泰然自若として、遺言の書板を要求する。百人隊長がこれを拒絶すると、セネカは友人のほうを向いて、こう誓った。「いま私は、諸君の懇情に対して感謝の意を表明することを禁じられた。そこで、たった一つ残っているもの、しかし最も気高い所有物を遺贈したい。それは、私がこの世に生きた姿だ。もし諸君がこれを記憶の中にしまっておかれるなら、忠実な友情の報酬として、徳の名声をかちとるだろう。」それから、彼は友人の涙ぐむ気持を抑えるかのように、あるときは、くだけた会話調で、あるときはきびしい語調で話しかけ、友人の気力を奮いたたせた。

「諸君は哲学の教えを忘れたのか。不慮の災難に備えて、あれほど長いあいだ考えぬいた決意はどこへ行ったのか。ネロの残忍な性格を知らなかったとでもいうのか。母を弑《しい》し、弟を討ったら、師傅《しふ》を殺す以外に何も残っていないではないか。」

彼はこういった内容の話を、まるで一般の聴衆を相手にしているかのように講義した。それから妻を抱き、そのときの毅然たる彼の気持にそぐわぬような、いくぶん和らいだ態度で、こう妻を諭《さと》して励ました。「悲しみをおししずめるのだ。一生それを背中の荷物としないように。むしろ徳に捧げた夫の生涯を静かに思い出して、それから清い慰めを見いだすがよい。そして夫との死別に耐えるようにしなさい。」

パウリナはこれに対し、「私も死ぬ覚悟でいます」ときっぱり誓って、血管を切る執刀医の手を請うた。セネカは、妻の凜々しい覚悟に不賛成ではない。のみならず、愛する妻をただ一人あとに残して危険な目にあわすには、あまりに彼の愛情は強かった。「さっきは、人生を慰める方法をお前に教えた。しかしお前は、生きるよりも、名誉ある死を択んだ。立派な手本を示そうとするお前の決心に水をさす気はない。もし二人とも同じように冷静にこのような毅然たる最期をとげるなら、お前の終焉はいっそう照り映えるだろう。」

それから二人は同時に、小刀で腕の血管を切り開いて、血を流した。セネカは相当年をとっていたし、節食のため痩せてもいたので、血の出方が悪かった。そこでさらに足首と膝の血管も切る。激しい苦痛に、精魂もしだいにつきはてる。セネカは自分がもだえ苦しむので、妻の意志がくじけるのではないかと恐れ、一方自分も妻の苦悶のさまを見て、今にも自制力を失いそうになり、妻を説得して別室に引きとらせた。最期の瞬間に臨んでも、語りたい思想がこんこんと湧いてくる。そこでセネカは写字生を呼びつけ、その大部分を口述させた。

＊

そのころ、たまたまカエサルはカンパニア地方を旅行していた。そして、ペトロニウスはクマエまで随行して、そこで足留めをくったのである。もうこうなってからは、ぐずぐずと不安や希望をのばすことに我慢できなかった。もっとも、一気に生命をやっかい払いしたのではない。血管を切ってから、気の向くままに流れ口を閉じたり開いたりし、そのあいだ、ずっとペトロニウスは友人と閑談する。それは真面目な話題ではなかったし、そうした話をして沈着冷静の名声を求めようともしなかった。彼が耳を傾けたのは、霊魂の不滅とか哲学の教義などを説教する人にではなく、ばかばかしい歌やふざけた詩句を興ずる人に対してであった。奴隷のある者には惜しみなく物を施し、ある者には鞭を与えた。

饗宴の席に横臥すると、眠気をもよおすままに気儘にまどろんだ。強制されたとはいえ、できるだけ自然に往生をとげたように見せたかったのである。遺言附属書の中にも、死に臨んだ人がたいてい陥るような、ネロとかティゲッリヌスとか、そのほかの権力者に対するあの佞言《ねいげん》を記さなかった。それどころか、カエサルの破廉恥な行為を、稚児《ちご》や女の名とともにあげ、一つ一つの愚行の新奇な趣向を詳しく述べ、それを封印してネロに送った。それから、彼の死後に、犠牲者をつくるため使用されないように、自分の指輪を壊した。


対比で浮かびあがってくるのは、二人とも当時の自殺の習慣に従って医師立ち会いのもと血管を切り開いて血を流しながら、セネカが些かならず芝居掛かりなのに対して、ペトロニウスが自然体なことだ。いや、つとめての自然体というべきかもしれない。思うにペトロニウスは一年前のセネカの死にざまを聞き知っていて、ああいう道学者ぶった死にかただけはしたくないものだ、と期するところがあったのではないか。だから、死の日に善友たちを集めてストア派哲学者の最期を演じてみせたセネカと違って、ペトロニウスは悪友たちと馬鹿話に興じて絶息までの時間を過ごしたのではないか。

ペトロニウスの死にざまはとまれ、生きようはどんなだったのか。これもタキトゥスに聞こう。

〔ガイウス・〕ペトロニウスについては、生前までさかのぼってもう少し眺めてみたい。なにしろ昼日なか眠って、夜を仕事と享楽に生きた人であるから。他の者なら、さしずめ精励恪勤によるところを、この人は無精でもって有名となった。資産を食いつぶした人によく見かけるような、大食漢とか放蕩者としてではなく、贅沢の通人として世に聞えていた。彼の言うことなすことは、世間の因襲にとらわれず、なんとなく無頓着に見える場合が多かっただけに、いっそう快く、天真爛漫な態度として受けとられた。

それにもかかわらず、ビチュニアの知事として、ついで執政官として、彼は精力家であり、そしてそのような任務によく耐えうる人物であることを証明した。それから後、再び悪徳の生活にもどり、というより背徳者をよそおって、ネロのもっとも親しい仲間にはいり、趣味の権威者となる。こうしてあらゆる歓楽に飽きたネロは、ペトロニウスがすすめたもの以外は何も、心を引くものとも粋《いき》なものとも考えなくなる。

これがティゲッリヌスの嫉妬を刺激した。ペトロニウスを競争者と、いや快楽の知識にかけては優越者と見てとった。それで彼は、その前にはあらゆる情熱も膝を屈するもの、すなわち元首の残忍性に訴えた。「ペトロニウスはピソの共謀者スカエウィヌスの友人でした」と非難し、証人として、ペトロニウスの奴隷を一人買収する。その他の奴隷はみな牢獄に閉じ込め、主人を弁護する手段を奪った。

引用の中でピソとあるのはガイウス・カルプルニウス・ピソ。ローマの名門の出で、三代カリグラ帝に追放されたが四代クラウディウス帝の時に復権、補欠選挙で執政官に選ばれている。容貌と弁論に卓れ人好きのする開放的な人柄のため、貴族から一般市民を巻き込んだ反ネロの大陰謀の首領に祭りあげられ、しかし優柔不断から折角の好機を逃がし、自分はもとより多くの共謀者を落命させた。セネカも、ペトロニウスも、ピソの乱の、言い換えればピソの不決断の犠牲者になったわけだ。

ただ、セネカは数年前に自ら申し出てネロの政治顧問役から引退しており、甥の詩人ルカヌスが大陰謀に深く関わっていたことから、率先して関わらないまでも理解を示していた可能性は否定できないが、セネカの後ネロの側近として、ただし政治顧問ではなく遊び指南役的立場にあったペトロニウスが陰謀に加わっていたとは考えられない。この人生の達観者にはネロという個人を超えローマ人を超えて、人間そのものの本質的な堕落腐敗が見えていたのではないだろうか。

だからといってネロに阿《おもね》ったわけではないことは、タキトゥスが証言している。おそらくそれは死に臨んでだけのことではなかろう。ネロの遊びの指南役になったのも、たぶんネロの方からの招きであって、ペトロニウスから近づいたのではあるまい。招きに従って側近のひとりにはなったものの、政治向きには興味を示さず、遊びに関してのみ率直に意見を述べ、けっして追従することのないペトロニウスの態度を、むしろネロのほうで気に入っていたのではないか。

それでもネロの残忍さの犠牲になることは免かれなかった。自分こそネロの行動のすべての指南役でなければ気がすまない佞臣ティゲリヌスが、自分の地位を奪われる危険性を感じたからだ。しかし、ティゲリヌスの心配は杞憂だったとしなければなるまい。ネロの好む遊びのうち、彼の最も好んだのは残忍な遊び、すなわち他者をできるだけ残忍な方法で死に到らしめることであり、何ら自ら心に咎めるところもなくネロをその行為に駆り立てることができるのは、ティゲリヌスだけだったからだ。すくなくとも同じことができたにしても、ペトロニウスはそうすることを好まなかったろう。

趣味の権威者ペトロニウスは一つの広翰な作品を残した。伝えられるところによれば全十六巻の大長篇小説だったらしいが、現存するのは最後の三巻の抜粋のみ。残存部分を見る限りでは、主人公エンコルピウスと友人アスキュルトスという学生くずれと覚しい二人の若者、それにエンコルピウスの愛童役の奴隷少年ギトンが、作品の上には姿を現わさない何者かに追われて、南イタリアの海沿いに放浪の旅をつづける筋立てになっている。

題名の『サテュリコン』は Satyricon Libri すなわち「サテュロス（のように好色の無頼漢）たちの物語の（十六?）巻」の略で、その五分の四が散佚している現在では、単に「サテュリカ」（Satyrica、サテュロスたちの物語）と呼ぶのが正しかろうか、という。「サテュリカ」という題名の語形は、先行するギリシアの恋愛物語『ポイメニカ』（=牧人の物語、ロンゴス作）、『エペシアカ』（=エペソス物語、クセノポン作）、『アイティオピカ』（エティオピア物語、ヘリオドロス作）などをなぞっていて、それらのパロディーであることを示している（『サテュリコン』岩波文庫版の国原吉之助解題による)。

つまりセルバンテスの『ドン・キホーテ』が先行する騎士物語群のパロディーであるのと同じ意味で、『サテュリコン』は先行する恋愛物語群のパロディーだと考えていいのだろう。だからといって、『ドン・キホーテ』が先行する騎士物語群より劣ることにならないのと同じく、『サテュリコン』も先行する恋愛物語群よりつまらないことを意味しない。どころか、その自由な諷刺精神は当時のローマ社会の負の部分をあっけらかんと描くことによって、千数百年後のヨーロッパ文学の一分野、ピカレスク(=悪漢小説)の驚くべき早い先駆となりえている。『ドン・キホーテ』の作者セルバンテスがピカレスク短篇の傑作『リンコネーテとコルタディーリョ』の作者でもあることを、思い出しておこう。

ペトロニウス『サテュリコン』Ⅱ

ネロ朝という帝政ローマでも最も血なまぐさい時代が末期に産んだ稀有の悪漢小説《ピカレスク》『サテュリコン』の発端がどうだったかは、まったくわからない。原本が甚しい損傷を蒙ったと覚しく、げんざい残っているのは全十六巻の最後の三巻の抄録にすぎないらしい、と推測されているからだ。現存分の五倍を超えるのが原本の分量だった、といわれる。十六世紀ののちのセルバンテス作『ドン・キホーテ』の正篇・続篇併せた長さといえばよかろうか。

小説の始まりはおそらくはローマ帝国の原点であるローマ、あるいは筆禍の可能性を避けて擬似ローマの地方都市、はじめからプテオリだったかもしれない。そこから「ぼく」と名告る主人公エンコルピオスが無為徒食好色の、ときには小銭稼ぎの悪事を働いて地方都市を流浪するのがあらすじだろうが、どこをどう辿って現存部分まで辿り着いたかは不明、最初からアスキュルトス、ギトンとの三人旅だったかも不明である。すくなくともアスキュルトスに関しては、現存部分の途中からいなくなって、以後エウモルポスとの三人旅になることを考えれば、途中から登場した可能性もある。とすれば、アスキュルトス以前に三人旅の一人を構成した人物が何人かあったことも考えられよう。

しかし、とりあえずは残存部分の三人旅の構成者を、岩波文庫版（国原吉之助訳、前掲書）本文前の「登場人物」を引き写すことで紹介しよう。

エンコルピオス……主人公で語り手でもある放浪学生。「抱かれる人」というギリシア語の意味のとおり、どんな男女にも身をまかす無節操な男。プリアポス神を冒瀆して不能の罰を受け、泥棒、詐欺、食客などでその日暮らしをしながら、司直の手から逃げまわっている。

ギトン……女のような十六歳の巻き毛の美少年。エンコルピオスの稚児。その名はギリシア語の「隣人《ゲイトン》」にちなみ、男女から言い寄られるとたちまち隣人となる。エンコルピオスと似合いのカップル。

アスキュルトス……エンコルピオスの同伴者であったが、ギトンをめぐって喧嘩別れをする。「決してへこたれない人」という意味のギリシア語の名前どおり、巨大な一物を持つ図々しいすれっからし。

エウモルポス……作品の後半で、前半のアスキュルトスにかわって、エンコルピオスらとトリオを組む好色な老人。「甘くうたう人」の意味のギリシア語の名のとおり、いつでも詩を作り朗唱する狂気じみた詩人。

さて、小説の残存部分は残存部分のゆえに唐突に始まる。そこは現在のナポリに近いギリシア風の港市プテオリ（現ポッツォリ）の逍遥柱廊で、たぶん彼がその地でかりそめに籍を置いた修辞学校の教師アガメムノンに対してエンコルピオスが、帝政の定着によって存在理由のなくなった修辞学校の授業の馬鹿馬鹿しさについて述べたて、これに対してアガメムノンが長々しい諷刺詩入りで反論する。構成の上ではその間に相棒のアスキュルトスにどろんをきめこませ、エンコルピオスに追わせるためにすぎまいが、この修辞学的議論の応酬があることによって、悪漢小説が同時に成長小説の趣を呈する。さよう、この小説は悪漢小説の姿を借りた成長小説、あるいは逆に成長小説の体裁を取った悪漢小説ともいえる。

どろんをきめたアスキュルトスは、エンコルピオスの追いつかない間に、エンコルピオスの稚児のギトンを誘惑していた。ギトンは誘惑の手を逃れたというが、真実は知れたものではない。ギトンとどのつまり二人の放浪学生は怪しげな財産を二つに分けて旅仲間関係を解消するが、ギトンという財産をどちらが取るかの段になって、ギトン自身に選ばせると、エンコルピオスの思惑に反して、ギトンはアスキュルトスを選んでのけるからだ。

だが、その前にトリマルキオンの饗宴について述べなければなるまい。修辞学校教師アガメムノンが三人を導いた、解放奴隷上がりの大富豪の破天荒な贅を尽しているると同時に、めためたに人間臭い宴会である。そこではこれでもかと言わんばかりに趣向を凝らしたご馳走の椀盤振舞《おうばんぶるまい》のあげくに、主人公が稚児に愛情を披瀝したことが原因で、主人公と奥方のお里が知れる大立回りがおっぱじまる。同じ解放奴隷上がりの仲間夫妻の執り成しで夫婦喧嘩はなんとか収まる。

ところで、椀盤振舞のさなかトリマルキオンは自らの墓碑銘案を披露して、潸々《さんさん》と涙を流す。奥方のフォルトゥナも泣き、仲裁者のハビンナスも泣き、奴隷たち全員が号泣し、エンコルピオスまでが貰い泣きをする。そこでトリマルキオンが言った言葉は、この混沌とした大小説のキイワードと言ってもいいのではなかろうか。

「そうだ。わしらはみんな死ぬ運命にある。そうとわかっとるならどうして精一杯生きようとせんのか。わしはみんなの幸福そうな姿が見たい。さあ浴場へ飛びこもう。太鼓判をおすさ。きっと後悔はせん。風呂は竈《かまど》のように熱くなっとるぞ」

カラカラ公衆浴場址からもわかるように、古代ローマ人の浴場好きは知られるとおり。そこは市民共通の憩い、社交、淫行、しばしば犯罪の場でもあった。それはまたローマ市、さらには広くローマ世界の比喩とも読めよう。そこはとめどのない快楽への期待につねに竈のように熱くなって、人間の飛びこむのを待ち構えていた。さてこそ、三人はアガメムノンの導くトリマルキオンの饗宴という竈に飛びこみ、そこがぬるくなったので別の竈へと逃げ出し、前述の仕儀で喧嘩別れをし、アスキュルトスはギトンとずらかり、エンコルピオスは一人ぼっちの悲哀を味わうというわけだ。

もっとも、エンコルピオスとギトンとはよくよくの腐れ縁、あるいはそうでなければ話が続かないためか、二人はまたしてもめぐり逢い縒《よ》りを戻す。ところがそれに先立ってすでにご案内の好色な老へっぽこ詩人エウモルポスが現われ、アスキュルトスに代わるライヴァルとなってギトンを狙う。しかし、彼にはまた前段のアガメムノンに当たる役回りもあって、二人を当面の危難から逃れさせるべく船に導く。この船中のごたごたはあたかも前段のトリマルキオンの饗宴のくだくだに当たる。

乗ってみると、その船の船主であるタレントゥムのリカスと主客の婦人トリュパイナとは、エンコルピオスとギトンとがかつて不始末（どんな種類の不始末かは現存部分ではわからないが、相手を激怒させるに足る背信行為だったことは確か）をしでかして、逃げまわっている当の相手だということがわかる。二人はこのことをエウモルポスに打ち明け、エウモルポスは雇い人の床屋に二人の頭と眉を剃らせ、額を馬鹿でかい文字で埋め尽す。ところが、船酔いで甲板に出た船客のひとりがこの異様な髪剃り風景を見てしまう。

いっぽう、リカスとトリュパイナはべつべつに夢のお告げを受ける。リカスにはプリアポス神が汝の捜しているエンコルピオスはこの船中にいると告げ、トリュパイナにはネプトゥヌス神がお前は追っているギトンをリカスの船の中で見付けるだろうと宣《のたも》う。そこに例の船客がその二人こそ船中で厳禁の不吉な行為、つまり髪を剃らせていた連中だと叫ぶ。二人は引き出されて笞打たれ、エンコルピオスでありギトンであることが明白になる。

ギトンへの情欲が残っているトリュパイナは許すことに傾くが、手ひどい仕打ちが忘れられないリカスは、二人を海神への生贄にするといって聞かない。エウモルポスはさまざまな詭弁を弄して、ついに和解に持っていく。ところが一天にわかにかき曇り、嵐となる。甲板に出たリカスはエンコルピオスに救いを求めるのもむなしく、海に吹き飛ばされ、激浪の渦巻に呑まれてしまう。死ぬ時は一緒と帯で縛りあわせたエンコルピオスとギトンは漁師たちの小舟に救われる。この期に及んでも船底に羊皮紙を拡げて詩作に余念のないエウモルポスもなんとか救われる。

陸に運ばれた三人は翌朝、海岸に流れついたリカスの死体に出くわす。その時エンコルピオスの発したリカスへの哀悼の言葉は、前段のトリマルキオンの言葉にもまして、切々とひびく。

「リカスよ、お前の怒りはいまいずこ。お前の癇癪玉はどこへ行った。だって、いまここに、お前は魚や獣の前に餌食として投げ出されているではないか。少し前までお前はおのれの支配力を誇示していたのに。難破したとき、あんなに豪勢な持ち船の中から板切れ一枚も意のままにできなかったとは。

よろしい。死すべき人間よ、汝の胸を深慮遠謀で満たすがよい。慎重にやるがよい。奸策で手に入れた財産を千年間預けておくもよかろう。当然、リカスは昨日おのれの財産を殖やす計算をしていたろうに。もちろん、故里《ふるさと》へ帰る予定日も心の中で決めていたはずだ。神々よ、女神たちよ。彼は今、おのれの望んだ目標からいかに遠く離れて横たわっていることか。しかし人間にこうした背信行為を見せるのは、なにも海だけではない。武器もそれで戦う人を裏切る。神々に誓願した品を奉納している人すら、おのれの家の崩壊で下敷きになるのだ。旅を急ぐ人も乗り物から落ちて息を絶つ。食欲が貪欲な人の喉をつまらせ、吝嗇が節食する人の首をしめる。あらかじめ上手に計算していても、いたるところに難破が待ちうけているのだ。

なるほど高波にさらわれた人に墓はないかもしれない。いずれ滅び去る肉体を、水か火か自然死か、そのうちどれが根絶やすかがいかにも大問題であるかのように人は言う。しかしお前がどのような手段《てだて》をほどこそうと結果はすべて同じことさ。でも海獣が死体を食いちぎるではないかと、まるで火に焼き殺された方がまだましのように言う。しかしわれわれが奴隷に腹をたてるとき、火炙りの刑こそもっとも重い懲罰だと思いこんでいるではないか。要するに、死後われわれの肉体がいかなる部分もあとに残らないように八方手をつくすことなど、狂気の沙汰だ」

リカスを葬った三人は昔イタリアで最初に建てられたたいへんに由緒ある町、すなわちイタリアという長靴の底の海岸に前七一〇年頃ギリシア人が建て、たびたびの戦火で荒れ果て、最終的に前一九四年にローマ人が入植したクロトン（現クロトーネ）に辿り着く。

この町が遺産狙いに満ちていることを知って、一行は新手《あらて》の悪だくみを思いつき実行する。エウモルポスがつい最近跡取り息子をなくして嘆きの種の町を棄ててこの町にやってきた、アフリカに広大な農地と莫大な奴隷を持つ病気がちの老人で、他はその奴隷というふれ込みで町に入る。遺産狙いたちは恩恵に与ろうと競って贈りものをし、一行は何不自由なく暮らす。

ここにキルケという、下層の男に情欲を燃やす上流婦人が登場し、奴隷に扮したエンコルピオスに言い寄る。ところが肝腎の場面でプリアポス神の呪いが現われて、エンコルピオスはインポテンツになってしまう。誇りを傷つけられたキルケは下女を通じて、エンコルピオスを汚い老女祭司の許に送り込み、エンコルピオスはさんざんな目に遭う。財産狙いたちの贈りものも先細りというところで、小説の現存部分は突如断ち切られる。一行はどうなるのか。人間誰もにいずれ訪れる破滅にむかって、新たな快楽の竈に飛びこんだにちがいない。

アプレイウス『黄金のろば』Ⅰ

『サテュリコン』のほぼ百年後、二世紀後半に書かれたとされる通称『黄金のろば』ASIMUS AUREUS（邦訳は上巻呉茂一訳、下巻呉茂一・国原吉之助訳、岩波文庫）は、古代ローマの小説の中で唯一、無瑕で残った幸福な作品といぅ。本来の題名は“METAMORPHOSES”、変身物語ということになろうか。

作者の名はアプレイウス。彼の他の著作から次のようなことが知られている。一二三年頃、北アフリカのマダウロスの旧家（あるいは『対比列伝』その他の著名なギリシア語著述家と同じくプルタルコスを家名としたかともいわれる）に生まれ、生地で初等教育を、ついで北アフリカ最大の都市カルタゴ、根強い学芸の中心地アテナイ、ローマでも諸学を学んだ。家が彼に望んだのはもちろん官界での出世だろうが、彼は文芸や哲学により強く惹かれたもののようだ。

成学後は社会的見聞を広めるとの名目の下に、その実は飽くなき好奇心の赴くままに、イタリア、ギリシア、アジア、つまり生地のアフリカを加えれば、当時の彼らの考える全世界の主要な地のほとんどを旅した。その途次、地中海世界に広く蔓延していた魔術や、ことに神秘宗教にかなり深く関わったらしい。あるいはそれは『黄金のろば』と同じくギリシアはコリントス市外港ケンクレアイでのことだったかもしれない。

その後、彼はいったん故郷マダウロスに帰るが、未知の土地への好奇心止みがたく、プトレマイオス時代のエジプト帝国旧都アレクサンドリアを目指した。ところが途中オエア（現トリポリ）で発病し床に就いた。その折世話になったのが、アテナイでの同学でオエアの有力者の息子シキニウス・ポンティアヌスの家庭で、アレクサンドリアへの旅に誘ったのもシキニウスではないか、ともいわれる。

シキニウスは病身で、母親のプデンティラは未亡人だった。そこで、シキニウスはアプレイウスにプデンティラとの結婚をしきりに勧め、ついに二人は結婚した。それに安心したのか、しばらくしてシキニウスは亡くなった。そうなると治まらないのは、四十歳過ぎとはいえまだじゅうぶんに魅力的なプデンティラとその財産をかねて狙っていた身内の男たちで、アプレイウスが魔法でプデンティラを誑《たぶらか》して結婚し、邪魔者のシキニウスを毒殺した、と告発した。

この時役に立ったのが弱年から各地で修めた修辞学・法律学などの学問で、弁論と反証事実によって告発者たちをうち敗かし、妻とその財産を確保した。親からの遺産を長年の遊学で蕩尽したアプレイウスのこと、プデンティラの財産に魅力を覚えなかったとはいえまいが、年齢の差を超えて親友の母親に異性としての愛情を抱いたことも事実だろう。勝訴後は妻を伴なって故郷に帰り、ローマ帝国西部においてはローマ市の姉妹都市と呼ばれ、殷賑を極めたカルタゴに移り住み、教育、市政、弁論、著述に縦横に活躍し、アエスクラピウス大神殿祭司の名誉職にも即いた、という。

さて、『黄金のろば』はアプレイウスの生涯のいつごろ、どんな動機で書かれ、文学史的にどういう位置を占めるのか。書かれた時期については弱年からの放浪遍歴の記憶もなまなましいまだ若い時期から、回想を愉しみとする晩年までさまざまな説があるが、妻を得てカルタゴに落ちついたあたりとするのが妥当かもしれない。とすると、執筆動機は長かった放浪遍歴に自ら決着を着けて意味付けをおこなうということだったか。あるいは、カルタゴで教育に当たった相手の青少年たちへの人生案内の教科書として書かれたということも考えられなくはない。

その文学史的位置については、『黄金のろば』なる通称が手がかりになるようだ。じつはアプレイウスとほぼ同時代にシリアに生まれて活躍したギリシア語著述家ルキアノス（一二〇頃―一八〇頃）の著作に擬せられる『ルキオスあるいはろば』という作品があり、その本《もと》にパトライのルキオスなる著述家の、いまは失われた『変身物語』という著作の二巻までのろば変身譚があったらしいことが確認されている。とすれば、アプレイウスがルキオスの『変身物語』ろば変身譚を読んでそのアイディアを借り、そのことの記念あるいは言い訳にルキオスのラテン語読みルキウスを主人公としたと考えることは、不自然ではなかろう。

ただそれはあくまでもアイディアを借りたということで、そのアイディアを骨として、そこに自分の体験なり、人間観・世界観を注ぎ込んで、渾然《こんぜん》たる独自の作品を拵《こしら》えあげた、と評価すべきだろう。アプレイウスの意識としてはもっと古く、ホメロス以来の文学伝統を踏まえた作との自負があったのではないか。そのことはたとえば『黄金のろば』本文中の次の条《くだ》りに窺うことができよう。

考えて見ますと、あの古い詩を書いたギリシアの神の如き詩人が、比類ない賢者を描きたいと発心して、その詩の主人公が多くの町を彷徨し、世の人をつぶさに観察して始めて最高の徳を勝ち得た、という風に書いたのもむべなるかなと頷かれます。今でも私はあの頃のろばを回想して、本当に有難く思い感謝しているのです。それもろばが私を被い隠してくれ、いろいろの運命を体験させ、もっと思慮深くさせてくれなかったとはいえ、多くの事柄を学ばしてくれたのですから。

ここで「ギリシアの神の如き詩人」とはもちろんホメロス、「あの古い詩」とは叙事詩『オデュッセイア』、「比類ない賢者」「その詩の主人公」とはオデュッセウス、ラテン名ウリッセスのこと。そういえば『オデュッセイア』第十一書には、漂着した島で島の主の魔女キルケによってオデュッセウスの部下たちが豚に変身させられ、オデュッセウスの願いで人間に再変身させられる挿話がある。それ以上に、第十四書以下は故郷イタケに帰還したオデュッセウスによるクレテ出身の漂着者と偽っての、言い換えれば変身しての復讐譚とも読める。そして、このオデュッセウスの漂着者に変身しての人間観察にこそ、ルキウスのろばに変身しての現実観察のお手本がある、と言ってもよかろう。

オデュッセウスの変身譚以前には、ギリシア神話の豊富な変身譚があり、さらにそのはるか前にはさまざまな動物たちの頭部を持つエジプト神界の神々があろう。ろばのルキウスがろばから人間のルキウスに戻り、イシスとオシリスの秘儀の慈悲に与るのは必然の道行ともいえる。ところで小説とか物語とかいうものの起源の重要な一つは、ひょっとしたら古代宗教の最終秘儀に与るまでの修業過程にあるのかもしれない。とすれば、変身物語も、成長小説も、悪漢小説も、同じ一つのものの異なる顔ともいえる。『黄金のろば』の本《もと》には『オデュッセイア』もあれば、オウィディウスの『変身物語』も、ペトロニウスの『サテュリコン』も、ルキアノスやルキオスも、音に名高いミレトスの物語類もあるだろう。

その事情を巻の一の冒頭で作者は次のように言う。

さてこれから、私が御存じのミレトス風な物語に種々さまざまなお噺を織りあわせ、御屓《ひい》負《き》にして下さる皆さんのお耳をたのしいさざめきでうっとりさそう、というわけなのですが、まずそれにはこのナイル河の葦筆《カラモス》で事細かに記しあげたエジプトの書巻を折角御覧《ろう》じ下さりませと斯《しか》く。いろんな人物の姿や身の上が、ほかの形に変えられてから、また今度は順ぐりに旧の相貌に還りつくという、不思議な話をまあ聴いて下さい。

では始めるとして、この男、作者は一体どういう人間か、手短かに申し上げれば、あのアッティカのヒュメーットス山、コリントスのイストモス、スパルタのタイナロス岬、こういった名誉の土地、それ以上にも名誉な書物で永遠に伝えられている、その国が私の古い故郷なんでして。そこでまず子供時分の最初の課業にアッティカの言葉を覚え込み、それから間もなくローマの都へと学問をしに罷り出ていろいろと苦労し、手引きをしてくれる師匠もなしに、地つきのラテンことばを勉強にかかったという次第なのです。

されぱこそいま、私としたことが異国のしかも公け場所の言葉づかいに、もしやはしたない物言いでもして失礼申し上げました折には、平に御容赦おき下さるよう予てお願いいたしておきます。

いやもう実際、この言語をギリシアとラテンと取り換えましたは、ほんに曲馬で走っている馬から馬へと飛びうつる術と同じこと、これから取りかかろうという話の振りにも対応してるわけなのでして。つまりこれから始まるのはギリシア仕立ての物語。さあ皆さん、聴いて下さい。面白いことは請け合いましょう。

テッサリアへ、というのは私どもの母方の先祖がもともとそこに住まって、あの有名なプルータルコスやその甥に当る哲学者セクストゥスを出したため、世にも知られ我々の自慢の種にもなってますので——そのテッサリアへ私が所用で出かけた折のことでした。

作者は自分の故郷をアテナイだと仄めかし、最初ギリシア語を覚え、のちラテン語を学んだと言っているが、これはげんざい知られているアプレイウスの伝記的事実と異なる。なぜこんな操作をしたのかということだが、これは読者を作者がカルタゴで教育に当たった青少年に当ててみると、わかりやすい。ローマ帝国西部第二の大都市に住む青少年にとっては、これから読む小説の主人公がギリシアで生まれギリシアの町々を遍歴するという筋立のほうが、興味を持ちやすいということになろう。

さて、その主人公ルキウスが故郷のアテナイからギリシア北部の大州テッサリアのヒュパテに赴く。その途次、道づれになった男のテッサリアでの体験談からして、この小説が奇譚のてんこ盛りであることを予告させる。ルキウスは目指す町に着くと、知人からの紹介状をもってミロオなる資産家を訪ね、そこに寄留する。ところがミロオは極めつきの吝嗇で、妻のパンフィレエは若い様子のいい男にはやたら惚れっぽく、しかもその男が自分の意に添わないと石とか羊とかに変えてしまう魔女だとの評判が高い。その家にはフォオティスという若い女中がいて、ルキウスは若い同士、たちまち深い仲になって、夜から朝まで接吻と抱擁を繰り返す。同じ町には同族でルキウスの母親の親友、赤んぼの頃のルキウスを可愛がった婦人ピュラエナが名家に嫁いでおり、ミロオ夫人の奸計に嵌まらないよう忠告する。

しかし、ルキウスはほかならないその魔法に一方ならぬ好奇心を持ち、実際に出会うことが今回の逗留の秘かな目的なのだから、ピュラエナの親身の忠告もかえって仇。深い仲のフォオティスに、パンフィレエの魔法の現場に立ち会わせてくれと頼み込む始末で、まさにやぶへびというほかない。そして、その機会はあんがい早く訪れる。パンフィレエがボイオティアから来た若い男に惚れ込み、魔法の力で惹き寄せようとしたがうまく行かず、業を煮やして自分で男の所へ飛んでいくことになったからだ。

フォオティスの手引きでその現場を見たルキウスは、パンフィレエ変じた耳木菟《みみずく》の飛び去ったのを見澄まし、フォオティスをせかして盗み出させた塗膏を裸に塗りたくり、鳥になるつもりが、フォオティスの間違いからろばになってしまう。そこからろばになったルキウスの遍歴が始まるというわけだ。

アプレイウス『黄金のろば』II

深く馴染んだ小娘フォオティスの手ちがいから、鳥にならずろばになってしまったルキウスだが、人間に戻る手だてがないわけではなかった。フォオティスの科白《せりふ》によれば「……でも有難いことに、元の姿に帰るのには、とてもらくな手当で十分なのよ。だって薔薇《ばら》の花をたべるだけでもって、ろばの形からすぐさま、元どおりのルキウスさまになれるんですもの」というわけだ。

フォオティスはつづけて言う。「まあほんとうに今日夕方にいつもどおり、花環をいくつかこさえておくとよかったのにねえ、そうしたら、たった一夜でもこんな様子で辛抱なさらなくても済むわけでしたが。でも夜が明け次第、すぐと大急ぎで手当をしてさしあげますから」。しかし、運命は二人の思いどおりにはことを運ばせてくれない。

とりあえず厩に行ったろばのルキウスを待っていたのは、自分に従順なはずの愛馬と宿主のろば、そして馬の世話係の小僧のひどい仕打で、その最中、押し入って来た偸盗《どろぼう》の一味によって、馬ともう一頭のろばともども、盗品運搬用にしょっ引かれる。途中、小庭の中に咲いた薔薇に近づくが、ここで人間に戻っては魔法使いと疑われ、また将来訴えられる怖れから殺されるにちがいない、と思いとどまる。

やがて連れて行かれた山塞に、別の一味が近在の豪家の娘らしい美少女を拐《さら》ってくる。彼らが新手《あらて》の仕事に出かけた後、山塞には少女と留守居の婆さんとろばのルキウスとが残される。悲運を嘆く少女を叱りつける婆さんは、思いなおして少女を慰める話を始める。巻の四の終わりから巻の六の終わり近くまで続く「クピドとプシケの物語」（呉訳ではクピードーとプシケー）で、愛と魂の寓話として名高いこの劇中劇的な物語は本篇同様、ひょっとしたら本篇を超えて、ルネサンス以後のボッカチョからペイターに至る名だたる文人たちに愛されつづけてきた。

その筋をかいつまめば次のとおり。むかし或る国の王と王妃に三人の美しい姫があった。とくに末の姫プシケの美しさは格別でウェヌス女神以上との評判が立った。治まらないのはウェヌス女神で、息子のクピドに姫がこの世で最も卑しい男とこの上なく激しい恋に落ちるようにしてほしいと頼みこむ。いっぽう姫には、あまりに美しいせいか、姉の二人の姫が近くの王と結婚して相応な生活を楽しんでいるのに引き替えて、結婚の申し込みもない。

困った王と王妃はミレトスのアポロンの託宣を伺う。「すると、アポローンはギリシアのしかもイオニアの神様ですけれど、このミレトス物語の作者のために、ラテンの言葉でこう御託宣なさいました」と作者は物語作者としてのサーヴィス怠りない。「高い山の嶺《いただき》に、王よ、その少女《おとめ》を置け、死に行く嫁入りの、粧いに飾らせて。また婿として人間の胤《たね》から出た者をでなく、荒く猛しく蝮《まむし》のように悪い男を待ち設けるがいい。翼をもって虚空を高く飛行《ひぎょう》しあるき、万物を責め、焔と剣をもってすべてのものを痛め弱らす男、その者をユッピテルさえも懼れ、神々も彼には恐れをなし、諸川も、三途の河《ステュクス》の暗闇さえも怖気《おぞけ》をふるう男なのだ」というのがその神託。

神託に抗うわけにはいかず、両親は姫を山頂に捨てさせる。泣き伏す姫を優しい西風が運んで、谷の花野に下ろす。泣き寝入りに眠っていた姫が目を覚ますと、目の前の木立の中に壮大な宮殿がある。吸い込まれるようにその中に入った姫は、その宮殿の女主人として姿は見えず声だけの侍女たちに傅《かしず》かれる。

夜の臥床の闇の中に見えない良人《おっと》が入ってきて優しく囁く。しかし、夜が明ける前にいなくなってしまう。そんなもの足りない倖せの日々に、妹のその後を案じた二人の姉が訪ねてくる。二人は妹の倖せそうな様子に持前の嫉妬心を起こし、姿を見せない良人とはいずれお前を取って食う化け物に違いない、正体を突きとめなければ、と唆《そそのか》す。心配になったプシケが突き止めたのは、姉たちの邪しまな想像に反して、美しい若者の裸身。しかし、愛する妻の裏切りに良人クピドは飛び去ってしまう。

良人を捜しての苦難の旅の果て、プシケは怒りに燃えるウェヌス女神の前に引き出される。ウェヌスは侍女に命じて憎い嫁をさんざ虐めさせたあげく、いのちがけの難題をつぎつぎ申しつける。途方に暮れるプシケの前に毎回さまざまな助けが現われ、とどのつまりにはクピドが大神ユピテルへの懇願に飛び、大神の裁きによってプシケは晴れてクピドの花嫁となり、「喜悦《よろこび》」という名の娘を産む……という次第。

なぜ主人公ルキウスの変身遍歴譚に、全体のバランスも壊しかねない、こんな長々しいお伽話が挿入されているのか。冒頭、ルキウスのヒュパテへの旅の途次、道づれになった男の体験談が以後の奇譚のてんこ盛りの先ぶれの役をしているのと同様、このお伽話はろばとなったルキウスの以後蜿蜒とつづく苦難の遍歴の果ての幸福な結末を予告しているのではあるまいか。もちろん、女性のプシケが男性のルキウスの先駆け、男神の大神ユピテルが女神イシスの役回りという、変化が付けてありはするが。

閑話休題、婆さんの長々しい「クピドとプシケの物語」の後、偸盗たちがまたぞろ新手の悪事に出かけたのをさいわい、ろばのルキウスは少女を乗せて逃亡する。しかし、帰ってくる偸盗どもに出食わしてしまい、ろばのルキウスも少女もむごい方法で殺されることになる。ところが、そこにトラキア出身の盗賊ハムエスなる屈強な若者が出現、二千枚の金貨を偸盗どもに与えて、首領に祭りあげられる。新首領は少女を殺すより売りとばして金にすることを提案し、ついでにろばのルキウスも殺されることを免かれる。

じつは盗賊ハムエスとはまっ赤な嘘で、正体は少女の許婚者《いいなずけ》のトレポレムス。彼は偸盗たちに新しい首領と部下の固めの宴のための酒と家畜を調達してこさせ、料理をつくって振舞い、大杯の酒を配る。酒の中には強《したた》かな効き目の眠り薬が仕込んであったので、偸盗どもは眠りこんでしまう。彼らを一網打尽に縛りあげ、少女をろばのルキウスに乗せて、故郷へ凱旋する。トレポレムスとカリテ（というのが少女の名）とは晴れて結婚。ろばのルキウスは花嫁の生命の恩人ということで、自由の身となって放牧されるべく、別当の手に渡される。

尋常ならここでめでたく大団円というところだが、話はそう簡単には収まらない。それというのも、作者の意図はろばとなったルキウスの目を通して人間世界の善悪ごった煮の真実をあばき出し示すことにあるのだから。そんなわけで、花嫁・花婿のろばのルキウスへの善意は、運命の女神《フォルチュナ》の悪意によってみごとに裏切られる。別当の貪欲な妻に石臼を挽かされ、牧場では種馬たちに苛《さいな》まれ、牧童に鞭打たれて材木を運ばされ、殺される寸前まで追い込まれる。

いっぽう、倖せなはずの花嫁・花婿のうち、まず花婿が恋仇《こいがたき》に殺され、事の顚末を知った花嫁が恋仇の両眼を刺して盲目にした上で後追い自殺、恋仇も前非を悔いて夫婦墓の前で自殺する、という超悲劇が起こる。牧人どもは今度はどんな主人に従《つ》くことかと、ろばのルキウスを含めた家畜どもに荷を積んで逃げ出し、さんざんな苦難の旅ののち、ろばのルキウスはいかがわしいシリア女神の信徒一行に買い取られ流浪する。一行は悪事が露見して土牢にぶち込まれ、ろばのルキウスは正直な粉屋に買い取られる。

しかし、粉屋の女房は驚くべき性悪女で、さんざ浮気をした上、三下り半を出されたのを逆恨みし、魔法使いに粉屋を殺させる。ろばのルキウスはこんどは貧しい畠作人《はたさくにん》に売られる。流転はつづき、その過程で、善き金持の三人息子と金持自身が理不尽にも滅ぶさまや、ある後妻が義理の息子への邪しまな恋慕の果てに義理の息子を毒害するつもりが、医者の調合したのが睡眠薬だったことから後妻の罪だけが露見した顛末などを見聞きする。そしてついには、夫がめぐり逢った妹を可愛がるのを愛人と勘違いして酸鼻を極めた方法で殺しあまつさえその夫や娘、毒薬を調合した医者夫妻まで殺した女囚と、共寝の見世物に出されるところまで転落。この見世物を見た群衆が激昂してどんな獣をけしかけるか、知れたものではない。この恐怖がろばのルキウスを命がけで逃走させ、コリントス人の植民地ケンクレアイまで到着させる。ろばのルキウスは疲れ果てて人気のない海岸の窪地で昏々と眠る。

「最初の夜番の頃」「突然の恐怖から目を覚ますと、丁度その時満月が皎々《こうこう》と輝いて、海の波間から昇ってくるところ」。「この暗い夜の静寂《しじま》を一人でしみじみと味っているうち」、ろばのルキウスは、「あの高貴なお生れの月の女神は、至高の権力を握」り、「人間の世界のあらゆる事象がその女神の摂理によって支配され」、「野獣や家畜から生命なき物質に至るまで、女神の聖なる御光に育くまれ、聖なる御心に守られて、生きているのだ」と覚り、「猛然と跳ね起きて体を清めたい一心で、海水の沐浴を行い」、「全能の女神に向い、顔を涙に濡らして」「祈」る。ふたたび睡魔に襲われたろばのルキウスの前に女神が「神々しいお姿を現し」託宣を下す。

「ルキウスよ、私はお前のお祈りに大変心をうたれてここに参りました。私は万物の母、あらゆる原理の支配者、人類のそもそもの創造主、至上の女神、黄泉の女王、天界の最古参にして、世界の神々や女神の理想の原型。［中略］太陽神が朝生れたての光線を寝床の上に輝かせるエティオピアの人々と、学問の古い伝統にかけては世界に冠たるエジプトの人々とは、いずれも私にふさわしい儀式を捧げ、私の本来の名前でもって、イーシスの女王と呼びならわし尊んでいます。かく申す私が、今迄のお前の不幸に同情し、お前の味方となり慰めてあげようと思ってやってきたのです。だからルキウスよ、涙を拭き泣くのはもうおよしなさい。悲嘆をさっぱり流しなさい。

今や私の力でお前を救う日が、到来したのです。そこで私の申し渡す命令を心して聞くのですよ。この夜の次に生れる日は、昔から私の儀式がとり行われて参った日です。明日という日は、冬の嵐が静まり、荒れ狂っていた海の波も和ぎ、船出に適しい日とされているので、司祭たちは私に新しい船を奉納して、人々の海上の取引が無事であるようにと、私の加護を祈ります。お前はそのお祭を別に心配をしなくても良いが、敬虔な気持でお待ちなさい。

と申すのも一人の司祭が私の指図に従い、お祭の行列の中心を歩み、右手には振鈴《シストルム》に絡ませた薔薇の花環を持っています。それでお前は少しも臆することなく、群衆を押し分けて、決然とその行列に近寄り、私の恩寵を信じきって、丁度その司祭の手に接吻するよう見せかけて、すぐ側から礼儀正しく、その薔薇を捥ぎ取るのです。［後略］」

この「機械仕掛の神《デウス・エクス・マキナ》」さながらの突然の女神の顕現と主人公の信仰生活への没入は何を意味す

るのか。後世から文学史・宗教的に見て、ろばのルキウスの放蕩流転の日々に象徴される、帝政ローマ市民たちの破戒無残な時代の後に到来する信仰の時代、具体的にはキリスト教時代の予告になっているのではないか。もちろん、そこに出る女神イシスはキリストの母マリアの予告。そのことが、この異教の変身物語が信仰回心譚として中世キリスト教世界で大切にされ、無傷で残るという幸運に恵まれた理由ではないか。

『ウルガタ』 I

げんざい世界に残るラテン語文献のうち、大半はキリスト教関係か、すくなくともキリスト教の影響を受けたものだろう。多神教だったローマ帝国が、異教だったキリスト教を受け入れて公認したミラノ勅令が三一三年、ローマでのキリスト教国教化が三九二年。以来、近年の教皇回勅までのラテン文学の歴史は、ギリシア人奴隷リウィウス・アンドロニクスによるギリシア古典ラテン語訳発表の前二四〇年をラテン文学元年としてそれまでの六百数十年よりはるかに長いだけでなく、正統の地位に坐ったキリスト教が彼らのいわゆる旧来の異教文学を弾圧・破壊していったからだ。

キリスト教文献の中心はもちろん聖書。初期キリスト教の聖書のラテン語訳はさまざまにあり、ために混乱も生じたようだ。そのことは歴代の教皇の懸案となっていた模様で、第四十代(数えかたによっては三十七代)教皇ダマスス一世(在位三六六—三八四)は秘書で当時最高の碩学ヒエロニムス（三四二頃—四二〇）に改訂・改訳を命じ（三八二年）、彼が中心になって、諸訳間の不統一を校閲・整理した。その改訂・改訳の程度は新約と旧約とでは大きく異なる。

新約に関しては当時広くおこなわれていた「イタラ」と呼ばれる訳を部分的に修正したのみだったから、ダマスス一世在位のうちにほぼ終わったが、旧約についてはヘブライ語原典からの直訳を通したため、新約の場合より二十数年遅れて完成を見たという。これが一般に『ウルガタ』と呼ばれるローマ・カトリック教会の標準ラテン語訳聖書で、共同訳を意味する editio vulgata の略称である。

『ウルガタ』は中世を通じてラテン語を共通語とするヨーロッパのキリスト教会唯一の聖書として、以後のラテン学芸のみならず、ヨーロッパ文化へ与えた影響の大きさは計り知れない。『ウルガタ』翻訳作業期間と活動期間が重なるアウグスティヌス（三五四—四三〇）の場合はともかく、五世紀のボエティウス『哲学の慰め』から十三世紀のトマス・アクィナス『神学大全』、また近世の訪れを告げる十一世紀の『ケンブリッジ歌謡集』その他のラテン語俗謡も、『ウルガタ』なしでは成立しなかったろう。

さて、『ウルガタ』の基《もと》となった『聖書』なるものが、どういう性格のもので、どういう構成を持ち、それぞれどういう経過で形づくられていったのか、一とおり押さえておこう。まず、『聖書』という和訳名の原《もと》の英語の Bible はギリシア語 biblos の転じたもの。biblos とは紙の原料となる植物パピルスの茎の内皮のことだが、これから出た biblion の複数形が、紙を集めたものということから小冊子を指す普通名詞だったのが、初期キリスト教会に採用されて、書物の中の書物ということで、キリスト教の聖典を指す固有名詞 Biblia となったのだ。

キリスト教の聖典としての『聖書』は、イエス・キリストによる人類との新しい契約を意味する新約と、ユダヤ教の神ヤハウェによるユダヤ民族との契約を人類への古い契約と読み替えての旧約とから成るが、もちろん大切なのは新約である。さまざまなラテン語訳があったというのももっぱら新約のほうで、それだけ多く用いられたということにほかなるまい。その内容はマタイ、マルコ、ルカ、ヨハネの四福音書、使徒行伝、書簡、ヨハネの黙示録から成り、その基になっているのはキリスト教の名のゆえんであるイエス・キリストおよびその使徒たちの言行である。

イエスは当時の発音でイェーシュまたはイェーシュアと言い、ユダヤ人のあいだではごくありふれた名だ、という。ハスモン家ヘロデ大王の最晩年、前四年頃ガリラヤのナザレに生まれ、後二八年頃荒野にあって神の国の到来と悔い改めを説く洗礼者ヨハネに出会いその禁欲生活共同体に属したが、やがてそこを離れ、むしろ積極的に世俗の中に入っていく布教活動を始めた。イエスのヨハネと異なる点は、自分を精神病者・癩者・娼婦・取税人など、当時の最下層の弱者の中に置き、彼らの救済を通して神の国を実現しようとしたことだろう。

最下層の弱者の救済は上層の特権支配階級への批判ともなり、彼らの拠るエルサレムの神殿に上ったイエスは、神殿の現状を激しく非難した。危機を感じた支配階級は、イエスをユダヤの王を僭称する者として、ローマ帝国のユダヤ総督に訴えて反逆者に仕立てあげ、十字架磔刑に処せしめた。イエスが独自の布教を始めて二年足らず、イエスはまだ三十歳代に入ったばかりだった、という。

イエスの捕縛・刑死に当たって逃亡した弟子たちは、復活したイエスに出会うという信仰体験を通して、イエスをキリストと同一視し、ここにイエス・キリストを信仰対象とするキリスト教が成立する。キリストとは正確にはクリストス Christos。ローマ帝国支配下、存亡の危機に瀕していたユダヤ人たちが、民族の危機に現われると信じていた「油注がれた者」メシア、正確にはマーシアハのギリシア語訳である。生前のイエスは自らメシアと名告ったことは一度もないが、弟子たちはイエス刑死の理由である罪状を逆手に取り、イエスをメシア＝キリストとしたわけだ。

もちろんキリスト教におけるキリストは、ユダヤ人が伝統的に考えてきたメシアから一歩も二歩も進んでいる。ユダヤ人はメシアを、ユダヤ民族を他民族による支配から解放する者と考えてきたが、キリスト教はキリストを、ユダヤ民族のみならず人類全体の悪の支配からの救済者と捉え、その刑死をこの世に悪をもたらした人類の積み重ねてきた罪を代わって背負い、十字架上に死ぬことで贖《あがな》う犠牲行為と見做した。このことにより、キリスト教は民族宗教であるユダヤ教の一派であることを超えて、世界宗教へと変質したのである。

『聖書』のうち、とくに新約聖書は世界宗教、あえていえば人類救済宗教の自覚の下に個々に著された諸書を、くりかえし編集しなおすことで成立している。その内容を細かく並べれば次のとおり（平凡社『世界大百科事典』「聖書」の項、左近淑による）。

（1）福音書
『マタイによる福音書』
『マルコによる福音書』
『ルカによる福音書』
『ヨハネによる福音書』
（2）歴史書
『使徒行伝』
（3）手紙
a パウロの手紙
『ローマ人への手紙』
『コリント人への第一、第二の手紙』
『ガラテヤ人への手紙』
『エペソ人への手紙』
『ピリピ人への手紙』
『コロサイ人への手紙』
『テサロニケ人への第一、第二の手紙』

『テモテへの第一、第二の手紙』
『テトスへの手紙』
『ピレモンへの手紙』
b『ヘブル人への手紙』
c公同書簡
『ヤコブの手紙』
『ペテロの第一、第二の手紙』
『ヨハネの第一、第二、第三の手紙』
『ユダの手紙』
（4）黙示文学
『ヨハネの黙示録』

『マタイによる福音書』以下の福音書は、和訳では旧く『マタイ伝福音書』以下、伝福音書と訳されたが、一般的な意味での人間生涯の伝記ではない。イエスをキリストとして信仰する者の、キリストとなったイエスへの観点から、ひるがえってイエスの生涯を辿る伝記である。それもイエスの死後、弟子たちそれぞれの記憶により個々に語りつつ伝道したイエスの言行の、時を経た記録だから、各福音書間で微妙なずれを生じている。

「マタイ伝福音書」は次のように始まる（『聖書』については『ウルガタ』からの邦訳聖書も何種かあるが、広くおこなわれているとはいえ、一般には馴染みが薄いので、以下、引用は聖書協會聯盟『舊新約聖書』文語訳による）。

アブラハムの子、ダビデの子、イエス・キリストの系図。

アブラハム、イサクを生み、イサク、ヤコブを生み、ヤコブ、ユダとその兄弟らとを生み、ユダ、タマルによりてパレスとザラとを生み、パレス、エスロンを生み、エスロン、アラムを生み、アラム、アミナダブを生み、アミナダブ、ナアソンを生み、ナアソン、サルモンを生み、サルモン、ラハブによりてボアズを生み、ボアズ、ルツによりてオベデを生み、オベデ、エッサイを生み、エッサイ、ダビデ王を生めり。

ダビデ、ウリヤの妻たりし女によりてソロモンを生み［中略］バビロンに移さるる頃、ヨシヤ、エコニヤとその兄弟らとを生めり。

バビロンに移されて後、エコニヤ、サラテルを生み［中略］ヤコブ、マリヤの夫ヨセフを生めり。此のマリヤよりキリストと称《とな》ふるイエス生れ給へり。

されば総《すべ》て世をふる事、アブラハムよりダビデまで十四代、ダビデよりバビロンに移さるるまで十四代、バビロンに移されてよりキリストまで十四代なり。

律法を唯一無二の拠りどころとする正統ユダヤ教に真っ向から異議を称えたイエスの尤もらしい系図が、イエスの生涯の言行を記述した福音書の冒頭に出てくることに、後世の私たちは少なからぬ違和感を覚える。しかし、当時のユダヤ人たちにイエスがキリスト、すなわちメシアであることを説得するには、ユダヤ人が第一のメシアと崇めるダビデの血統であるというほかなかった。『マタイによる福音書』は四福音書の中ではとくにユダヤ人寄りの福音書なのだ。もちろん、その系図には何の信憑性もないこと、『ルカによる福音書』との人名の相違からも明らかだ。もう一つの違和感は系図につづく部分に対してのものだ。

イエス・キリストの誕生《たんじやう》は左のごとし。その母《はは》マリヤ、ヨセフと許嫁《いひなづけ》したるのみにて、未《いま》だ偕《とも》にならざりしに、聖霊《せいれい》によりて孕《みごも》り、その孕りたること顕《あらは》れたり。

夫《をつと》ヨセフは正しき人にして、之《これ》を公然《おほやけ》にするを好まず、私《ひそか》に離縁《りえん》せんと思ふ。かくて、これらの事を思ひ回《めぐ》らしをるとき、視よ、主《しゆ》の使、夢《ゆめ》に現れて言ふ『ダビデの子ヨセフよ、妻マリヤを納《い》るる事を恐るな。その胎《はら》に宿《やど》る者は聖霊《せいれい》によるなり。かれ子を生まん、汝その名をイエスと名づくべし。己《おの》が民をその罪《つみ》より救《すく》ひ給ふ故なり』すべて此の事の起りしは、預《よ》言者《げんしや》によりて主《しゆ》の云ひ給ひし言《ことば》の成就《じやうじゆ》せん為なり。曰く、

『視よ、処女《をとめ》みごもりて子を生まん。

その名はインマヌエルと称《とな》へられん』

之を釈《と》けば、神われらと偕《とも》に在《いま》すといふ意《こころ》なり。ヨセフ寝《ねむり》より起き、主《しゅ》の使の命《めい》ぜし如くして妻を納《い》れたり。されど子の生るるまでは、相知《あひし》る事なかりき。かくてその子をイエスと名づけたり。

この文脈に従えばイエスはマリヤの子ではあるが、ヨセフの子ではない。ヨセフの子でないイエスに、ヨセフの系図は何の意味も持たないではないか。

ここでは、父系であるユダヤ人の民族宗教の尖鋭な一派が世界宗教として発展していくために、当時の地中海世界で一般的だった母子神信仰を摂取していった過程が、目に見えるようだ。ただし、それはイエスの死後のことであって、イエス自身はそのことに関わっていない。イエス自身には人間がすべて神から出ているということを離れて、自らのみが神の子だという意識は皆無だったはずだ。

『ウルガタ』II

新約聖書、さらにはキリスト教成立の鍵は、じつは福音書より書簡群より『使徒行伝』に匿されているのではあるまいか。同時に『使徒行伝』は復活後のイエスのエルサレム近郊ベタニヤでの昇天から始まり、護送された使徒パウロのローマでの宣教で終わることにより、新約聖書全体をローマ世界に手渡す役目を担った、といえるのではないか。『使徒行伝』（聖書協會聯盟訳。この書の題はもともと「わざ」とのみあり、のちに「使徒たちのわざ」と呼ぶようになった。現行題『使徒行伝』は「使徒たちのわざ」を書物らしく調えたもの）第一章は「テオピロよ、我さきに前《まへ》の書《ふみ》をつくりて、凡そイエスの行《おこな》ひはじめ教《をし》へはじめ給ひしより、その選《えら》び給へる使徒《しと》たちに、聖霊《せいれい》によりて命じたるのち、挙げられ給ひし日に至るまでの事を記せり」と始まる。ここでいう「前の書」とは何か。

四福音書の一『ルカ伝』第一章は「我らの中《うち》に成りし事の物語《ものがたり》につき、始《はじめ》よりの目撃者にして、御言《みことば》の役者《えきしゃ》となりたる人々の、我らに伝へし其のままを書き列《つら》ねんと、手を著《つ》けし者あまたある故に、我も凡ての事を最初《さいしょ》より詳細《つまびらか》に推《お》し尋ねたれば、テオピロ閣下よ、汝の教へられたる事の慥《たしか》なるを悟《さと》らせん為に、これが序《ついで》を正《ただ》して書き贈るは善き事と思はるるなり」と始まり、『使徒行伝』第一章と「テオピロ」の名を共有する。「テオピロ」なる人のために書かれた前の書が『ルカ伝』、そして後の書が『使徒行伝』と考えて間違いなかろう。

すると著者は「ルカ」ということになる。おそらくはパウロの書簡『コロサイ人《びと》への書《ふみ》』第四章十四節に「愛する医者ルカ」といい、「テモテへの後《のち》の書」第四章十一節に「唯ルカのみ我とともに居るなり」という、パウロの同行者ルカがその人だろう、とされる。ラテン語訳聖書『ウルガタ』のもととなったギリシア語新約聖書のうち、『ルカ伝』と『使徒行伝』はとくに立派なギリシア語だという。ルカとは「光を与える」を意味するルカノスまたはルキオスの略ルカスで、『ルカ伝』『使徒行伝』でイエスの昇天までとその後の使徒の働きを述べた人にふさわしい名というべきだろう。『使徒行伝』の内容はおよそ次のとおり（『新聖書大辞典』キリスト新聞社による）。

序文とキリストの昇天
イスカリオテのユダに代わる使徒の補充、教会体制を確立
ペンテコステ（五旬節）の聖霊降臨
聖霊降臨直後のペテロの説教

教会生活の要約
ペテロとヨハネの活動
エルサレム教会の共産生活と使徒の活動。それに対するユダヤ当局の態度
執事の選任と使徒の本務
ステパノの殉教
ピリポによるサマリア伝道
ピリポのエチオピアの高官への伝道
サウロ（パウロ）の回心
回心直後のサウロの活動
ペテロによるヨッパその他の地方の巡回
ペテロのコルネリオに対する伝道一
ペテロのコルネリオに対する伝道二、異邦人中心のアンティオケ教会の成立
ヘロデの教会に対する迫害
アンティオケ教会の外地伝道一——パウロの第一伝道旅行
使徒会議（エルサレム会議）
アンティオケ教会の外地伝道二——パウロの第二伝道旅行
アンティオケ教会の外地伝道三——パウロの第三伝道旅行とエルサレム帰還

パウロの逮捕
パウロの弁明一（民衆に対して）
パウロの弁明二（議会に対して）
パウロに対するユダヤ人の陰謀と当局の態度
パウロの弁明三（ローマ当局とアグリッパ王に対して）
パウロのローマへの護送

このうち、とくに重要な事項を挙げれば、イエスの昇天、聖霊降臨、ステパノの殉教、サウロの回心だろうか。それぞれの箇所を次に列挙しよう（冒頭の数字は後の説明のために高橋が振った）。

1弟子たち集れるとき問ひて言ふ『主《しゅ》よ、イスラエルの国を回復《くわいふく》し給ふは此の時なるか』イエス言ひたまふ『時《とき》また期《き》は父おのれの権威《けんゐ》のうちに置き給へば、汝らの知るべきにあらず。然《さ》れど聖霊《せいれい》なんぢらの上に臨《のぞ》むとき、汝ら能力《ちから》をうけん、而してエルサレム、ユダヤ全国、サマリヤ、及び地《ち》の極《はて》にまで我が証人《しょうにん》とならん』此等のことを言ひ終りて、彼らの見るがうちに挙げられ給ふ。［一ノ六―九］

*

2五旬節《ごじゅんせつ》の日となり、彼らみな一処《ひとところ》に集《つど》ひ居りしに、烈《はげ》しき風《かぜ》の吹ききたるごとき響《ひびき》、にはかに天より起りて、その坐する所の家に満ち、また火の如きもの舌《した》のやうに現《あらは》れ、分れて各人《おのおの》の上《うへ》にとどまる。彼らみな聖霊《せいれい》に満《みた》され、御霊《みたま》の宣《の》べしむるままに異邦《ことくに》の言《ことば》にて語りはじむ。〔二ノ一―四〕

＊

3ステパノは聖霊にて満ち、天に目を注ぎ、神の栄光《えいくわう》およびイエスの神の右に立ちたまふを見て言ふ、『視よ、われ天開けて人の子の神の右に立ち給ふを見る』ここに彼ら大声《おほごゑ》に叫びつつ、耳を掩《おほ》ひ心を一つにして駆け寄り、ステパノを町より逐ひいだし、石にて撃《う》てり。証人《しようにん》らその衣《ころも》をサウロといふ若者の足下《あしもと》に置けり。かくて彼等がステパノを石にて撃てるとき、ステパノ呼びて言ふ『主イエスよ、我《わ》が霊《れい》を受けたまへ』また跪《ひざま》づきて大声に『主よ、この罪を彼らに負はせ給ふな』と呼《よば》はる。斯く言ひて眠《ねむり》に就《つ》けり。〔七ノ五五―六〇〕

＊

4サウロは主の弟子たちに対して、なほ恐喝《おびやかし》と殺害《せつがい》との気《き》を充《みた》し、大祭司にいたりて、ダマスコにある諸会堂への添書《そへがき》を請《こ》ふ。この道《みち》の者を見出《みいだ》さば、男女《なんにょ》にかかはらず縛《しば》りてエルサレムに曳かん為なり。往きてダマスコに近づきたるとき、忽《たちま》ち天より光《ひかり》いでて、彼を環《めぐ》り照《てら》したれば、かれ地に倒れて『サウロ、サウロ、何ぞ我を迫害《はくがい》するか』といふ声をきく。彼いふ『主《しゅ》よ、なんぢは誰ぞ』答へたまふ『われは汝が迫害するイエスなり。起《お》きて町に入れ、さらば汝なすべき事を告げらるべし』同行《どうかう》の人々《ひとびと》、物言ふこと能はずして立ちたりしが、声《こゑ》は聞けども誰をも見ざりき。サウロ地より起きて目をあけたれど何も見えざれば、人その手をひきてダマスコに導《みちび》きゆきしに、三日《みつか》のあひだ見えず、また飲食《のみくひ》せざりき。［九ノ一―九］

1は神の国の到来について弟子たちが尋ねたのに対して、イエスはその時がいつかは父なる神に属することと戒め、その代わりに聖霊が下って弟子たちに能力を与えることを予言して、昇天する。これは弟子たちが待ち望む神の国の近い将来の到来を明確に否定し、聖霊を受けて宣教に努むべきことを説いたものだろう。2はイエスの予言のとおり聖霊が弟子たちに下り、習ったこともない異邦の言を語りはじめたという。これは使徒たちが宣教のため異言語の地に渡る予言となっているのだろう。3は使徒パウロの先蹤《せんしょう》としてのステパノの殉教をいう。ステパノという名はギリシア語で花冠《はなかんむり》を意味するから、ギリシア語に堪能でギリシア語世界への宣教が期待されていたのかもしれない。

そして4、イエスの弟子たちへの迫害者サウロが使徒パウロに一八〇度の回心を遂げるドラマである。このドラマはアナニヤという助演者を得て、つづく。

さて、ダマスコにアナニヤといふ一人の弟子あり、幻影《まぼろし》のうちに主いひ給ふ『アナニヤよ』答ふ『主よ、我ここに在り』主いひ給ふ『起きて直《すぐ》といふ街《ちまた》にゆき、ユダの家にてサウロといふタルソ人《びと》を尋ねよ。視よ、彼は祈りをるなり。又アナニヤといふ人の入り来りて、再び見ゆることを得しめんために、手を己がうへに按《お》くを見たり』アナニヤ答ふ『主よ、われ多くの人より此の人に就きて聞きしに、彼がエルサレムにて汝の聖徒《せいと》に害を加へしこと如何ばかりぞや。また此処《ここ》にても、凡て汝の御名をよぶ者を縛《しば》る権《けん》を祭司長らより受けをるなり』

主いひ給ふ『往け、この人は異邦人《いはうじん》・王たち・イスラエルの子孫のまへに、我が名を持ちゆく我が選《えらび》の器《うつは》なり。我かれに我が名のために如何に多くの苦難《くるしみ》を受くるかを示さん』ここにアナニヤ往きて其の家にいり、彼の上に手をおきて言ふ『兄弟サウロよ、主すなはち汝が来る途にて現《あらは》れ給ひしイエス、われを遣し給へり。なんぢが再び見ることを得、かつ聖霊《せいれい》にて満《みた》されん為なり』直ちに彼の目より鱗《うろこ》のごときもの落ちて見ることを得、すなはち起きてバプテスマを受け、かつ食事《しよくじ》して力づきたり。［九ノ一〇―一九］

こうしてユダヤ人にイエスの教えを説く者に加えて異邦人に、言い換えれば世界にむかって宣教する者が誕生する。しかし、ここで重要なのは「我かれに我が名のために如何に多くの苦難を受くるかを示さん」というイエスの言葉だ。イエスの迫害者サウロがイエスの弟子パウロになったことは、平和な信仰の日々を保証されることではなかった。彼が迫害したステパノのように、こんどはパウロが迫害を受ける側に回ったことを意味する。

サウロの回心は『使徒行伝』全二十七章のほぼ三分の一の終わりに当たる第九章。その後も第十二章あたりまでペテロ中心の伝道がつづく。ペテロに代わってパウロの伝道が始まるのは後半の始まり第十三章から。ということはパウロへの迫害も伝道に伴って本格化する、ということだ。パウロはユダヤ人からかつてのステパノのように憎まれる。いや、かつてはステパノらイエスの弟子たちを迫害する側だったのが、イエスの弟子になったのだから、ユダヤ人への裏切り者として、ステパノよりはるかに烈しく憎まれて当然だろう。

歴史上のパウロは生没年不詳。イエスとほぼ同じ頃、小アジアのキリキアの首都タルソスでユダヤ人の家庭に生まれ、長じて律法至上のパリサイ人としてイエスの弟子たちを迫害したが、回心体験によってイエスの教えの熱心な信者となり、主として異邦人への伝道に当たった。かつて律法至上だっただけに、異邦人信者への律法の強要に反対し、ユダヤ教徒だけでなく、イエスの教えのユダヤ人信者とも律法をめぐっての対立があったようだ。パウロが最初の地盤のアンティオキアを離れて、エーゲ海沿岸に伝道先を求めたのにはそんな理由もあった、と思われる。

しかし、エルサレム教会とも宥和に努め、異邦人教会からの献金を届けにエルサレム入りしたところをユダヤ教徒に捕えられ、ローマ人総督に渡された。ローマ市民権を持つパウロは皇帝に上訴、未決囚としてローマに護送。ローマ到着後、間もなく皇帝ネロの弾圧によって殺された、と推定される。『使徒行伝』はローマ到着までを書き、死にふれない。ふれられないことで、パウロは以後のローマの、ヨーロッパのキリスト教の歴史にまっすぐ流れこむ。

『ウルガタ』Ⅲ

『新約聖書』すなわち福音書と思いがちだが、分量的には書簡群が全体のほぼ三分の二を占め、その余りが四福音書、『使徒行伝』、『ヨハネの黙示録』である。書簡群はパウロの書簡十三通、『ヘブル人への手紙』、公同書簡七通から成る。紀元一世紀前半のイエス刑死後、その言行への讃仰が信仰に成長し、当時のローマ帝国世界に拡がるに当たって書簡の果たした役割は、帝国行政において書簡が果たした役割と同じ、いやそれ以上だったろう。とくにパウロの書簡にそれが言える。

私たちが知ることのできるパウロの伝記的事実は、きわめて少ない。彼の忠実な協力者ルカが福音書『ルカ伝』の続篇として書いたとされる『使徒行伝』が伝えるほかは、パウロの書簡だけが手がかり、しかしパウロはよき伝道者の常として、もっぱら信仰の対象たるイエスについて語り、自らについて言うことはほとんどないからだ。その中からわずかに浮かびあがってくるパウロの朧ろな像は、つぎのようなものだ。

パウロはローマ名で、ユダヤ名はサウロ。紀元前後、イエスにやや遅れて、小アジア南東部沿岸のローマ属州キリキアの首都タルソスでディアスポラ（ギリシア語で「散らされている者」の意）のユダヤ人ベニヤミン族の家庭に生まれた。生まれながらローマ市民権を持っていたのは、父祖が当地で何らかの功績があったか、有力な家族だったゆえだろう。選良ユダヤ人の子弟の常として、パリサイ派の厳格な教育を受け、またユダヤ人の母語のヘブライ語とともに、地中海世界の共通語である通俗ギリシア語コイネーに堪能だったようだ。ストア哲学その他の学問の影響もある程度受けていたらしい。

彼が長じて、新興キリスト教を正統ユダヤ教の異端として許せなかったのは、当然だろう。そんな彼の三十歳代に、同じくディアスポラのユダヤ人でエルサレム教会の使徒補佐七人のひとりステパノの殉教が起こる。おそらくはユダヤ教公開の裁判の場で、ユダヤ教異端として糾問を受けたステパノが、ユダヤ教の神殿・律法盲守を批判して断罪され、市外に引き出されて激昂した群衆の石撃ちの刑によって殺された。その時、ステパノは「主イエスよ、我《わ》が霊《れい》を受けたまへ」また「主よ、この罪を彼らに負はせ給ふな」と叫んで息絶えた、と『使徒行伝』は言う。『使徒行伝』には「証人《しょうにん》らその衣《ころも》をサウロといふ若者の足下《あしもと》に置けり」、また「サウロは彼《かれ》の殺さるるを可《よ》しとせり」とあるが、サウロ自身は具体的に何をしたのだろうか。「サウロは教会をあらし、家々に入り男女《なんにょ》を引出《ひきいだ》して獄《ひとや》に付《わた》せり」。「サウロは主の弟子たちに対して、なほ恐喝《おびやかし》と殺害《せつがい》との気《き》を充《みた》し、大祭司にいたりて、ダマスコにある諸会堂への添書《そへぶみ》を請《こ》ふ。この道《みち》の者を見《み》出《いだ》さば、男女《なんにょ》にかかはらず縛《しば》りてエルサレムに曳かん為なり」とも書かれている。

ダマスコに近い途上で起きたサウロの回心を『使徒行伝』は書くが、パウロの書簡は書かない。「忽《たちま》ち天より光《ひかり》いでて、彼を環《めぐ》り照《てら》したれば、かれ地に倒れて『サウロ、サウロ、何ぞ我を迫害《はくがい》するか』といふ声をきく」という、その声を用意したのは、ステパノの最期の言葉「主よ、この罪を彼らに負はせ給ふな」ではなかったろうか。石撃ちで殺される中で「この罪を彼らに」つまり殺害者たちに「負はせ給ふな」と言わしめる「主」とは何者なのかという思いが、迫害に向かうサウロの中で鳴りつづけていたのではないだろうか。

その答えが「われは汝が迫害するイエスなり」。その答えを聞いたサウロは自然につづく言葉を受け容れる。「起《お》きて町に入れ、さらば汝なすべき事を告げらるべし」。これは召命なるものの最も劇的な表現だろう。召命は受ける者にとってはあくまでも受け身である。召命に従って彼はキリスト教に対する怖るべき迫害者から、キリスト教の最も頼もしい伝道者になる。かつて彼が信奉した正統ユダヤ教にとっては最も怖るべき敵となる。自ら意図してそうなったのではなく、召命によってそうならされたのだ。

召命は彼をユダヤ人にでなく、異邦人に向かわせる。それはイエス自身の伝道のつづきにある。イエスはその伝道を選良たちでなく、精神病者、癩者、娼婦、取税人たち、いうなれば世外の徒、比喩的にいえばユダヤ人の中の異邦人、当時の世間常識から見れば救われがたい階層に向けた。

なぜそうしたかについては、イエス自身の中に自らを、世の中にありながら世外の徒、血の上では歴としたユダヤ人なのにもかかわらず異邦人的存在、と感じるところがあったからではないか。

しかし、異邦人的存在といえども、彼らはユダヤ人ではある。ユダヤ人であるからには、救われがたくとも救われる可能性はある。その可能性に賭けて、救われがたい彼らこそが救われなければならないとしたのが、イエスの伝道の革命性だった。ところが、救われがたいどころか、はじめから救われる対象に含まれないものに、比喩でなく正真正銘の異邦人がある。ユダヤ教はもともとユダヤ人の民族宗教で、その救済は民族内にしか向かっていない。異邦人はあらかじめ救済から排除されている。

けれども、時代はローマ帝国という名の世界帝国時代に入っていた。ユダヤ人の二つの王国も前一世紀の半ばにローマ属領となり、彼らの民族宗教も存亡の危機に晒された。危機に晒された宗教の生き残りのための方策は、かならず純化の方向を辿る。その一つが形式的保守において対立するサドカイ派とパリサイ派、いま一つが精神的純化から出たエッセネ派、ヨハネ教団、イエス教団ということができようか。

いうまでもなく、なかんずく最も尖鋭なのがイエス教団、という以上にイエスであって、彼が精神的純化の極点において、従来救われがたいとされて来た世間の中の世外の徒、ユダヤ人の中の異邦人的存在に伝道の中心を置いたのは、すでに述べてきたとおりだ。しかしというべきか、しかしてというべきか、その尖鋭化の極点において、イエスは反対派によって十字架に掛けられる。もし、ここでイエスが死ななかったら、彼の伝道はユダヤ人の中の異邦人的存在から、正真正銘の異邦人に向かったのではあるまいか。

しかし、伝道がユダヤの埒を踏み越えるためにはイエスその人の犠牲を必要とした、ともいえる。ヤハウェはあくまでもユダヤ民族の神であり、ユダヤ民族の神がそのまま異邦人を救済することはできないからだ。ところが、イエスがユダヤ民族の神ヤハウェを潰したという科《とが》で殺されることで、イエスおよびヤハウェの価値転換がおこなわれる。イエスがユダヤ人の罪を背負って彼らの贖罪のために死んだ神の子、ヤハウェが彼らの救済のために一人子を遣わし死なしめた父なる神となる。

けれども、そこまででは贖罪と救済はユダヤ人の埒内にとどまる。それらが異邦人にまで届くためにはユダヤ人の頑強な拒絶を必要とする。その拒絶はイエスの死をもたらし、その死後イエスが神の子とされるに及んでさらに頑強になった。イエス教団は異邦人に伝道する口実を手に入れたのである。この口実を活かすためにはそれにふさわしい人材を要する。それが、ディアスポラのユダヤ人でヘレニスト（コイネーを使うことのできる者の意）のステパノ（そのギリシア名がヘレニストであることを示している）、なかんずくサウロ改めパウロである。

ステパノとサウロ改めパウロの違いは、前者がはじめからイエス教団の人として現われるのに対して、後者がはじめ反イエス教団のパリサイ派サウロとして登場し、回心によってイエス教団の人パウロに生まれ変わることだろう。このことにより、ユダヤ民族の神ヤハウェは異邦人の神、言い換えれば万人の父なる神となる。ひいてはイエスは万人の父なる神と本質的に一体である神となる。つまり、ここにおいて民族宗教ユダヤ教から世界宗教キリスト教が明確に立ち上がったのだ。

ただ、キリスト教に属するユダヤ人には異邦人への伝道に対して反撥が根強かったようだ。そのため、パウロはユダヤ人のキリスト教の本拠であるエルサレム教会と妥協をしつつ、積極的に異邦人への伝道を重ねる。伝道は、実際に現地に赴くと同時に書簡を送るというかたちを取る。書簡は現地での伝道を終えた後、影響維持のために送られることもあれば、実際の伝道に先立って送られることもあった。それらの書簡は現地の会衆の前で朗読されたろう。パウロの名を冠せられている書簡は十三通、そのうち確実にパウロのものと考えられるのは七通。そのうち最後に書かれたのが「ローマ人への手紙」（ここに引用する聖書協會聯盟訳では「ロマ人《びと》への書《ふみ》」）。滞在するギリシアのコリントスから、近く赴く予定のローマの教会に宛てたこの書簡は後世、神学的自己紹介とも評され、異邦人への伝道者としての決意もまた明快に吐露される。

われ異邦人《いはうじん》なる汝等にいふ、我は異邦人の使徒《しと》たるによりて己が職《つとめ》を重んず。これ或は我が骨肉《こつにく》の者を励《はげ》まし、その中《うち》の幾許《いくばく》かを救はん為なり。もし彼らの棄てらるること世の和平《やはらぎ》となりたらんには、其の受け納《い》れらるるは、死人《しにん》の中《うち》より活《い》くると等しからずや。もし初穂《はつほ》の粉潔《こなきよ》くば、パンの団塊《かたまり》も潔く、樹の根潔《きよ》くば、その枝も潔からん。若しオリブの幾許《いくばく》の枝きり落されて野のオリブなる汝、その中《うち》に接《つ》がれ、共にその樹の液汁《うるほひ》ある根に与《あづか》らば、かの枝に対ひて誇《ほこ》るな。たとひ誇るとも汝は根を支へず、根は反つて汝を支ふるなり。なんぢ或は言はん『枝の折られしは我が接《つ》がれん為なり』と。実《げ》に然り、彼らは不信によりて折られ、汝は信仰によりて立てるなり。高ぶりたる思《おもひ》をもたず、反つて懼れよ。もし神、原樹《もとき》の枝を惜み給はざりしならば、汝をも惜み給はじ。神の仁慈《なさけ》と、その厳粛《きびしき》とを見よ。厳粛《きびしき》は倒れし者にあり、仁慈《なさけ》はその仁慈に止《とどま》る汝にあり、若しその仁慈に止らずば、汝も切り取らるべし。彼らも若し不信に止《とどま》らずば、接がるることあらん、神は再び彼らを接ぎ得給ふなり。なんぢ生来《せいらい》の野のオリブより切り取られ、その生来《せいらい》に悖《もと》りて善きオリブに接がれたらんには、まして原樹《もとき》のままなる枝は己がオリブに接がれざらんや。

兄弟よ、われ汝らが自己《みづから》を聡《さと》しとする事なからん為に、この奥儀《おくぎ》を知らざるを欲せず、即ち幾許《いくばく》のイスラエルの鈍くなれるは、異邦人の入り来りて数満つるに及ぶ時までなり。かくしてイスラエルは悉とく救はれん。〔一一ノ一三—二六〕

「異邦人の使徒」は異邦人の使徒であることで、ユダヤ人の使徒でもあろう、としている。イエス・キリストが人類全体の救い主であるならば、どうしてユダヤ人がその救いから除かれてよいはずがあろうか。イエス・キリストの父なる神は、まずユダヤ人の神ヤハウェだったからだ。しかし、そのことにユダヤ人が気づくためには、「異邦人の入り来りて数満つるに及」ばなければならない。その日をすこしでも近くするため、異邦人の使徒の目は当時の地の涯にまで向いていた。同じ手紙の末尾十五章（十六章は他の手紙からの混入の可能性が濃い）で「されば此の事を成し了《を》へ、この果《み》を付《わた》してのち、汝らを歴てイスパニヤに往かん」（一五ノ二八）というとおりである。ここで「この果を付」すとは、コリント教会の芳志をエルサレム教会の貧者に届けること。異邦人の使徒はユダヤ人の使徒でもあることによって、地の涯までつづく世界の全人類の使徒となることを「己が職」、己が命と考えていたのだ。

『ウルガタ』Ⅳ

新約聖書の中にはイエスおよびイエス教団に関わるさまざまなヨハネが登場する。まずイエスにバプテスマ（＝洗礼）を施し、宗教者イエスの形成の出発点となったバプテスマのヨハネ。つぎにバプテスマのヨハネと別れて独自の宗教活動を始めたイエスの弟子として、師に深く愛された使徒ヨハネ。『ヨハネ伝福音書』の記者ヨハネ。『ヨハネの黙示録』の著者ヨハネ。『マルコ伝福音書』の記者マルコも、マルコはギリシア名でヘブル名はヨハネ。使徒ペテロの父親の名もヨハネだったし、イエス死後のイエス教団弾圧者、大祭司一族のヨハネもいる。

ヨハネはヘブル語で「ヤハウェは恵み深い」を意味するヨハナンのギリシア語形で、ユダヤ人の中ではごくありふれた名だったのだろう。そこから出た英語名のジョン、仏語名のジャン、伊語名のジョバンニ、西語名のホアン、独語名のヨハンなどがありふれた名であるように。それらの中で最重要な人物ということになると、やはりバプテスマのヨハネ、使徒ヨハネ、福音記者ヨハネ、黙示録のヨハネの四人だろうか。ほかに公開書簡「ヨハネの第一、第二、第三の手紙」の発信者ヨハネがいるが、これはその文体からも福音記者ヨハネと同一人物だろう、と推定されている。

このうち、使徒ヨハネと福音記者ヨハネとは同一人物だと、長いあいだ信じられてきた。その根拠は『ヨハネ伝福音書』（聖書協會聯盟『舊新約聖書』文語訳による）最終章（第二十一章）の復活後三度目に弟子たちに現われたイエスと弟子たちのやりとりを述べる次の箇所である。「斯く言ひて後かれに言ひ給ふ『われに従《したが》へ』ペテロ振反《ふりかへ》りて、イエスの愛したまひし弟子の従ふを見る。これはさきに夕餐《ゆふげ》のとき御胸《みむね》に倚《よ》りかかりて『主よ、汝を売る者は誰《たれ》か』と問ひし弟子なり。［中略］これらの事につきて証《あかし》をなし、又これを録《しる》しし者は、この弟子なり」。

しかしげんざい、本来の『ヨハネ伝福音書』は第二十章までで、第二十一章は福音記者ヨハネを使徒ヨハネと重ねるための後世の付加とされており、したがって『ヨハネ伝福音書』の記者は使徒ヨハネとは別人物ということになる。福音記者としてのイエスに対する態度の上でも、他の三福音書（これらがほぼ同じ観点から記述されているとして共観福音書と呼び、『ヨハネ伝福音書』と区別する）より後の段階の著述であることが、第一章冒頭から明らかだろう。

太初《はじめ》に言《ことば》あり、言は神と偕《とも》にあり、言《ことば》は神なりき。この言は太初《はじめ》に神とともに在り、万《よろづ》の物これに由りて成《な》り、成りたる物に一つとして之によらで成りたるはなし。之に生命《いのち》あり、この生命は人《ひと》の光《ひかり》なりき。光は暗黒《くらき》に照る、而して暗黒《くらき》は之を悟《さと》らざりき。神より遣されたる人いでたり、その名をヨハネといふ。この人は証《あかし》のために来れり、光《ひかり》に就きて証をなし、また凡ての人の彼によりて信ぜん為なり。彼は光にあらず、光に就きて証せん為に来れるなり。

もろもろの人をてらす真《まこと》の光ありて、世にきたれり。彼は世にあり、世は彼に由りて成りたるに、世は彼を知らざりき。かれは己の国にきたりしに、己の民は之を受けざりき。されど之を受けし者、即ちその名を信ぜし者には、神の子となる権をあたへ給へり。かかる人は血脈《ちすぢ》によらず、肉の欲《ねがひ》によらず、人の欲《ねがひ》によらず、ただ神によりて生れしなり。言《ことば》は肉体《にくたい》となりて我らの中《うち》に宿《やど》りたまへり、我らその栄光《えいくわう》を見たり、実《げ》に父の独子《ひとりご》の栄光にして、恩恵《めぐみ》と真理《まこと》とにて満てり。ヨハネ彼につきて証《あかし》をなし、呼《よば》はりて言ふ『「わが後《のち》にきたる者は我に勝《まさ》れり、我より前《さき》にありし故なり」と、我が曽《かつ》ていへるは此の人なり』我らは皆その充ち満ちたる中《うち》より受けて、恩恵《めぐみ》に恩恵を加へらる。律法《おきて》はモーセによりて与へられ、恩恵と真理《まこと》とはイエス・キリストによりて来れるなり。未《いま》だ神を見し者なし、ただ父の懐裡《ふところ》にいます独子《ひとりご》の神のみ之を顕《あらは》し給へり。

先に私は四福音書を一括りに、イエスをキリストとして信仰する者の、キリストとなったイエスへの観点から、ひるがえってイエスの生涯を辿る伝記、と説明した。しかし、その中でも『ヨハネ伝福音書』の位置は独特だ、といわざるをえまい。他の三福音書の叙述が、これこれのことを言い行なったイエスはキリストだった、といえるとすれば、『ヨハネ伝福音書』のそれは、キリストはイエスとしてこれこれのことを言い行なった、といえよう。そのためにはまず、イエスがキリストであることを宣言しなければならない。その宣言はのちのキリスト教神学の原型となった、といってよかろう。

まず、あらゆるものに先立っての言＝神の原在が説かれる。あらゆるもの、したがってその中で最も卓れたものであるはずの人間も、その言＝神によって成ったものであるのに、彼らはそのことを悟らない。そこで、そのことを証するために、バプテスマのヨハネが露払いとして現われ、しかるのちに言＝神が現われる。その現われようは、血脈によらず、肉欲によらず、肉体となって私たち人間の中に宿る。それは父なる神の独子としての神で、これが神の恩恵と真理の齎《もたら》し手としてのキリストにほかならない。

ここには第一原因としての神も、神の天地万物の創造も、被造物の代表としての人間の罪（自分が神の創造の結果であることを悟らない傲慢は最大の罪だろう）も、それにもかかわらず人間を罪から救済するための神の独子の出現（それこそが神の恩恵と真理だろう）、出現のかたちとしての言＝神の受肉も、受肉が原罪つまり肉欲から免かれていることも、父と子と聖霊（同じ第一章にバプテスマのヨハネの言葉として「われ見しに、御霊鴿《みたまはと》のごとく天より下りて、その上にとどまれり」とある）のいわゆる三位一体も、つまりは人類の死と復活の保証としての神の独子の刑死と復活という一事を除いては、のちのキリスト教神学の骨子のほとんどが登場する。
では、神の独子の死と復活についてはどうかといえば、『ヨハネ伝福音書』第二章から第二十章まではそのことの成就までの物語と読むこともできよう。物語はどう結着するか。第二十章より引こう。

この日すなはち一週《ひとまはり》のはじめの日の夕、弟子たちユダヤ人《びと》を懼るるに因りて、居《を》るところの戸を閉ぢおきしに、イエスきたり彼らの中《なか》に立ちて言ひたまふ『平安《へいあん》なんぢらに在れ』斯く言ひてその手と脅《わき》とを見せたまふ、弟子たち主を見て喜《よろこ》べり。イエスまた言ひたまふ『平安なんぢらに在れ、父の我を遣《つかは》し給へるごとく、我も亦なんぢらを遣す』斯く言ひて、息《いき》を吹《ふ》きかけ言ひたまふ『聖霊をうけよ。なんぢら誰《たれ》の罪を赦すとも其の罪ゆるされ、誰の罪を留《とど》むるとも其の罪とどめらるべし』
イエス来り給ひしとき、十二弟子の一人《ひとり》デドモと称《とな》ふるトマスともに居らざりしかば、他の弟子これに言ふ『われら主を見たり』トマスいふ『我はその手に釘《くぎ》の痕《あと》を見、わが指を釘の痕にさし入れ、わが指をその脅《わき》に差入《さしい》るるにあらずば信ぜじ』
八日《やうか》ののち弟子たちまた家にをり、トマスも偕に居りて戸を閉ぢおきしに、イエス来り、彼らの中に立ちて言ひたまふ『平安なんぢらに在れ』またトマスに言ひ給ふ『なんぢの指《ゆび》をここに伸べて、わが手を見よ、汝の手をのべて、我《わ》が脅《わき》にさしいれよ、信ぜぬ者とならで信ずる者となれ』トマス答へて言ふ『わが主よ、わが神よ』イエス言ひ給ふ『なんぢ我を見しによりて信じたり、見ずして信ずる者は幸福《さいはひ》なり』

この書《ふみ》に録《しる》さざる外の多くの徴《しるし》を、イエス弟子たちの前にて行ひ給へり。されど此等の事を録《しる》ししは、汝等をしてイエスの神の子キリストたることを信ぜしめ、信じて御名《みな》により生命《いのち》を得しめんが為なり。

『ヨハネ伝福音書』の終わりに、刑死後復活したイエスの弟子たちの中での出現を言い、そこにデドモのトマスがイエスの手に釘の痕を見、脇の傷穴に指をさし入れて、はじめてその復活を信じたことを述べるのは、単なる挿話としてではない。のちに「不信者トマス」と呼ばれることになるトマスは、イエス刑死後未来に生まれる不信者すべての代表なのだ。したがって結語の「されど此等の事を録ししは、汝等をしてイエスの神の子キリストたることを信ぜしめ、信じて御名により生命を得しめんが為なり」は、四福音書の最後に録された『ヨハネ伝福音書』の目的が、イエスの刑死後の復活とその後未来に生まれる不信者すべての復活つまり永遠の生命とを結ぶものは信仰だと言うにあることを示している。まさにイエスをキリストであると確信する信仰こそが、その後の教父文書そしてキリスト教神学の大前提であり、その意味では『ヨハネ伝福音書』は最後の福音書であるとともに、最初の教父文書、最初のキリスト教神学書と位置づけることができるのではないか。

『ヨハネ伝福音書』について見てきたついでに、同じヨハネの名を持つ『ヨハネの黙示録』について見ておこう。その意図は同書第一章冒頭に鮮明だ。

これイエス・キリストの黙示《もくし》なり。即ち、かならず速《すみや》かに起《おこ》るべき事を、その僕《しもべ》どもに顕《あらは》させんとて、神の彼に与へしものなるを、彼その使を僕ヨハネに遣《つかは》して示し給へるなり。ヨハネは神の言《ことば》とイエス・キリストの証《あかし》とに就《つ》きて、その見しところを悉《ことごと》く証《あかし》せり。此の預言の言《ことば》を読む者と、之を聴きて其の中《なか》に録《しる》されたることを守る者どもとは幸福《さいはひ》なり、時近ければなり。

著者の名告るヨハネについては、古くから『ヨハネ伝福音書』の著者、使徒ヨハネとされてきた。しかし、現在では『ヨハネ伝福音書』の著者と使徒ヨハネとは別人物との意見が有力なことはすでに述べてきたとおり。しかも、『ヨハネの黙示録』と『ヨハネ伝福音書』とは、文体と語彙の点でも、黙示的要素の有無の点でも異なっており、それぞれ別の著者によって書かれたという説が有力。またヨハネが本名か仮名かも明らかではない。けれども、著者が誰であるかはこの書の理解に決定的に重要なこととも思われない。

自らヨハネと名告るこの著者は、イエスの刑死をもって始まる終末の時代にあって、天上のイエスから与えられた予言を七つの教会に向けて書き綴る。イエス刑死後という新しい時代でありながら、その基本的なありようは、キリストの愛を説く使徒というよりは、神への罪を指弾する予言者である。

神への罪の窮極のものは不信である。不信の代表者には龍の形象をもって表わされるサタンがあろう。サタンの神への不信は神の独子を屠《ほう》らしめる。すなわち「屠《ほふ》られ給ひし羔羊《こひつじ》」である。しかし羔羊の屠りは死による勝利にほかならない。敗北に瀕した龍は最後の力をふり搾って、羔羊を信ずる者たちを不信に陥れようとする。このとき最後まで信を貫く者は羔羊とともに勝利するが、不信に陥る者は龍に荷担する者として永遠の死に渡される。

『ヨハネの黙示録』の態度は、新約の時代にありながら旧約時代、それも予言者時代を思わせる。愛よりも威しに取られかねないそのありようは、七を頻用するものものしい比喩と相俟って、四福音書や使徒行伝、書簡類のしめくくりの位置にあり、異端すれすれとも見える。しかしなお、その危険な書が含まれることが、新約聖書の豊かさの証である、ということもできよう。

アウグスティヌス『告白』

現在のヨーロッパ文化を構成する重大な二要素は、ギリシア・ラテン学芸とユダヤ・キリスト教といわれる。地中海世界帝国ローマにおけるこの二要素の融合の前提には、ギリシア学芸のラテン化とユダヤ・キリスト教教典のラテン化、そしてその二つを体現する人格の出現が必須だった。

ギリシア学芸のラテン化については、紀元前三世紀のギリシア人奴隷リウィウス・アンドロニクスによるギリシア悲劇のラテン語訳から前一世紀のキケロや後一世紀のセネカの哲学論を含む歴史があり、ユダヤ・キリスト教教典のラテン化については、四世紀のヒエロニムスを中心にした旧・新約聖書のラテン語訳、いわゆる『ウルガタ』がある。そして、その二つを体現した人格として最初に挙げるべき人は、四世紀末から五世紀前半にかけて活躍した教父アウグスティヌスだろう。

アウグスティヌスは三五四年、北アフリカ・ヌミディア州の小市タガステに異教徒パトリキウスを父、キリスト教徒モニカを母として生まれた。両親の宗教の相違は当時のローマ世界の状況を示すとともに、そこで生まれた若い魂のありようを表わしてもいる。紀元三〇年頃のイエス刑死後、弟子たちのあいだで成立してギリシア経由ローマに入ったキリスト教は、六四年のローマ大火の犯人に擬せられて皇帝ネロの大弾圧を受けるまでに成長、この時、ローマにあった使徒のペテロとパウロも殉教したと伝えられる。その後の断続的に繰り返される迫害と殉教はかえってキリスト教の勢いを増したが、反撥も強めた。

アウグスティヌスが生まれた四世紀のキリスト教について見れば、三〇五年頃のディオクレティアヌス帝の大迫害の後、三一三年にはコンスタンティヌス、リキニウス両帝による公認、アウグスティヌス生誕の翌三五五年にはのち背教者と呼ばれるユリアヌスが副帝となり、三六一年には正帝から単独帝となって異教復活を図ったが二年後に戦死、三九二年にはテオドシウス一世帝がキリスト教を国教化する。このキリスト教・異教の相剋の時代相の中にアウグスティヌスの魂の相剋があった、といえる。

アウグスティヌスが十六歳になった三七〇年頃、父パトリキウスが死去。妻モニカの感化によってキリスト教徒に改宗しての死だった、という。援助者が出てローマ世界西方ではローマに次ぐ大都市だったカルタゴに遊学。ある女性と同棲し、十八歳にして一児の父となる。同じ頃、ゾロアスター教を母体とし、キリスト教、グノーシス、仏教その他を摂り入れた当時の世界宗教、マニ教に入信した。また、キケロの現在は失われた著作『ホルテンシウス』を読んで知への愛に目覚めた。要するに、子まで生《な》した女性への愛情も含めて、ひとつの卓れて感じやすい魂の青春の彷徨、ということだろう。

ただし、のちの彼にとって唯一絶対の書となる聖書は、繙《ひもと》いてはみたものの、その文体のあまりの素朴さに失望したようだ。文法学と修辞学を学んで教師になる寸前の若き学徒アウグスティヌスにとって、ラテン文学の規範とされたキケロの修辞を尽した文体に較べた時、聖書のそれは素朴を通り越して稚拙にさえ思えたのではないか。それでも聖書およびキリスト教への関心を捨てなかったのは、熱心なキリスト教徒だった母への慮《おもんばか》りのゆえだった。異教徒だった夫の入信については、その臨終まで待ちつづけたこの忍耐づよい女性も、血を分けた息子の入信については熱望、若い情欲に委せての女性との同棲をも含めて、一時不和になりもしたようだ。

もっとも、いったん入信したマニ教の世界認識についても、当時の教導者たちの説教を聴問し対話するうちに、その折衷論理の脆弱と矛盾に気づくのも、時間の問題だった。しかもなおマニ教から決定的に離れることをしなかったのは、キリスト教への信仰に最終的な確信が持てなかったことと、一子まで生《な》した同棲相手の女性への愛情が断ちがたかったからだ、と思われる。つまり、のちに初期キリスト教最大の教父とされるこの人は、ほんらい言葉の正確な意味での詩人というべき柔かい感受性の人であり、その知への愛も感受性に発していた、と考えるべきではなかろうか。

その比類ない感受性のキリスト教徒となるまでの格闘の道程、そしてキリスト教徒となっての信仰告白を、熱い心をもって克明に記したのが『告白』である。なぜ「告白」かについては、訳者山田晶の解説に従って、この書物を一巻から九巻までの第一部、十巻の第二部、十一巻から十三巻までの第三部に分けて見るのが、わかりやすいようだ。第一部は自分が過去いかに罪深い存在であったか、それにもかかわらず神はいかに大きな憐れみをもって自分を回心にまで導いてくれたかについて、第二部は回心によってキリスト教徒となった自分はげんざいどういう状態にあるか、また第三部はげんざい自分は神のことをどこまで理解しているかについて告白する。

この告白は神への告白であると同時に、後から来る者たちに対する告白でもある。そして、この二つのことは著者アウグスティヌスにおいて矛盾しない。アウグスティヌスの回心は三八六年、三十二歳の時。翌三八七年、受洗。三八五年から同居していた母モニカが、永年待ち望んだ息子の回心によって緊張が取れたかのように発病し、安らかな死を遂げた後、生地タガステに戻って、友人たちと修道院のような生活を送る中でマニ教論駁の書を書きつづけ、三九一年ヒッポ・レギウスの司祭、三九六年には司教になっていたからだ。つまり、司牧者である彼にとって、神への感謝といっそうの加護を願って告白することはそのまま彼に続く者への導きとしての告白でもあったのだ。

『告白』のいうところによれば、彼のキリスト教を前にしての逡巡を踏み越えさせたきっかけは新プラトン派の書物だった。彼生来の詩人的資質を考えれば、詩から出発して哲学に到ったプラトンの流れを汲む新プラトン派、なかんずくプロティノス（二〇五頃─二七〇）に出会ったことはわかりやすい。しかし、彼が読んだのはプロティノスのギリシア語原典ではなくラテン語訳、しかもアウグスティヌス流のかなり恣意的な読みかただった、といわれる。プロティノスは彼にとって霊的な世界に目覚めるきっかけだったのだろう。そのことによって、それ以前からその人格に惹かれて通《かよ》っていたミラノ司教アンブロシウス（三四〇頃─三九七）の説教が心に沁みるのを覚え、パウロの書簡を繙いてその深い意味に気付く。その後いくつかのことがあって回心に到るわけだが、その決定的瞬間の回想は、やはり詩人的だ（『世界の名著14　アウグスティヌス』山田晶訳、中央公論社）。

私はというと、どのようにしてであったかおぼえていませんが、とあるいちじくの木陰に身を投げ、涙のせきをはずしました。すると目から涙がどっとあふれでましたが、これはあなたによみされるいけにえだった。［中略］

「いったい、いつまで、いつまで、あした、また、あしたなのでしょう。どうして、いま、でないのでしょう。なぜ、いまこのときに、醜い私が終わらないのでしょう」

私はこういいながら、心を打ち砕かれ、ひどく苦い悔恨の涙にくれて泣いていました。すると、どうでしょう。隣の家から、くりかえしうたうような調子で、少年か少女か知りませんが、「とれ、よめ。とれ、よめ」という声が聞こえてきたのです。

瞬間、私は顔色を変えて、子どもたちがふつう何か遊戯をするさいに、そういった文句をうたうものであろうかと、一心に考えはじめました。けれどもどこかでそんな歌を聞いたおぼえは全然ないのです。私はどっとあふれでる涙をおさえて立ちあがりました。これは聖書をひらいて、最初に目にとまった章を読めとの神の命令にちがいないと解釈したのです。

［中略］

そこで私は、いそいで、アリピウスのすわっていた場所にもどりました。そこに私は、立ちあがったときに、使徒の書を置いてあったのです。それをひったくり、ひらき、最初に目にふれた章を、黙って読みました。

「宴楽と泥酔、好色と淫乱、争いと嫉《ねた》みとをすてよ。主イエス・キリストを着よ。肉欲をみたすことに心をむけるな」

私はそれ以上読もうとは思わず、その必要もありませんでした。というのは、この節を読み終わった瞬間、いわば安心の光とでもいったものが、心の中にそそぎこまれてきて、すべての疑いの闇は消え失せてしまったからです。［中略］

それから私たちは母のところに行き、うちあけました。母はよろこびました。このことがどのようにしておこったかを話すと、母は躍りあがって、凱歌《がいか》をあげ、私たちが乞いもとめたり理解したりする以上のことをなしうるあなたを讃えました。じっさい、母は、涙にあふれたかなしいためいきをつきながらたえず乞いもとめてきたものが、それ以上に、そんなに豊かに、あなたから彼女に、私について与えられたのを見たのです。

あなたは私を、ご自分のほうにむけてくださった。そこで私はもう、妻をもとめず、この世のいかなるのぞみをももとめずに、信仰のあの定規の上に立つことになりました。その定規の上に立つ私を、あなたはもう何年も前に、母に啓示されたのです。またあなたは、母の悲嘆をよろこびに変えてくださいましたが、それは母がのぞんでいた以上にみのり豊かで、私の生むべき肉の子どもたちに期待していたよろこびよりも、はるかに尊い、きよらかなよろこびでありました。〔第八巻第十二章〕

アウグスティヌスの知への愛の出発点となったキケロになくて、ここにあるものは何だろうか。それは驚異的としか言いようのない柔かさ、率直さではなかろうか。この柔かさ・率直さはキケロによって磨きあげられた剛直なラテン語に柔かさと率直さを加えた、といえるのではないか。さらに自然さをいうべきかもしれない。もともと農民の武骨な土着語だったものを人工的に磨きあげたラテン語はアウグスティヌスによって自然さを加えた。その自然さは原ラテン語が持っていた武骨な自然さではない。人工化を通過した二次的な自然さ、優美な自然さとでもいえばよかろうか。

この優美な自然さはじつは清潔さに裏打ちされている。アウグスティヌスはくりかえし自らの若き日の放縦を、肉欲を痛悔するが、じつは一児を生した同棲相手の女性との生活を十年以上にわたって守りつづけた。ついに母の懇望に負けて同棲を解消し、その意向によって素性の正しい少女と婚約するが、回心によってその婚約も自然解消した。また、第二部に当たる第十巻第三十章において、覚めている時には肉欲の誘惑から免かれているのに、睡眠中の夢においては同じ誘惑にさらされているどころか、じっさいにその行為をおこなっているかのような気持になることを告白し、その誘惑からの解放を祈る。じつはこの率直さは清潔さと一つだろう。

ユダヤ・キリスト教の側からいえば、それがほんらい持っていた沙漠的な厳しさもまた、アウグスティヌスの文体の、さらに溯ってアウグスティヌスその人の資質の優雅な自然さを経ることによって、外来宗教であることを脱して、ラテン化しヨーロッパ化した、といえるのではないか。アウグスティヌスをして言わしめれば、それもまた神の意志であり、自分はそのための手段にすぎないということになるのだろうが。

ボエティウス『哲学の慰め』

地中海を中心とした空前の世界帝国古代ローマは、拡げた版図を維持すべく、内部の権力の調整とともに四囲との闘争に明け暮れた。そのためには強力な体制が必須で、そこから生まれた帝政でもあったが、これも九六年から一八〇年まで続く五賢帝時代を絶頂に、大勢としては弱体化を辿る。ついには五世紀後半の西ローマ帝国の滅亡に到るわけだが、滅亡の原点となった四囲からの力の最大のものは東からのフン族とこれに押された北西からのゲルマン諸族の大移動以前に、ローマ固有の宗教から見て異教であるキリスト教の拡大ではなかろうか。

六四年の暴帝ネロによる虐殺以来、ローマ皇帝によるキリスト教迫害は繰り返される。ローマ宗教の重要な女神ウェヌスの裔《すえ》を称するカエサルに始まり、血統を超えて歴代カエサルを名告る皇帝たちが、支配下の東方の小国イスラエルで三〇年頃刑死したとされるナザレのイエスを神とする宗教と相容れないのは、当然の成り行きだろう。その意味では、キリスト教迫害を擁護に転じることで帝国の安泰を計ったコンスタンティヌス帝の施策は、じつはローマ帝国の解体に踏み出した大きな一歩、とも捉えられるのではなかろうか。

その名もコンスタンティノポリスに首都を遷したローマ帝国は、西ローマ帝国滅亡後もなお千年、東ローマ帝国として命脈を保ちつづけるが、その実体は首長が元首《プリンケプス》から君主《ドミヌス》に変質した専制君主国である。コンスタンティヌスがキリスト教を擁護しキリスト教に擁護される君主となった時点で、カエサルの帝国は事実上解体した。西ローマから皇帝がいなくなったのち、ローマを支配したゲルマン諸族の王たちはキリスト教を奉じ、しばらくの間、東ローマ皇帝に臣従するかたちを取るが、その皇帝は古代ローマの伝統的な元首ではなく、東方的な専制君主だった。古代と中世との結接点に立つ哲学者ボエティウスの生きたのは、そんな時代だった。

ボエティウス（四八〇―五二四）、正式名はアニキウス・マンリウス・セウェリヌス・ボエティウス。前二世紀以来屈指のローマ貴族名家の出身である。彼の生涯は当時のイタリアの支配者、東ゴート王テオドリック大王（四五五頃―五二六、在四九三―五二六）の治世にすっぽり入る。大王は幼少時よりコンスタンティノポリスの東ローマ皇帝の人質となってローマ人流の教育を受け、皇帝の命によってイタリアに君臨したオドアケルを倒し、皇帝の名代としてイタリアを支配した。大王の政策の根本は軍務と政務をきびしく分けることで、王国および都市の警護には武に強いゴート人を当て、文官には制度やその活用に長《た》けたローマ人を起用した。また、詩人、修辞家、学者、宗教家などの文化人を宮中に集めた。

そこで、当時のローマ人選良子弟の人生の選択肢は三つ。第一は高級官僚となること、第二は聖職に就くこと、第三は教養人として生きることである。オドアケル朝の顕官だった父を早く亡くし、政界の大立者シンマクスの庇護の下に育ち、その女婿《むすめむこ》となったボエティウスの選んだのは、本来の資質から第三の道のうち、学者とりわけ哲学者として生きることだったが、その出自ゆえ最初から第一の道の政務の世界に巻き込まれる可能性があったのもやむをえぬところだった、といわなければなるまい。

学者としてのボエティウスの仕事は、ギリシアの二大哲学者プラトンとアリストテレスの全著作のラテン語訳と注解、およびそれを援用しての唯一なる神の存在の証明だった、という。ボエティウスの出自のアニキウス家はコンスタンティヌス帝時代からのキリスト教徒、彼の属するローマ元老院は正統派カトリックの牙城、さらに彼の義父シンマクスは篤信のカトリック教徒だったから、彼の学問の最終目的がカトリック教徒としての神の証明にあった、というのはわかりやすい。しかし、そこに彼の破滅の遠因もあったのではないか。テオドリック大王は正統派カトリックからは異端のアリウス派に属していたからだ。

五一〇年、ボエティウスは執政官に選ばれる。当時単なる名誉職にすぎなかったとはいえ、形式上は政務の頂点。さらに十二年後の五二二年一月には、二人の息子が並んで執政官に選ばれ、同じ年の九月にはボエティウス自身が宰相として宮廷入りした。アニキウス家の名望とボエティウス個人の名声を買われてのことだろうが、これによってボエティウスの学者としての人生は終わり、政治家としての人生が始まった。それもたった二年余りの不如意極まりない人生が。

この第二の人生を選ぶに当たってのボエティウスの態度はどのようなものだったか。東ローマ皇帝の名代という形をとっていたとはいえ、イタリアにおけるテオドリック大王の権力は絶大で、宰相にという命令を拒むことは不可能だったろう。だからといって、ボエティウスがいやいやながら引き受けた、とは思えない。プラトンの信奉者である彼は、プラトンの提唱した哲人政治を試みるよい機会とばかりに、王の命に従ったのではあるまいか。プラトンの失敗に対しては、プラトンのやれなかったことを自分ならやってみせようという気負いもあったのではないか。

宰相ボエティウスの拠って立つ立場は、ローマ選良および正統カトリックとしての正義だったろう。宰相となったボエティウスは、文官・武官の区別なく不正を糾弾していく。あるとき、元老院議員アルビヌスが大王を失脚させるべく東ローマ皇帝に宛てた手紙なるものが途中で奪われて、伝奏官キプリアヌスの手に入るという事件が起こった。これが捏造文書であることを見抜いたボエティウスは部下であるキプリアヌスに事を穏便にすますよう働きかけた。しかし、キプリアヌスはボエティウスに従わず御前会議に持ち出した。御前会議でアルビヌスは告発内容を否認し、ボエティウスはアルビヌスを弁護した。

ボエティウスの弁護は成功したかに見えた。ところが、キプリアヌスは弟たち腹心の者を使ってボエティウスを反逆罪で告発させた。ボエティウスは欠席裁判にかけられ、反論もできないまま死刑を宣告され、獄に繋がれた。憤懣やるかたないボエティウスは獄舎の彼の前に現われた哲学の女神に訴える。彼と女神の対話は一章ごとに詩を混じえながらつづき、対話はいつしか宗教論になっていき、ボエティウスは一種の運命愛に到達する。これが後世、トマス・ア・ケンピス（一三八〇—一四七一）の『キリストに倣いて』とともに最も高い人気を得て読み継がれることになる『哲学の慰め』である。全五巻。第一巻は次の詩から始まり、次に散文、以下、詩・散文・詩・散文……とつづく（渡辺義雄訳、筑摩書房）。

かつて晴れがましい思いで詩を作った私が、
ああ、うなだれて嘆きの歌を
始めなければならない。見よ、詩の女神らも
しおしおと私に書くべきことを教え、
物悲しい歌に私の頬は熱い涙で濡れる。
これらの女神だけはどんな恐怖にもめげず、
私の旅の道づれとなってくれた。
幸福に潑剌と過した青春の日の栄誉に、
今は悲しい老いの身の不遇も慰められる。
災いにせかれて思いのほか早く老いが迫り、
苦悩のためにめっきり年を取ったせいなのだ。

早くも頭は白髪におおわれ、疲れ果てた
体の皮膚はものうげにふるえる。人の身に
死が楽しい年頃には訪れず、悲しむ者には
しばしば招かれてくるとしたら、幸いである。
ああ、死は哀れな人々の叫びに耳をふさぎ、
涙ぐむ目を閉ざすことを冷酷にもこばむ。
あてにならぬ運命のささやかな恵みを
受けている間に、いつしか私は
不幸の淵にほとんど首までつかっていた。
運命のつくり顔が渋面に変った今となっては、
恥をさらして命を長らえるのは気が重い。
転落した者は安定した地位を
占めていなかったのに、友よ、君たちはなぜ
いくたびとなく私の幸福をたたえたのか。

ボエティウスが「ひとり静かにこうした物思いにふけり、やるせない憤懣を尖筆で書きつけていると、きわめて気品のある身なりをした婦人が私の頭上に立っている気配がした。［中略］

彼女は詩の女神たちが私の寝台の側に立って、私の涙に慰めの言葉をかけているのを見ると、さっと気色ばみ、目をいからせて腹立たしげにこう言った。『誰に許されてこの女芸人どもはこの病人の側にきたのだろう。この女たちはこの人の苦痛を薬で和らげないばかりか、かえって甘い毒を盛って強くしている。それと言うのも、この女たちは感情の無益な棘で理性の実りの多い種子を刺し殺し、人間の精神を病気から解放しないで、それに慣れさせるからである。［中略］甘い言葉で破滅に誘う魔女たちよ、立ち去るがよい。この人をいたわって元通りにすることは、私の女神たちに任せるがよい』こうした言葉でたしなめられると、女神たちの群れは深くうなだれ、恥かしさで顔を赤らめながらすごすごと立ち去った」。

この「きわめて気品のある身なりをした婦人」こそが哲学の女神であり、彼女は感情でなく理性の力で彼の精神を慰め恢復させるために訪れたのだ。しかし、詩の女神たちを軟弱を理由に排除した哲学の女神の治療法は硬一徹というわけではない。基本はソクラテス流産婆術的対話だが、その前にはかならずこれからの対話の主題が詩のかたちで優しく提示される。対話の内容もまずは患者すなわちボエティウスの訴えを聞き、その病状を知った上ですこしずつ核心に入るという方法だ。これを書法心理学的にいえば、著者ボエティウスが自分の持ち来たった哲学の女神なる対話相手との対話を通して、自分の精神の絶望的状況をすこしずつ解放に向かわせ、受け容れがたい運命を受け容れるという書法、ということになろうか。

哲学の女神の治療の最終目的は患者ボエティウスを本来の「祖国に連れ戻す」（第五巻第一章）

ことだ。もちろん、女神のいう精神の本来の祖国は地上にはない。それは「最初のスコラ哲学者」ボエティウスを最終的に受け継いだ「最後のスコラ哲学者」トマス・アクィナス（一二二五頃―一二七四）の言葉を借りれば「神の国」である。ただし、ボエティウスがそこに入るためには全能の善なる神が存在するのになぜ悪が存在するのか、神の全能の前でなにゆえ人間の自由意志が成立しうるかの問題が解決されなければならない。第四巻、第五巻の対話はほとんどそれに当てられる。第五巻、したがって『哲学の慰め』全五巻の結論はこうだ。

「［前略］このようなわけで、人間には意志の自由が害われずに残るし、またすべての必然性から解放された意志に賞罰を与えることは、不当な掟ではありません。神も高所にあって万物を予知する照覧者であることに変りはなく、その正視の現在的永遠は私たちの行動の将来の状態と一致し、善人には賞を、悪人には罰を割りあてます。また神に寄せる希望も祈りも無駄ではありません。それらは正しいものであれば、無効であるはずはありません。

だから、あなたがたは悪徳に逆らい、徳性を養い、心を正しい希望へ高め、つつましい祈りを天に捧げなさい。あなたがたが偽ろうとしないかぎり、あなたがたは誠実への大きな必然性を負わされています。あなたがたは万物を見通す裁き主の目の前で行動しているからです」

これは哲学というより信仰というべきだろう。時代は否応なく古代という哲学の時代から中世という信仰の時代に入っていた。

ベネディクトゥス『聖ベネディクトの戒律』

哲学から信仰の時代に入ったヨーロッパ中世の精神を支えたのは修道院だった。修道院を認可するのは教皇庁であり、その意味では最終的に教皇庁が支えたごとくだが、教皇庁はカトリック世界を統治する政治的機関。精神的に支えたのは大きな教会としての教皇庁組織ではなく、むしろ小さい教会と呼ばれる修道院だった。

修道院はどこまで溯れるか。直接的には三世紀後半エジプトの沙漠地帯でアントニウス（二五一頃—三五六）らが始めたとされてきたが、それは独り棲む者の意の隠修士。団体生活をいうならイエス刑死後の使徒たちの集まり、いな、イエス存命中のイエスを囲む弟子たちの群こそ一所を定めぬ修道院といえるだろう。そして、その原型には紀元前後のユダヤ教革新集団、エッセネ派のクムラン集団などがあり、イエスの先行者バプティスマのヨハネの集団やイエスの集団がそれらになんらかの影響を受けたことは、じゅうぶんに考えられよう。

しかし、げんざいおこなわれている修道院の基をつくったのは、ヌルシアのベネディクトゥス（四八〇頃―五五〇頃）が開設したベネディクト会であり、彼がモンテ・カッシーノ修道院で執筆した『聖ベネディクトの戒律』といわれる。もっとも、ベネディクトゥスがベネディクト会を立ちあげたのはのちのことで、最初はヌルシアの名家である生家の期待を担って、法律を学ぶべくローマに出たが、その頽廃ぶりに衝撃を受け、隠修士の生活に入った。当時、東方の隠修士生活の影響はイタリアにも及んでいた、ということだろう。はじめはアフィレ、つづいてスビアコの洞窟で修行した、という。

ところが、ベネディクトゥスの隠修士生活の噂を聞いて、修道志願者が集まってきた。そこで、やむなくモンテ・カッシーノ修道院を開き、集団修道生活のための会則を執筆した。それがこんにち『聖ベネディクトの戒律』と呼ばれるもので、序と七十三章とから成る。序はつぎのように始まる（古田暁訳、すえもりブックス）。

1子よ、心の耳を傾け、師の教えを謹んで聴きなさい。そして慈しみ深いあなたの父の勧告を喜んで受けいれ、これを積極的に実行に移しなさい。2このようにして、無気力で従順さに欠ける生活を送り遠ざかってしまった方のもとに、服従の労役《ろうえき》を通して戻るのです。3そこで今、真の王たる主キリストに仕えるために自らの意志を捨て、服従という最も堅固で輝かしい武器をとる者には、それが誰であっても、次の言葉を伝えます。

4まず、どのような善いおこないを始めるにあたっても、神がそれを完成に導いてくださるように、心を尽くして祈りなさい。5主は、今やわたしたちを子として受け入れてくださったのです。今後、わたしたちも悪いおこないによって主を悲しませることがあってはなりません。6わたしたちは常に、主から授かった贈り物を用いて主に仕えねばなりません。そうでなければ父である主は怒り、ある日子であるわたしたちの家督を剝奪するばかりでなく、7恐るべき主として、わたしたちの犯した悪行に憤り、主に従い栄光にいたることを拒む悪い僕として、わたしたちを永遠の罰に処せられるでしょう。

こう心をこめて諄々と諭されれば、ベネディクトゥスの許に集まった修道志願者たちは素直に従うほかなかったろう。ベネディクトゥスはまた言う。

45そこで、わたしたちは主に仕えるための学校を建てなければなりません。46これを設立するにあたって、厳し過ぎあるいは難しすぎることを課すつもりはありません。47しかし公正の要請に従って、悪行を改め、愛を保つために、いくぶんか厳しさが増すことがあっても、48そのために恐れをなして、救いの道を避けることがあってはなりません。しかもその道を歩むには、狭い門から入らねばならないのです。

ここでいう「主に仕えるための学校」には、従来のローマの選良の子弟が世に出るための学校、ギリシアのアカデメイアやリュケイオンの世俗化したかたちでの修辞学や法律の学校からの価値の転換がある。それは政官界で出世し名誉と資産を得て豊かになるための学校ではなくて、ひとえに「主に仕えるための学校」、「49しかし修道生活と信仰の道を進むにつれて、わたしたちの『心はひろがり』、表現を越えた甘美な愛をもって『神の掟の道を走る』（詩篇一一八〔一一九〕・三二）ようにな」るという意味では、政官界での出世を超えた、心の平安という真の豊かさを自分のものにするための学校ということになろう。その学校こそが修道院にほかならない。そして、この修道院という学校は、修辞学校や法律学校のような一時的な学校と異なり、生涯つづく学校なのだ。

「50そこでこの師の導きから決して離れず、修道院において『死ぬまで主の教えを守り続け』（使徒行伝二・四二）忍耐強く『キリストの受難にあずかり』（ペトロ第一の書四―一三、ロマ人への書八―一七）、神の国の一員となりますように。アーメン」と序は終わり、〔戒律はここに始まる〕〔戒律と呼ばれるのは、それに従う者の生活の規範であるからである〕と述べ、本文に入る。本文は全七十三章、すべての章は簡潔で過不足なく、どこを抜き出すかに迷うが、たとえば第四十八章日課の労働についてを引こうか。

1怠慢は霊魂の敵です。そこで修友は一定の時間を労働に当て、さらにほかの一定の時間を聖なる読書に割くものとします。

ここには修道士の義務としての労働と読書とへの言及があるが、両者のうち労働が先に言及されていることは重要だろう。ほんらいギリシア・ローマ市民にとって労働は奴隷の仕事。奴隷の労働によって齎される閑暇のおかげで可能となるのが、市民の読書を含む学芸だった。しかし、修道院の成員は唯一なる神を信じることにおいて平等。奴隷は存在しないのだから、閑暇を産み出すためには成員ひとりひとりが労働を担わなければならない。

とはいえ、修道士にとって最も大切なのは祈ること、これを怠慢から守るために制定されたのが聖務日課。一日を細かく分ける聖務日課に中断される農作業は俗事として原則的に農民に委されたが、例外もある。「7もし地域の事情あるいは貧困が原因で収穫作業に自ら当たらなければならないとしても、そのために心を痛めてはなりません。8わたしたちの師父と使徒たちがそうでしたが、己の身を労して働いて（コリント人への第一の書四―一二）、始めて真の修道士なのです」。「己の身を労して働いて」「始めて」許される読書は「聖なる読書」と呼ばれる。ここで聖なる読書とは読書それ自体が聖なるものというわけではない。聖書および師父たちの書物、つまり聖なる書物を読むことが聖なる読書なのだ。聖なる読書にはふさわしい態度というものがある。そのことについてもベネディクトゥスは注意怠りない。

17まずなによりも年長者を一人あるいは二人確実に指名し、修友たちが読書に従事している間に修道院を回り、18怠慢に陥りあるいは雑談にふけり、読書に集中せず、自分に害をおよぼすだけではなく、ほかの修友たちの気も散らすなどする怠惰な者がいないかどうかを調べさせなければなりません。19もし、あってはならないことですが、そのような者がいたなら、一度または二度叱責します。20そのうえで、もしまだ改めることがない場合には、他の者に警告を与えるために、戒律に規定された罰を加えます（テモテへの第一の書五―二〇）。［中略］22さらに主の日には、種々の職務に就いている者以外は、すべての者が読書に従事します。

「主の日」とは日曜日で労働を休む日。その日にもやむなく職務に就いている者以外は聖なる読書に従事する。ただ修友の中にはそれができない者もいる。

23しかしなげやりで、無精な生活を送り、勉強あるいは読書にいそしむことも望まずまたそれができない者には、無駄に時間を過ごすことのないように、なんらかの仕事を与え、それに従事させなければなりません。

24病気あるいは虚弱な修友については、彼等が怠慢に陥ることなく、あるいはまた労働の重圧にあえぎ、あるいは逃げ出すことのないように、適切な仕事あるいは手作業を与えます。

25修道院長は彼等の弱さに配慮しなければなりません。

しかし、弱さは一部の者だけの特性ではない。『聖ベネディクトの戒律』の最終章、すなわち第七十三章のタイトルは「本戒律に完徳の実践に関する規定がすべて盛られているのではないことについて」。そこでまず、「1さてこの戒律を記したのは、修道院においてそれを実践することによって、わたしたちが少なくとも道義的な品位を身につけ、また修道生活の初歩をいくらかなりとも修めるに至るということを示すためです」と始め、「修道生活の完成へと道を急ぐ者には」「聖なる師父たちの教え」、「神の霊感のもとに書かれた旧約聖書と新約聖書」、「聖なる、普遍的教えを伝える教父たちによって書かれた書物」、「師父たちの講話」、「共住修道制規則」、「彼らの伝記」、なかんずく「聖なる師父バシレイオスの戒律」があることを述べた上で、「7しかしわたしたち、無精で、不徳な、なげやりな生活を送る者にとって、それらは恥の源です」と言う。

このときの「わたしたち」にはベネディクトゥス自身が含まれていよう。いや、むしろベネディクトゥスの「わたし」から始まった「わたしたち」と考えるべきではなかろうか。ほんらい「無精で、不徳な、なげやりな生活を送る者」、すくなくともその可能性のある弱さを持つ者はベネディクトゥス自身、そのベネディクトゥス自身の生得持つ怠惰を克服し、「真の王たる主キリストに仕えるために」記され、同じく生得弱さを持つ者である修道志願者たちに提供されたのが、この戒律ということになろうか。

8そこで天の故郷を目指して急ぐなら、あなたたちは誰であろうと、初心者のために記したこの最も控えめな戒律を、キリストの助けを借りて実行に移しなさい。9そうすれば神のご保護のもとに、最後には、先に記した教えと徳のもっとも高い頂きに到達するでしょう。アーメン。

〔戒律はここで終わる〕

ベネディクトゥスは自分の弱さを通して人間の弱さを身にしみて自覚していたがゆえに「この最も控えめな戒律」を記した。最も控えめな戒律であるがゆえに、以後の修道会規則の規範になった。

人間は暦を発明することで時間的な規則性を獲得したが、それはあくまでも年、月、週、日単位の規則性。時間単位の規則性は日程という制度の創出によって可能になった。この時間単位のスケデュールの原型が、現代の社会学者たちが指摘するように『聖ベネディクトの戒律』にあるとすれば、ベネディクトゥスの弱さの鋭い自覚こそが時間単位の規則性を齎した、ということになろうか。

ヤコブス・デ・ウォラギネ『黄金伝説』

現代ヨーロッパ文化の源はギリシアとヘブライ、もうすこし具体的にいうならギリシアを起源とする学問芸術とヘブライの民族宗教から生まれたキリスト教となろうか。しかし、両者ともいったんラテン語を通じてヨーロッパ文化の血となり肉となった。とくに民衆次元でそのことがいえる。

古代ギリシアの学問芸術の民衆版はギリシア神話。けれども、それをげんざいあるかたちにしたのは古代ローマ黄金期の最後を飾る詩人オウィディウス（前四三—後一七）が後八年、突然黒海沿岸のトミスに追放になる直前書きあげたといわれる『変身物語』。これに対するキリスト教の民衆版は遅れること千二百数十年後、托鉢修道会ドミニコ会の修道士でのちにイタリア・ジェノヴァ市の大司教になったヤコブス・デ・ウォラギネ（一二二八頃—一二九八）によって書かれた『黄金伝説』（最初は題名なく、のちに Legenda Sanctorum 聖人伝説と名付けられたのが広く流布したため十五世紀になって Legenda Aurea 黄金伝説と呼ばれるようになる）とされる。

もちろん、キリスト教には原典としての新約聖書の一般に『ウルガタ』と呼ばれるラテン語訳があり、長くラテン語聖書のかたちで流布し、のちに各国語に訳されて現在に到っているという意味では、いまなお影響を及ぼしつづけている。しかし、そこに登場するのはイエスとその母マリア、養父ヨセフ、イエスに洗礼を施したヨハネ、イエスの生前と死後の信従者および敵対者のみ。『変身物語』に登場する神々、半神たち、英雄たち、妖精たちの賑やかさに較べれば、いかにもさびしい。これに応えたのがキリスト教の聖人伝、なかんずくその集大成としての『黄金伝説』ということになる。

『変身物語』のテーマは変身。これに対する『黄金伝説』のテーマは真似びだろうか。真似びとは何の真似びかといえば、イエス・キリストの生きかたの真似び。聖人とはつまるところ、イエスの生きかたを真似びて生きることで、イエスがキリストであることを証明した人びとの謂だろうからだ。イエスの生きかたを真似びた聖人たちの数は、優にギリシア神話の神々・半神たち、英雄たち、妖精たちの数に匹敵しよう。いや、その後も生まれつづけているという意味では、それを超えている。

つまり『黄金伝説』の成立によって、キリスト教は『変身物語』の神話群に匹敵する伝説群を得たわけだが、その筆者であるヤコブス・デ・ウォラギネとはどういう人か。これもキリスト教中世の修道者の常として自ら語ること少なく、本人のその態度を尊重するゆえか、側面から彼について語る同時代の資料もきわめて乏しいらしい。

それら乏しい伝記的資料に現在まで生地に伝えられてきた伝承を加えて言えば、ヤコブス・デ・ウォラギネは現在の北イタリア、リグリア海の一部をなすジェノヴァ湾に臨み、ジェノヴァ市とサヴォーナ市との中間にあるヴァラッツェ(古くはヴァラジェまたはヴォラジェ、そのラテン語読みから来ているのがヴォラジネ。したがって彼の姓は地名から、またはその土地の有力者の家名から来ている、と考えられる)に、十三世紀前半、一二二八年から三〇年頃生まれ、四四年にドミニコ会に入会している。

ドミニコ会は彼が入会した年よりわずか二十九年前の一二一五年に、スペイン・カスティリア出身のドミニクス(一一七〇頃—一二二一)が、当時南フランスに猖獗していたキリスト教異端カタリ派の教化を企ててトゥールーズに設立、翌年教皇の認可を得た修道会で、ベネディクト会など伝統的な修道会が、祈りが基本の観想修道会であることから大きく踏み出して、観想によって得た宗教的真実を説教によって世に広める実践的修道会だった。いわば当時としては急進的修道会で、それだけに既存の修道会や教皇庁との軋轢もあったようだ。

この新設の急進的修道会へのヤコブス少年の入会は本人の自発的入会だったらしい。その契機と考えられる一つは、彼が晩年の著『ジェノヴァ年代記』で自らの幼少年時代のことで唯一語っている一二三九年の皆既日食だ。ふだんは夜しか見えない星たちが、この日は一日じゅう輝きつづけた。子供らしい遊びにうち興じていたヤコブスはその光景をわが眼でみた。十歳前後のこの天文学的異常体験がヤコブス少年の回心を齎したことは、おおいに考えられる。
これが回心の契機の一つと考えられるとすれば、『黄金伝説』執筆の直接の動機の一つは、ヤコブスのドミニコ会入会八年目の一二五二年に起こった、同門の説教修道士ヴェローナのペトルスの、コモからミラノへの道中での殉教事件ではあるまいか。そのいきさつは『黄金伝説』第六十一章殉教者聖ペトルスの項で、インノケンティウス教皇の言葉としてつぎのように語られる（前田敬作・出口裕訳、人文書院。以下も）。

ペトルスは、説教修道会の修道長をつとめていたコモの町から、あるときミラノへむかいました。この町で聖庁から命じられた宗教裁判官としての任務をはたすためでした。このとき、異端者のひとりが、同信の仲間たちに言葉と金品でそそのかされて、われわれの信心ぶかい人物が敬虔な目的をはたすために出かけた道中をおそうことを承知したのです。［中略］男は、恥ずべき不意打ちをかけ、殺人を犯し、残忍な剣で神聖な頭をめった打ちしました。［中略］聖人は、悪漢がいっそうはげしく剣をふるったときも、悲鳴ひとつあげないで、すべてを忍の一字で耐えしのび、〈父よ、わたしの霊をみ手にゆだねます〉（「ルカ」二三の四六）と言って、息を引きとりました。

ペトルスの殉教事件は同門の若い説教師だったヤコブスの耳にいちはやく届いたろう。それを聞いた瞬間、ヤコブスの中に殉教が過去形ではなく、現在形であることの確信が生まれたのではないか。現在の、コモからミラノへ向かう道中におけるヴェローナのペトルスの殉教が現在形だというだけでなく、千二百年前のローマでのペトルス（＝シモン・ペテロ。最初のローマ教皇）の殉教も現在形だという確信である。そしてもちろん、その出発点には、すべての殉教の現在形の原点としての、イエスの殉教がある。

キリスト信徒たちは、ペテロに、どうかローマから逃げてくださいと懇願した。ペテロは、ローマを出たくなかったけれども、ついに信徒たちの懇望に負けて、出発した。そして、市門のところまで来たとき（ここは、レオとリヌスによると、今日〈サンクタ・マリア・アド・パッスス〉とよばれている教会のあるところである）、ペテロは、キリストが歩んでこられるのを見て、「主よ、どこへおいでになるのですか」（Domine, quo vadis?）とたずねた。主は、「ローマに行って、もう一度十字架にあがるのです」と答えられた。ペテロは、「主よ、あなたがもう一度十字架にかけられるとおっしゃるのですか」と訊きかえした。主は、「そうです。わたしがかけられるのです」とお答えになった。そこで、ペテロは、「それでは、わたしも、帰ってあなたとごいっしょに十字架にかけられます」と言った。

一八九六年のシェンケーヴィチの小説『クオ・ヴァディス』で有名になった“Domine, quo

vadis?"は新約聖書『ヨハネ伝福音書』一三―三六を原典とする言葉で、『黄金伝説』第八十四章使徒聖ペテロのこの箇所は、直接的には『ヨハネ伝福音書』から転用された新約外典『ペテロ行伝』によっているが、『ペテロ行伝』記者にも、『黄金伝説』記者にも転用の意識はなかったろう。

イエスをキリストとする者にとって、イエスの生前の言行は永遠の現在形であって、それをなぞる殉教者たちの言行もまた永遠の現在形なのだ。ここでいう殉教者という言葉はげんみつにはイエスの教えに殉じて死んだ殉死者の謂で、『黄金伝説』全百七十六章で語られる聖人たちの多くを占めるが、あからさまな殉死というかたちを取らなくとも、イエスの教えに生きた、あえていえば殉生者も、教えに殉じたという意味では殉教者というべきではないか。

ところで、『黄金伝説』の構成は聖人暦のかたちを取り、聖人たちの忌日の順序になっているが、その要所要所にはイエスの事跡およびそれに基づく教会行事が置かれている。というより、イエスの生涯こそが聖人たちの殉教の原型であり、一年ごとの暦を通してイエスの生涯と聖人たちの殉教の事跡とをその都度の現在形として生きなおすことが、ヤコブスの『黄金伝説』執筆の動機、ひいては読者たちへのこう読んでほしいとの秘かな要望の主眼だろう。その事情をヤコブスは序章で次のように述べる。

人類の過去の全時代は、四期に区分される。第一期は、アダムが原罪を犯したときからモーセの時代にいたるまでの迷いの生活の時代である。キリスト教会は、七旬節から復活祭にいたるまでの期節をこの時代にあてる。［中略］第二期は、モーセから主のご降誕にいたるまでの更生もしくは呼びもどしの時代である。［中略］キリスト教会では、待降節から降誕祭にいたるまでの期節をこの時代にあてる。［中略］第三期は、キリストがその生と死とによって父なる神にわれわれの罪をあがなわれた贖罪の時代である。キリスト教会では、復活祭から聖霊降臨までの期節をこの時代にあてる。［中略］第四期は、巡礼の時代である。それは、巡礼するわれわれ現代の人間の時代であり、戦いと苦難にみちた時代である。キリスト教会は、聖霊降臨の八日間《オクターウア》から待降節にいたるまでの期節をこの時代にあてる。［中略］

ところで、更生の時代のまえに迷いの時代が先行しているけれども、教会は、一年の祝日を待降節からはじめるのであって、七旬節からはじめるのではない。というのは、教会は、迷誤からはじめることを望まず、時代の順序ではなく、事柄を重視するからである。［中略］

われわれも、教会が定めたこの順序にしたがって、本書を更生の時代にあたる期節、すなわち待降節から降誕節にいたるまでの期節にぞくする祝日からはじめる。

こうして『黄金伝説』の読者は「巡礼するわれわれ現代の人間の時代」、「戦いと苦難にみちた時代」のイエスの生涯への殉生・殉死者、すなわち語の正確な意味での殉教者ひとりひとりの生涯を追体験することで、なぞり、真似び、生きる。したがって、『黄金伝説』にふさわしい読みかたは、一気に読みとばすそれではなかろう。いったん読みとおした上で、改めてその日に当てられた一章をたんねんに読み、その日の聖人の生涯に思いをいたす。そして必要があれば前に溯り、また後の関連の章を読み較べ、参照する、というものではあるまいか。

そのことが可能になったのも、キリスト教初期の教父・修道士たち、最終的にベネディクトゥスによって修道院制度が整えられ、それまで年・月・週の中の一日単位だった暦に、一日の二十四時間単位のスケデュールが確立され、それが修道院の外にも及ぼされることによって、といえるのではないか。けだし一日は時間単位に細分化されることで、その日に当てられた聖人の生涯を宿すべき肉体となったのだろう。

あとがき　アベラールとエロイーズのことなど

中部イタリア、ローマとナポリとの中間の内陸に、アルピーノなる小邑がある。人口僅か一万に満たない山上の町だが、ラテン散文の最高峰の名声をカエサルと分けるキケロ生誕の地アルピヌムの後身として、キケロとラテン語顕彰の催しをつづけている。

催しの名は「石の本」。毎年、世界から一人詩人を招いて講演をさせ、町の印象を詩に書かせる。完成した詩をイタリア語に翻訳し、母語とイタリア語で石に刻み、町の然るべき場所に設置する。稀代の散文家として聞こえるキケロの生誕の地に詩碑はそぐわない気もするが、キケロも不得手ながら詩を書き、生涯に一冊の詩集を残すことを熱望していたというから、全くのミス・マッチともいえまい。

ラテン語顕彰ならなぜイタリア語訳でなくラテン語訳にしないのかという疑問も湧くが、ラテン語訳では普通の市民や旅行者は見向きもしまい。その代わりというわけではあるまいが、併行して学生の部と一般の部のラテン語弁論大会が催されていて、これならアルピヌムの在からローマの都に上って弁論術を研鑽、やがて政界に打って出て『カティリナ弾劾』などラテン語弁論で喝采を浴びたキケロにふさわしかろう。と、これは二〇〇九年と一〇年、つづけて「石の本」の催しに招かれた私の感想だ。

このところ、ヨーロッパ各国の伝統ある大学で必修科目から外されるなど、ラテン語教育の退潮傾向は著しい。それでもいまなお地方の小都市にこんな催しがあるほど、ラテン語の根は深い。それはその昔ヘレニズム・ギリシア勢力に代わり、地中海世界の覇者となったローマ人たちが、もともと農民の質朴な言葉に過ぎなかった原ラテン語を、文化的先進語のギリシア語に追いつこうと磨いたことに始まる。結果、当時の世界文学としてのラテン文学が生まれ育ち、その表現力がのちにローマ帝国のキリスト教化を経て、キリスト教中世に受け継がれていったからだ。

オリエントの小国イスラエルに興ったキリスト教は、ヘブライ語圏を出るにあたってヘレニズム世界の共通ギリシア語＝コイネーを共通語に選び、宣教のための書簡や福音書をコイネーで表わした。これがローマ世界に入ってラテン語訳されてウルガタとなり、ここからアウグスティヌスらの護教文学が生まれ、ベネディクトゥスに代表される修道会の修道規則が書かれ、ヤコブス・デ・ウォラギネによってイエスの生涯を踏まえた聖人殉教暦が集大成された事情は本文で見てきたとおりである。

のちに『黄金伝説』の名で呼ばれることになった聖人殉教暦の著者、ジェノヴァ大司教ヤコブスが七十歳前後で亡くなったのが一二九八年。彼のまるまる生きた十三世紀は、彼に三年ばかり早く生まれ、二十四年早く五十歳前後で亡くなった『神学大全』の著者トマス・アクィナス（一二二五―一二七四）のまるまる生きた世紀でもある。神聖ローマ帝国皇帝フリードリッヒ二世に仕えた騎士アクィノのランドルフォの末子に生まれたトマスもまた、ヤコブスと同じく急進的托鉢修道会ドミニコ会の出身で、ヤコブスとの交流もあったらしい。

キリスト教スコラ神学の大成者と聞けば、古代異教世界のギリシア・ラテン文学の伝統の対蹠《たいせき》点にあるように思えるが、トマスのスコラ神学はキリスト教信仰とともに、古代ギリシア・ラテンのアリストテレス哲学・新プラトン派哲学を踏まえていた点では、ローマ帝政初期黄金時代の詩人オウィディウスによるギリシア・ラテンの神話集『変身物語』を踏まえてキリスト教の聖人伝説を集大成したヤコブスの立ち位置と相通しよう。

たしかにキリスト教初期においては、異教的ギリシア・ラテンの伝統に立つ帝政ローマ世界の弾圧に対する反撥もあって、ギリシア・ラテンの文学・芸術への激越な嫌悪・破壊の時期が続いたことも事実だが、国教化されたキリスト教の優位が動かなくなってくると余裕が生まれ、キリスト教の確立に力のあったラテン語への評価が深まり、異教文学を含むラテン語文献の保護が修道院などでなされるようになった。一見、修道生活の妨げともなりそうなアプレイウスの小説『黄金のろば』などが今日に伝わったのは、その一例だ。

ところが、キリスト教中世も爛熟すると、キリスト教初期と逆の現象が出来《しゅったい》する。キリスト教内部から異教的解放の兆しが出てくるのだ。この現象は早くも十一世紀に書写編纂され、げんざいケンブリッジ大学図書館に収蔵されていることから『ケンブリッジ歌謡集』と呼ばれる中世ラテン詞華集の中に見られる。同集に収められた作品の大半はライン河下流域で作られ、残りはフランス、イタリアなどの学僧の作に古典期ラテン語詩からの抜粋も含まれる。大部分はキリスト教讃美歌およびそれに準ずるものだが、異教的とも取られかねない恋愛詩もあり、その作者はいわゆる放浪学僧、『聖ベネディクトの戒律』第一章「修道士の種類」に第四類として「放浪者と呼ばれる者で、各地を放浪しながら全生涯を過ごし、三日あるいは四日、各地の修道院に客として滞在し、常にさすらい」「定住することを知りません」（古田暁訳）と蔑視されている者たちのことだ。

たとえば「XXVII　恋人の誘《いざな》いの歌」（『ケンブリッジ歌謡集』瀬谷幸男訳、南雲堂。以下も）。

さあ　おいでよ　麗しき友よ、
わが心の友　愛する女《ひと》よ！
あらゆる装飾品で飾られた
わが寝室へ　お入りよ。

［中略］

このような酒宴も　甘美な語らいほどに
僕の心を　楽しませてはくれないし、
これほど豊かな　御馳走さえも、
睦み合うことほど　嬉しくはないのです。

愛する女《ひと》よ！　やがてすることを
ひきのばしても　楽しいことなどありましょうか、
いずれすることは　すぐ行うがよく、
僕には一刻の猶予も　耐えがたいのです。

さあ　急いで、愛する妹《いも》よ！
そして――わが恋人よ！
僕の瞳の輝く光よ！
はたまた　僕の心の愛のすべてよ！

また、「XLVIII　師から愛する少年への訴え」という一篇もある。第一連を省略し、第二連と第三連を。

「この少年を無事護り給え！」冗談ではなく本心から
アトロポスの姉妹ラケシスに哀願する、
汝の運命の糸を　引かないで欲しい。
アディジェ川に沿って　運ばれる時は
君はネプトゥヌスとテティスを　友とするがよい。
僕が愛しているのに　君は何処へ行こうとするのか
君に逢えぬのに　哀れな僕にどうせよというのか。

石を投げると　母なる大地の骨で
出来た硬い物質から　人類が創られた。
この愛おしい少年も　それらのひとりで
涙に濡れてむせび泣いても　見向きもしない。
僕が悲しんでいると　僕の恋敵は喜ぶであろうが、
仔鹿を見失った雌鹿のように　僕はひとり泣き叫ぶ。

「恋人の誘いの歌」がアプレイウス『黄金のろば』の主人公ルキウスと小婢フォオティスとの情事を思わせるなら、「師から愛する少年への訴え」はペトロニウス『サテュリコン』の主人公の不良学生エンコルピオスと愛する美少年ギトンと悪友アスキュルトスの三角関係と似ていなくもない。とにかくキリスト教中世に自由な、あえていえば瀆神的なラテン語詩が書かれ愛誦されていたとは、いまさらながらラテン文学なるものの広さ、深さを再認識しなければなるまい。

異教的ラテンとキリスト教的ラテンの相剋を一身に体現した人物に、ピエール・アベラール（＝ラテン名、ペトルス・アバエラルドゥス）がある。十一世紀後半の一〇七九年頃フランス西部ナント近郊のル・パレに生まれ、諸所で勉学ののち一一〇八年頃パリに出、神学と弁証術の講筵を開いて名声ヨーロッパじゅうに聞こえ、名声の頂点で女弟子エロイーズとの相愛の結果一子を生《な》し、さまざまな経緯の果てエロイーズの保護者の差し金で去勢という恥辱に見舞われ、一一四二年、ブルゴーニュ・シャロンのサン・ドニ修道院で没した。事件の顛末はアベラールとエロイーズ『愛の往復書簡』（沓掛良彦・横山安由美訳、岩波文庫）第一の書簡「厄災の記――アベラールから友人への慰めの手紙」（沓掛訳）に詳しい。

　これ以上何を申し上げることがありましょう？　私たちはまず一つ屋根の下に住むことに

なり、次いで一つ心をいだくことになりました。学問という名を借りて、私たちは愛にそっくり身をゆだねました。愛が必要とする秘められた隠れ場所を、学問に励むという名目が与えてくれました。本が開かれてはいても、その講読に関することばよりは愛に関することばが交わされ、ことばの意義を論ずるよりは接吻を重ねることのほうが多かったのです。私の手は書物よりも彼女の胸へと伸びたものでした。書かれていることをたどるよりは、愛をたたえた眼を見つめあいました。疑いを招いてはいけないとの心から、私は時折彼女に鞭《むち》をふるったりしましたが、それは腹立ちゆえの鞭ではなく愛の鞭で、怒りではなく愛しいと思うが故の鞭でしたから、あらゆる香料にもまして甘美なものでした。要するに、どう言ったらいいのでしょう。こうして私たちは、愛欲に燃える者が味わう愛のすべての段階をきわめつくし、思いつくかぎりの珍しい愛の戯れをも愉しんだのでした。この種のよろこびを経験したことがなかっただけに、いっそう熱をこめてそれに熱中し、飽くことがなかったのです。

まるで帝政ローマ黄金期のカトゥルス（前八四—前五四頃）のレスビア詩篇、プロペルティウス（前五〇—前一六頃）のキュンティア詩篇を思わせる性愛表現ではないか。これが去勢事件後の修道院での、当時としては老境に入ってからの筆であることを考えれば、アベラールが当時第一等の神学・哲学に卓《すぐ》れた理性の人であるとともに、古典文学に通じた情感の人でもあったことが、わかる。その上、本人も述べるように「若さにあふれ容姿も一段とすぐれて」いたとすれば、

「顔立ちもなかなかのもので」「学識豊かな点では最高の女性」だった「うら若い乙女」エロイーズとの深窓での同室の繰り返しから愛情関係が生じないほうが不思議だろう。

結果はエロイーズの懐妊と露見、エロイーズの教育をアベラールに依頼したエロイーズの養育者である叔父の驚きと怒り、叔父の怒りを解くためにアベラールの申し出た結婚とアベラールの学者としての地位を守ろうとしたエロイーズの反対、結局結婚に漕ぎつけたが公表しないとの約束を破っての叔父の公表、これを難詰するエロイーズへの叔父の暴力、アベラールによるエロイーズの修道院入り、これを事実上の離婚と受け取った叔父側による復讐としてのアベラールの去勢、そしてアベラールの修道院入りとなる。

以上はアベラールが「厄災の記」に記すところだが、これを読んだエロイーズがアベラールに手紙を出したことから、二人のあいだに文通が始まる。いわゆる第二書簡、二人のあいだのやりとりの上では第一書簡というべきその宛名および差出人名は「その主人、というよりは、その父。その夫、というよりは、その兄である方へ。その婢《はしため》、というよりは、その娘。その妻、というよりは、その妹である、私、エロイーズからアベラールへ」（エロイーズ書簡は横山訳）となっている。かつてアベラールの教え子から愛人になり、妻とされ、アベラールが弟子たちの援けを得て築いた修道院パラクレの修道院長とされたエロイーズにとって、この書簡をしたためた時点においての二人の関係は世間的にはこのとおりだろう。しかし、書簡の内容はかならずしも建て前どおりではない。書簡は次のように始まる。

最愛の方よ、あなたがご友人を慰めるために書かれたお手紙を、つい最近、ある人が偶然私に届けてくださいました。表書きのその文字を見ただけであなたのものだとわかりましたから、書かれた方への愛しさがこみ上げ、むさぼるように手紙を読み始めました。たとえ実体は失ったとしても、ことばをとおして、その方の面影をなんとかして取り戻し、力づけられたいと願ったのです。

この呼びかけはけっして霊による「父」・「兄」への「娘」・「妹」からのものではなく、肉なる、すくなくとも肉の記憶による「主人」・「夫」への「婢」・「妻」の内心から奔り出たもの、というべきだろう。霊による「娘」・「妹」にとっての「最愛の方」はイエス・キリストでなければならず、霊による「父」・「兄」にこの呼びかけをもってすることは瀆神の行為だろうからだ。要するに欲望の器官を取り去られた十余年後の老人のアベラールは情欲から自由だったが、健常で女盛り（当時三十歳代に入ったばかりか）のエロイーズは若くして欲望に目覚めさせられたあげくに、目覚めさせた相手に突然去られただけに、情欲から自由になることはむつかしかったのだろう。情欲という言葉が直接的すぎるなら、愛欲、さらに情愛と言い換えてもよい。エロイーズは言う。

神はご存知です。これまで私は、あなたのうちに、あなた以外のものを求めたことはけっしてありませんでした。純粋にあなただけであって、あなたの財貨などではありませんでした。結婚の絆も、結納金の類も望みませんでした。私自身の逸楽や意思すら顧みず、ただあなたの逸楽やご意思を満たすべく、努めてまいりました。それはよくご存知ですよね。妻という呼称の方がより尊く、面目が立つように思われるかもしれませんが、私にとっては愛人という名の方がいつだってずっと甘美に響いたものでした。お気を悪くされないなら、妾あるいは娼婦と呼ばれてもよかったのです。［中略］私の心は私のもとにはなく、いつもあなたとともにありました。それが今、あなたのところにもないと言われるのなら、それはもう、どこにもないということなのです。まことに、あなたなくしては、私の心はまったく在りえないのですから。

なにとぞ、私の心をあなたのおそばに置かせてください。お願いします。もし思いやりをかけていただけたなら、私の心はあなたのおそばで、やすらぎを得ることでしょう。恩恵に報いるには恩恵をもってし（ヨハネによる福音書一―16）、多くに対してはごくわずかだけでも、行いに対してはせめておことばだけでも、返していただきたいと願うのです。［中略］

ですから、あなたも身を捧げられたその同じ神のみ名によって、お願いします。あなたなりのかたちで、どうか私にご様子をお知らせください。ねぎらいのお手紙を書いてくださ い。そうすれば、私はなんとかして元気を取り戻し、神へのお勤めにいそしむことができましょう。かつて、私を恥ずべき肉欲を満たす悦びへと熱心に誘っておられた時分には、お手紙というかたちで頻繁に私のもとを訪れてくださいました。たくさんの歌をつくって、あなたのエロイーズをみなの口の端に上らせてくださいましたので、街という街に、家という家に、私の名が響きわたったものでした。けれど、かつて、私を肉欲へと駆り立てられたことよりも、今、神のみ前にお呼びくださったことの方が、どれほどか理にかなっておりましょう！　かさねてお願い申し上げます、あなたのなすべきことをお考えになってください。どうか私の望みを聞きいれてください。

こう言うエロイーズは、いまは、肉欲から解放され神の前にいるアベラールに寄り添っているかに見える。しかし、次の締めくくりでみごとに裏切っている。

この長い手紙を、短いことばで結びましょう。さようなら、唯一の方よ。

神のみ前に呼ばれたのなら、「唯一の方」は神でなければなるまい。かつて恋に生き、いまなお恋の記憶に生きているエロイーズにとって、唯一の方とはあくまでもアベラールであり、神はアベラールあっての神にすぎない。アベラールはエロイーズに答えて手紙を書く。いわゆる第三書簡だ。その宛名および差出人名は「キリストにおける最愛の姉妹エロイーズへ／キリストにおける兄弟アベラールより」。自分のことを「唯一の方」と呼ぶエロイーズに応えて「最愛の」という最上級の形容詞を用いているが、「キリストにおける」という条件の付いた「最愛の」。つまり、エロイーズにとって神は「唯一の方」あっての神なのに対して、アベラールにとっての「最愛の姉妹」は神あっての「最愛の姉妹」なのだ。この齟齬はエロイーズからアベラールへの第四書簡、アベラールからエロイーズへの第五書簡にも付いてまわる。第四書簡でエロイーズは言う。

> お願いです。私を信頼なさるのではなくて、いつも危ぶんでください。いつも私のことを気にかけて、手を差しのべてください。とりわけ今は、心もとない時期なのです。あなたにはもう、私の官能の炎をしずめる手立てが何も残されていないのですから。
> 「力は、弱さのうちに完成される」（コリントの信徒への手紙㈡十二―9）とか、「規則にのっとって戦わない者は栄冠を得られない」（テモテへの手紙㈡二―5）などとおっしゃって、私を徳の力へと導き励ましたり、戦いに駆り立てたりなさらないでくださいね。勝利の冠など、ほしくありません。危険を回避できれば、それでよいのです。戦《いくさ》に飛び込むことよりも、危地を脱することの方が、ずっと安全ですもの。

ここに引用されているのはパウロの書簡と呼ばれるもの。信仰書簡としては当『愛の往復書簡』の原型ともいえるものだが、二書簡とも否定のために引用されていることに注目したい。往復書簡のうちパウロの書簡の流れにあるのはアベラールのそれで、自分のそれは違う流れにあると言っているようにも取れる。書簡の最後で彼女が自分のために引用するのは聖ヒエロニムス。「私は私の弱さを告白します。勝利に向かって戦うつもりはありません。かえって勝利を失ってしまうかもしれませんから。……不確かなものを求めて、確かなものを失う必要が、いったいどこにあるでしょう」(『ウィギランティウスを駁する』第十六節)。しかし、流れの源にはもう一つ、異教ローマのオウィディウスによる架空の愛の書簡集『名婦の書簡』もあるかもしれない。

それにしても、性機能を失ったかつての恋人、夫に対して「あなたにはもう、私の官能の炎をしずめる手立てが何も残されていないのですから」とは、なんという卒直さ、残酷さだろう。これを読んだ時、アベラールはどう思っただろうか。第五書簡でアベラールはエロイーズと同じく「テモテへの手紙」㈡二―5を引き、卒直に言う。

私には栄冠を得る道はまったく残されてはおりません。戦うべき理由がないからです。情欲の棘がなくなった者には、戦う要素が欠けているからです。

栄冠を得ることはもはや望めないにしても、少なからぬ罰を避けることができ、一瞬の罰を受けることで多くの罰を受けることをまぬがれているかもしれないということ、それだけでもうかなりのものだと、私は思っています。この上なくみじめな生き方をしている人間どもも、というよりは牛馬にも等しい者どもについて、聖書には「牛馬はみずからの糞尿の上に朽ち果てた」と記されています。あなたの功績が増大してゆくのだと思えば、私は自分のそれが減じて行くことを少しも嘆きはしません。というのも、私たちはキリストにおいてひとつであり、結婚によって同体だからです。なんであれあなたのものであって、私に無縁なものはないと思っています。あなたはキリストの花嫁となったのですから、キリストはあなたのものです。そして今では、先に言ったように、かつては主人として認めていた私を、下僕としてお持ちです。とはいえ、恐れの気持からあなたに服従している下僕ではなく、霊的な愛によってあなたと結ばれている下僕なのです。ですから私はあなたが私のために神に弁護してくださることを、いっそうの確信をもって信じています。そうすれば私自身が祈ってもかなわぬこともかなうでしょう。

この男女の逆転関係は七百年を経て、十九世紀の『悪の華』の詩人においてきわめて詩的な表現を取る。シャルル・ボードレール作ラテン詩「わがフランシスカの讃歌《ほめうた》」(呉茂一訳)。

あたらしき絃《いと》をもて　いざ君をうたはむ、
　おお、わが胸の　おくどにひとり
　　君がかなづる　若苗のうた。

花の環を身に　まとはせたまへ、

おお、妙《たへ》にやさしき女性《によしやう》よ
　御身によりて　あらゆる罪過も
忘却河《レエテエ》のめぐみなす　免さるるなれ、
　みもとより　啜りつくさむ口づけ、
　　まことや君は　磁力をもたすに。
悪徳の　はげしきあらしの
　あらゆる小径《こみち》に　吹きみだるとき
　　影向《えかう》しましぬ、かしこし神霊《みたま》。
航路《ゆくて》をまもる　星のごとくに
　難船の　あやふきをりに……
　　祭壇に献げてむ　この心……
美徳に　みちみてる玉池、
　とこしへの　若さのいづみ、

もだせる唇《くち》に　声をあたへよ。

穢れしものは　焼き浄めまし、
すさべるものは　おし和めまし、
ひよわきものは　堅めたまひぬ。

飢うる日の　わが飯店《はたごや》、
暗き夜には　わがともし火と、
ただしくつねに　導きたまへ。

さらばよ、われにいまひと際の
力を添へませ、快《よ》き香にみてる
膏油をあへし　沐浴《ゆあみ》のごとく。

わが胸のへに　きらめき出でよ
おお、清浄の　徳のよろひよ、
天上界の　聖水《みづ》もて染めし。

燦爛たる　宝珠のさかづき、
味おほき麺麭《パン》、しなやかの食、
たふとき仙酒、フランシスカ。

フランシスカ、フランス語形ではフランソワーズ、意味するところはフランス女性。十五世紀の放浪学僧詩人フランソワ・ヴィヨンが「疇昔《いにしへ》の美姫《びき》の賦《うた》」（鈴木信太郎訳）で「いま何処《いづこ》、才抜群《ざえばつくん》のエロイース、／この女《ひと》ゆゑに宮《きゆう》せられて　エバイヤアルは／聖《サン》ドニの僧房　深く籠《こも》りたり、／かかる苦悩も　維《これ》　恋愛の因果也《なり》。」とうたったエロイーズを、さらに溯って『愛の往復書簡』におけるアベラールのエロイーズ像そのものを、十九世紀のボードレールがうたえば、こうなるということか。

キリスト教中世爛熟期における受難の教養人カップル、アベラールとエロイーズの教養が異教ラテンと護教ラテンを二本の脚にしていたのと同じく、反キリスト教十九世紀の世界現代文学の出発点とされるボードレールの詩藻も、異教・護教両《ふた》つのラテン的教養の上に立っていた。その流れの先にステファヌ・マラルメも、ポール・ヴェルレーヌも、アルチュール・ランボー（ちなみにランボーは少年時代ラテン語詩を書いている）も、ポール・ヴァレリーもあり、ことにマラルメとランボーの影響ぬきに今日の文学が考えられないことを思えば、ラテン文学の伝統はいまなおいきいきと呼吸している、といわなければなるまい。そして、その根にあるのは、プラウトゥス、ペトロニウスから『ケンブリッジ歌謡集』の放浪学僧まで、キケロ、カエサルからアウグスティヌス、ベネディクトゥスまで通じての、敢えていえば血のかよった人間くささではないだろうか。

本稿は朝日新聞社発行月刊誌「一冊の本」に二〇〇六年十一月号から二〇一〇年五月号まで四十三回連載したものに、あらたに二回分を書き足し、あとがきを加えた。連載の企画は当時の朝日新聞社記者石井辰彦さんとの酒談から生まれ、「一冊の本」編集長柴野次郎さんが採用されたもの。連載終了後長くそのままになっていたのを、思いがけず幻戯書房が一本にすることを申し出てくださった。担当は若い編集者、名嘉真春紀さん。これら、たくさんの人びとの援けによりこの本は出来上がった。

なお、さまざまな先人たちの日本語訳を通しての門外漢のあちらに跳びこちらに戻り、おそらくは間違いだらけのわがままなラテン文学散策のゲラ刷りに目を通してくださったのは、筆者が日頃電話や手紙でしばしばご教示を忝くする西洋古典学の沓掛良彦さん。特にここに記して深い感謝を申しあげる。さらにまた、大方のご教導、ご叱正を乞いたい。

二〇一三年四月　三十年ぶり七度目のギリシア旅行を前に

高橋睦郎記

主要人名索引

ア行

アイスキュロス　Aischylos
224, 226, 257, 272,

アウグスティヌス　Aurelius Augustinus
320, 353-357, 359-360, 388, 405

アウグストゥス（→オクタウィアヌス）

アグリッパ　Marcus Vipsanius Agrippa
34

アグリッパ・ポストゥムス　Marcus Vipsanius Agrippa Postumus
41-42

アグリッピナ　Iulia Agrippina
35, 42-43, 255, 261, 267-268, 270, 273, 277-278, 281-283, 285

アッキウス　Lucius Accius
223

アナクレオン　Anacreon
132

アプレイウス　Lucius Apuleius
303-306, 309, 389, 393

アベラール　Pierre Abélard
393-396, 398-400, 404

アリストテレス　Aristoteles
81, 139-141, 145-146, 195, 363, 389

アリストパネス　Aristophanes
224-225, 246, 264

アンティパネス　Antiphanes
246

アントニウス（隠修士・聖人）Antonius
370

アントニウス（政治家・軍人）Marcus Antonius
31-33, 47-49, 66, 96, 150-151, 155, 157, 159-162, 177-178

アントニヌス・ピウス　Antoninus Pius
214

アンブロシウス　Aurelius Ambrosius
357

ヴァレリー　Ambroise Paul Toussaint Jules Valéry
404

ウァロ　Marcus Terentius Varro
72, 194, 229

ヴィヨン François Villon
404

ウィテリウス　Aulus Vitellius Germanicus
34

ウェスパシアヌス　Vespasianus
34, 36-37, 190-191, 201, 205, 213-214

ウェルギリウス　Publius Vergilius Maro
46-50, 52-54, 57-58, 60-62, 64-65, 68-72, 74, 76-77, 80-81, 94, 97, 101, 104, 128, 137

ヴェルレーヌ　Paul Marie Verlaine
404

エウリピデス　Euripides
224, 257, 263-266, 268, 270
エピカルモス　Epicharmos
246
エピクロス　Epicuros
62, 81-82, 84, 86-88, 90
エロイーズ　Héloïse
393, 395-396, 398-400, 404
エンニウス　Quintus Ennius
222-223, 255
エンペドクレス　Empedocles
79
オウィディウス　Publius Ovidius Naso
94, 96-99, 101-105, 110-111, 115-118, 127, 139, 307, 378, 389, 400
オクタウィア　Claudia Octavia
256, 271-274, 276-278
オクタウィア（オクタウィアヌスの同母姉）Octavia
35, 42
オクタウィアヌス（アウグストゥス）Octavianus(Caesar Augustus)
29-36, 38-39, 41-42, 44, 47-52, 60, 65-66, 69, 71-72, 76, 97-98, 102-105, 108, 111-115, 128, 151, 161-162, 177-178, 213, 261, 267, 282, 284
オト　Marcus Salvius Otho
34, 261, 267

カ行

カエサル　Gaius Iulius Caesar
13-27, 29-33, 36-38, 40-41, 46-47, 49, 51, 66, 73, 82, 96-97, 102-103, 114, 128, 148, 150-151, 154-155, 158-164, 168-170, 177, 247, 361-362, 387, 405
カッシウス　Gaius Cassius Longinus
150, 155, 157, 159-161
カティリナ　Lucius Sergius Catilina
149-150, 160, 164-170, 388
カト（小）Marcus Porcius Cato Uticensis
19, 161, 168
カト（大）Marcus Porcius Cato Censorius
72, 175
カトゥルス　Gaius Valerius Catullus
122-127, 394
カリグラ（ガイウス）Caligula(Gaius Iulius Caesar Germanicus)
34-35, 44, 201, 255, 267-268, 285, 292
ガルバ　Servius Sulpicius Galba
34, 201
キケロ　Marcus Tullius Cicero
16, 91, 139, 147-152, 154-155, 157-165, 167-175, 177-178, 183, 247, 353, 355, 359, 387-388, 405
キンナ　Lucius Cornelius Cinna
23
クインティリアヌス　Marcus Fabius Quintilianus
180
クセノポン　Xenophon
19, 293
クラウディウス　Tiberius Claudius Nero Germanics
34-35, 42, 44, 190, 201, 255, 261, 267-268, 273, 275-276, 279, 281-285, 292
グラックス兄弟 (Tiberius Sempronius Gracchus & Gaius Sempronius Gracch-us)
114

クラッスス Marcus Licinius Crassus
24-25, 150, 164
クロディウス Publius Clodius Pulcher
23, 150, 169
ゲルマニクス Germanicus Iulius Caesar
42, 105
コンスタンティヌス Flavius Valerius Constantinus
354, 362-363

サ行

サッポー Sappho
118, 121, 123-124
シェイクスピア William Shakespere
229
シェンケーヴィチ Henryk Adam Aleksander Pius Sienkiewicz
382
スエトニウス Gaius Suetonius Tranquillus
29, 36-38, 47, 247, 281
スキピオ・アフリカヌス Publius Cornelius Scipio Africanus
232, 247
スラ Lucius Cornelius Sulla Felix
23, 82, 164
セイヤヌス Lucius Aelius Seianus
43
セネカ Lucius Annaeus Seneca
43, 255-263, 267-273, 277-290, 292, 353
セルバンテス Miguel de Cervantes Saavedra
294-295
ソクラテス Socrates
142, 175, 367
ソポクレス Sophocles
224, 257-262, 272-273

タ行

タキトゥス Cornelius Tacitus
37-42, 44, 114, 187, 213-214, 219-220, 256, 286, 287, 290, 292
ダン John Donne
139
ディオクレティアヌス Gaius Aurelius Valerius Diocletianus
354
ティゲリヌス Ofonius Tigellinus
256, 268, 290-291, 293
ティトゥス Titus Flavius Vespasianus
34, 36-37, 181, 213, 214
ティブルス Albius Tibullus
126
ティベリウス Tiberius Iulius Caesar
34-35, 38, 41, 43-44, 105, 113, 201, 267
テオクリトス Theocritos
57, 64-65, 68-69, 71
テオドシウス Flavius Theodosius
354
テオドリック Theodoricus
362-364
デシャン Eustache Deschamps
139
テスピス Thespis
226
デモクリトス Democritos
81, 195

デモステネス　Demosthenes
175
テレンティウス　Publius Terentius Afer
246-250, 255, 257, 279
ドナトゥス　Aelius Donatus
47
トマス・アクィナス　Thomas Aquinas
320, 368, 389
トマス・ア・ケンピス　Thomas a Kempis　365
ドミティアヌス　Titus Flavius Domitianus　34, 36-38, 181, 213, 214
ドミニクス　Dominicus
380
トラヤヌス　Marcus Ulpius Trajanus
37, 181, 213, 214

ナ行

ナエウィウス　Gnaeus Naevius
222, 255
ニケテス・サケルドス　Nicetes Sacerdos
180
ネルウァ　Marcus Cocceius Nerva
37, 181, 213-214
ネロ　Nero Claudius Caesar
34-36, 38, 42-44, 190, 201, 207, 255-256, 261-262, 267-268, 270, 273, 276-277, 282-288, 290-293, 295, 336, 354, 361

ハ行

パクウィウス　Marcus Pacuvius
223
パッラス　Marcus Antonius Pallas
43
ハドリアヌス　Publius Aelius Hadrianus
29, 37, 214
パルメニデス　Parmenides
79
ヒエロニムス　Eusebius Sophronius Hieronymus
319, 353, 400
ピソ　Gaius Calpurnius Piso
256, 262, 291-292
ピリスティオン　Philistion
246
ヒルティウス　Aulus Hirtius
15, 21
プラウトゥス　Titus Maccius Plautus
222-226, 229, 231, 235-236, 238, 246-247, 250, 255, 257, 279, 405
プラトン　Platon
81, 175, 224, 356, 363-364, 389
ブリタニクス　Tiberius Claudius Caesar Britannicus
261, 267, 273, 285
プリニウス（小）　Gaius Plinius Caecilius Secundus
179, 181-183, 186-187, 190-191, 204
プリニウス（大）Gaius Plinius Secundus
179, 187, 189-191, 195-200, 203-206, 209-210, 212-213
ブルス　Sextus Afranius Burrus
256, 261, 267-268, 285
プルタルコス　Plutarchos
29, 36, 303, 308
ブルトゥス　Marcus Iunius Brutus
31, 128, 150-151, 159-161
プロティノス　Plotinos
357

プロペルティウス Sextus Propertius
126-127, 394
ペイター Walter Horatio Pater
312
ヘシオドス Hesiodos
57, 69, 71, 76, 79-80, 84, 86, 111
ペトラルカ Francesco Petrarca
139
ペトロニウス Gaius Petronius
279, 287, 289-293, 307, 393, 405
ベネディクトゥス Benedictus de Nursia
371-372, 374, 376-377, 385, 388, 405
ヘリオドロス Heliodoros
293
ヘロンダス Herondas
246
ボードレール Charles-Pierre Baudelaire
401, 404
ポープ Alexander Pope
139
ボエティウス Anicius Manlius Torquatus Severinus Boethius
320, 362-368
ボッカチョ Giovanni Boccaccio
312
ポッパエア Poppaea Sabina
261, 267-268, 273, 277
ホメロス Homeros
49-50, 57, 70, 84, 86, 96, 222, 306
ホラティウス Quintus Horatius Flaccus
128-129, 132, 134-135, 137, 139-141, 145
ポリオ Gaius Asinius Pollio
48, 64-66, 69
ポンペイウス Gnaeus Pompeius Magnus
24-25, 27, 32, 150, 154, 156, 158, 161, 170, 202, 207

マ行

マエケナス Gaius Cilnius Maecenas
48, 69, 73-74, 128
マラルメ Stéphane Mallarmé
404
マリウス Gaius Marius
82
マルクス・アウレリウス Marcus Aurelius
214
マロ Clément Marot
139
メッサラ Marcus Valerius Messalla Corvinus
96
メッサリナ Valeria Messalina
42, 267, 273, 285
メナンドロス Menandros
222, 224-225, 231, 246
モリエール Molière
229
モンテーニュ Michel Eyquem de Montaigne
135, 175

ヤ行

ヤコブス・デ・ウォラギネ Iacobus de Voragine
378-383, 388-389
ユリア Iulia Caesaris
24-25

ユリアヌス　Flavius Claudius Iulianus
354

ラ行

ラ・フォンテーヌ　Jean de La Fontaine
139
ランボー　Jean Nicolas Arthur Rimbaud
404
リウィア　Livia Drusilla
33-35, 41-44, 113-114, 267
リウィウス・アンドロニクス　Lucius Livius Andronicus
6, 46, 221-222, 247, 255, 319, 353
リキニウス　Valerius Licinianus Licinius
354
リルケ　Rainer Maria Rilke
139, 145
ルキアノス　Lucianos
305, 307
ルクレティウス　Titus Lucretius Carus
62, 77-82, 84-88, 90-92, 94
レピドゥス　Marcus Aemilius Lepidus
31, 47, 151
レントゥルス　Lucius Cornelius Lentulus Crus
26
ロムルス　Romulus
51-52, 103
ロンゴス　Longos
293

（作成・幻戯書房編集部）